솔로몬의 개

ソロモンの犬

해문

미치오 슈스케 장편소설

황미숙 옮김

솔로몬의 개

ソロモンの犬

하늘도 땅도 잿빛이었다. 그 잿빛의 경계에는 마치 떠 있는 듯한 붉은 이탤릭체의 알파벳이 빛나고 있었다.

Welcome to riverside cafe SUN's

SUN이라는 게 아들이었던가 태양이었던가. 어느 쪽이든 지금의 그로서는 별로 마주하고 싶지 않은 이름이었다.

아키우치 세이는 잿빛 땅으로 발걸음을 내딛었다.

톡, 이마에 닿는 차가운 느낌. 멈춰 서서 하늘을 올려다보았다. 빗방울이 점점 그 수를 늘려가더니 빗소리가 순식간에 온몸을 둘러쌌다. 티셔츠가 어깨에 달라붙는 것을 느끼며 아키우치는 서둘러 주위를 둘러보았다. 비를 피할 만한 곳은 한 군데밖에 없어 보였다. 그는 발길을 돌려 방금 지나온 붉은 알파벳을 향해 달리기 시작했다. 운동화가 철퍽철퍽 지면을 울렸고, 반바지 밖으로 나온 두 무릎이 번갈아 빗방울을 튕겼다. 점차 'SUN'이라는 세 글자가 커졌다. 현관의 계단을 단숨에 뛰어올라가 간유리가 들어 있는 목제 문을 연 그 순간, 머리 위에서 큰 소리가 나는 바람에 아키우치는 본능적으로 목을 움츠렸다.

"어이쿠, 깜짝이야."

가게 안에 있던 초로의 남자가 놀라며 말했다. 카운터에서 이쪽을 보고 있는 남자. 숱이 별로 없는 백발의 머리카락. 희고 긴 팔 와이셔츠에 나비넥타이, 검은 조끼 차림의 그는 전형적인 카페 주인의 모습이었다. 안경 너머의 가슴츠레한 눈이 아키우치의 발끝에서 전신을 타고 올라가더니, 머리 위쪽에서 멈추었다. 아키우치는 고개를 돌려 남자의 시선이 머무는 쪽을 보았다. 문 위에 설치된 방울이 흔들거렸다. 방금 났던 소리는 이게 울린 것 같았다.

"어서 오십시오."

방울이 멈추기를 기다린 주인이 아키우치를 보며 말했다.

"죄송합니다, 큰 소리를 내서. 갑자기 비가……."

묘한 느낌에 휩싸인 아키우치는 말을 멈추었다. 어디선가 만난 사람 같았기 때문이다. 하지만 누구였는지는 떠오르지 않았다. 주인 남자는 아키우치의 시선을 받으면서 꺼림칙한 인상의 두 눈을 몇 번인가 깜빡였다.

"혼자신지?"

"네?"

"손님은 혼자 오셨습니까?"

"아, 예. 혼잡니다."

보통 혼자 음식점에 가는 일이 없어서 그런지 아키우치는 가벼운 긴장감을 느꼈다. 대학 근처의 패밀리레스토랑이든 역 앞 식당이든 늘 친구들과 함께였다.

주인이 손으로 카운터 쪽 자리 하나를 가리켰다. 아키우치는 젖은 티셔츠에서 물을 짜내며 검은 스툴의자에 앉았다. 그러고는 다시 한 번 살짝 주인의 얼굴을 살펴본다. 역시 어디선가 만난 적이 있는 얼굴이다. 분명 본 사람인 것 같은데, 누구 다른 이와 착각하는 걸까? 영화배운가? 역사 속 인물이라도 닮은 건가.

"괜찮으시다면 쓰십시오."

주인이 카운터 너머로 검은 수건을 건넸다. 목소리도 어디선가 들은 적이 있는 것 같았다.

아키우치는 수건으로 젖은 얼굴과 머리를 닦았다.

"식사를 하시겠습니까?"

"아니, 마실 거면 되는데요."

"여러 종류가 있습니다만."

"커피로 주세요."

"아이스커피도 있고 따뜻한 것도 있습니다."

"그럼 따뜻한 걸로."

몸이 너무 차가웠다.

주인은 아키우치에게 등을 돌리고 사이펀siphon, 커피추출기을 만지기 시작했다.

세로로 긴 좁은 가게였다. 튼튼한 목제 카운터 하나가 길게 자리하고, 거기에 검은 스툴의자가 열 개 정도 놓여 있다. 구석에는 테이블석이 하나 있는데, 푹신할 것 같은 가죽소파 네 개가 둥근 유리테이블을 둘러싸고 있었다. 아키우치 외에 손님은 한 명도 없는데, 개인이 운영하는 커피숍이라는 것이 다 이런 건지, 아니면 여기만 특별히 불경기인지. 이런 곳에 자주 오지 않는 아키우치로서는 알 수 없었다.

카운터 맞은편에는 붙박이로 보이는 식기장이 있고, 그 안에는 철물과 식기류가 어지럽게 들어 있었다. 식기장 앞에는 아키우치가 앉아 있는 것과 같은 스툴의자가 하나 있고, 그 위에 작은 구형 텔레비전이 올려져 있다. 소리는 나지 않는다. 하지만 브라운관의 영상이 와이드 쇼라는 건 한눈에 알 수 있었다. 전파가 안 좋은지 화면이 더 깜빡인다.

"고장이 나서 쓸 만한 것이 못 됩니다."

아키우치의 시선을 느낀 주인이 그렇게 말하며 조용히 웃었다.

"오히려 방해가 되지요? 끄겠습니다."

슬로우 모션으로 텔레비전에 다가가는 주인을 아키우치는

괜찮다며 재빨리 제지했다.

"그대로 켜 두세요."

주인은 가볍게 눈썹을 올려 보이더니 다시 커피를 만들기 시작했다.

가게를 둘러싼 빗소리. 그와 함께 주인이 찻잔을 만지는 소리만이 가게 안에 적적히 퍼진다. 아키우치의 두 눈은 작은 텔레비전 화면을 향한 채 움직일 줄 몰랐다. 목소리 없는 리포터가―.

'저 집에서 사이좋게 살며⋯⋯.'

'2층 바로 앞에 보이는 저 창문이⋯⋯.'

'현관 옆에 개집⋯⋯.'

'마치 집을 그대로 축소시킨 듯한⋯⋯.'

입모양만으로도 그 여성 리포터가 뭘 말하는지, 어떤 사건을 보도하는 건지 알 수 있었다.

"많이 기다리셨습니다."

주인이 카운터 위에 하얀 컵을 놓았다. 그때 텔레비전 화면이 한층 더 심하게 흔들렸다. 리포터의 얼굴이 마치 열을 받은 유리처럼 흐물흐물 휘고 한쪽 눈만 이상하게 부풀어 오르며 순간 이쪽을 응시하나 싶더니, 화면 전체가 지지직거렸다.

"비가 와서 이러나 참."

주인이 팔짱을 끼고 화면을 내려다보았다. 이제 더 이상 뭐가 나오는지조차 분명치 않다. 전체적으로 흔들리는 가운데

중간 중간에 애매한 윤곽이 보일 뿐이었다. 사람의 얼굴. 개의 모습. 삼각형의 지붕.

"역시 끄는 게 낫겠습니다."

주인의 하얀 손이 텔레비전의 스위치를 눌렀다. 희미하게 잿빛 여운을 남긴 채 화면은 암전된다.

"제대로 나오지도 않는 걸 틀어 놓으니, 눈만 아프네요."

주인은 아랫입술을 조금 내밀고는 행주로 쓱쓱 두 손을 닦았다. 그리고 아무런 예고도 없이 갑자기 그의 키가 반으로 줄어들었다. 아키우치는 깜짝 놀라 목을 길게 빼고는 카운터 안쪽을 쳐다보았다. 주인은 그저 바닥에 있던 종이상자에 걸터앉은 것뿐이었다.

"왜 그러시는지?"

"아뇨, 아무것도 아닙니다."

종이상자 위에서 다리를 꼰 주인은 조끼 주머니에서 문고본을 꺼내 책장을 홀홀 넘기기 시작했다. 표지가 낡은 게 오래되어 보이는 책이었다. 각도 탓에 제목은 보이지 않지만, '개'라는 글자가 들어 있는 건 알 수 있었다. 가게 이름도 그렇고 책 제목도 그렇고, 지금의 아키우치에게 이 이상 불길한 장소는 없을 것 같았다.

기분을 바꾸려고 커피를 한 모금 마셨다.

굉장히 특색 있는 맛을 제공할 것 같은 가게였기 때문에 어떤 맛일지 내심 기대했는데, 컵 안의 내용물은 뭐라 형언할 수 없었다. 너무 연한 걸까? 아키우치는 컵을 들여다보았다. 보통의 커피색이다. 아메리카노도 아닌 것 같다. 한 모금 더 마셔보지만, 정말이지 그냥 뜨거운 물을 검게 만든 듯한 맛이었다. 이걸 주고 도대체 얼마를 받겠다는 건지.

아키우치는 카드 케이스에 들어 있는 메뉴를 가까이 가져와 보았다.

"백이……"

놀라웠다. 커피 값은 겨우 120엔이었다. 체인점 카페들보다 싸다.

"아마 그 정도쯤 되지 않을까 싶었지요."

주인이 문고본을 가슴 앞에 펴둔 채, 우는 것인지 웃는 것인지 모를 표정으로 이쪽을 보았다.

"뭐가……요?"

"가격 말입니다."

무슨 말인지 잘 이해가 되지 않았다. 이어질 뒷말을 기다렸지만, 주인은 다시 문고본으로 눈을 돌렸다. 도대체 뭐 이런 가게가 다 있나 싶었다. 손님은 없고, 커피는 맛이 없고, 주인은 도무지 알 수 없는 말들만 하는 가게라니.

그렇지만 밖에는 비가 엄청나게 쏟아지고 있다.

잠시 동안은 여기 앉아 있을 수밖에 없다.

아키우치는 컵을 받침대에 놓고, 다시 한 번 주위를 둘러보았다. 가게 구석에 놓인 테이블 옆으로 창문이 있었다. 가로 세로 1미터 정도의 유리를 십자가 모양의 나무틀이 구분하고 있고, 네 개로 나눠진 어두운 풍경 속으로 왼쪽에서 오른쪽으로 세차게 흐르는 강이 보였다.

"우리 가게가 경치만큼은 자랑할 만합니다."

주인이 고개도 들지 않고 말했다.

"오늘은 비가 와서 아쉽긴 하지만, 그래도 천천히 구경하시기 바랍니다. 커피가 부족하면 더 드리지요."

방울이 울렸다. 그리고 문 쪽에서 거센 빗소리가 높아졌다.

돌아보자 의외의 얼굴들이 들어서고 있었다.

"쿄야!"

같은 대학의 토모에 쿄야가 흠뻑 젖은 채 서 있었다.

"어, 아키우치?"

쿄야도 놀란 표정이다.

"뭐야, 당신도 비를 피하러 온 거야? 정말 굉장한 비네. 일기예보에서는 소나기가 어쩌고 그랬던 거 같은데."

이때 번쩍하고 쿄야의 등 뒤쪽이 하얗게 빛났다. 번개가 친 듯했다. 그리고 하얀빛 속에 두 사람의 그림자가 보였다. 그중 하나가 애교스런 목소리로 말했다.

"쿄야, 빨리 들어가."

"어, 미안."

반쯤 몸을 숙인 쿄야의 겨드랑이 사이를 빠져나와 가게로 들어온 것은 역시나 비 맞은 생쥐 꼴을 한 마키사카 히로코였다. 그녀는 이마에 들러붙은 긴 머리카락을 손가락으로 쓸어 올리면서 웃어보였다.

"우연이네, 아키우치."

인사를 건넨 히로코는 뒤를 돌아보며 또 다른 한 명에게 말했다.

"치카도 얼른 들어와."

'아, 하즈미도 같이 왔구나.'

아키우치는 갑자기 마음이 들뜨기 시작했다.

머리를 숙이며 가게로 들어선 것은 하즈미 치카였다. 꾸미지 않은 하얀 티셔츠가 피부에 꼭 달라붙어 있었다.

"세이……."

치카가 고개를 들었다. 짧은 앞머리가 흔들리면서 빗방울이 바닥으로 떨어졌다.

"너희들 다 같이 모여서 뭐했어?"

아키우치는 억지로 미소를 지으며 물었다.

"아니, ……에 가는 길이었는데 갑자기 비가 와서 말이지."

대답은 쿄야가 했다.

번개가 쿄야의 말 일부를 삼켜버렸다. 아키우치가 다시 물어보려고 했을 때, 주인이 새로 온 손님들에게 쓰라며 수건을 건넸다. 그가 빌린 것과 같은 검은 수건이다. 세 사람은 제각기 고맙다는 인사와 함께 수건을 받아들었다.

"죄송해요. 저희들 때문에 입구가 다 젖어서."

치카가 머리를 닦으며 주인에게 사과의 뜻을 전했다. 그러자 주인은 웃음을 띠며 고개를 흔들었다.

"신경 쓰지 마세요. 여기 계신 손님도 마찬가지니까요."

그렇게 말하고는 장난기 어린 눈으로 아키우치를 보았다.

"모두들 아는 사이면 구석의 테이블 쪽이 낫지 않겠습니까?"

"아, 그렇게 해주세요."

얼굴을 수건으로 누른 채 쿄야가 똑똑치 못한 목소리로 답했다.

아키우치는 마시던 잔을 들고 가게 구석에 있는 4인용 테이블 석으로 먼저 가 창가 쪽 소파에 앉았다. 십자가 모양으로 나뉜 유리창 너머로 어두운 강이 보였다. 아까보다도 강물이 더 불어난 것 같았다.

잠시 후 머리와 몸을 대충 닦은 세 사람이 구두소리를 내며 다가왔다. 쿄야가 따뜻한 커피를 주문하고 히로코와 치카도 같은 것을 부탁했다.

주인이 테이블에서 멀어지기를 기다렸다가 아키우치의 정면에 앉은 쿄야가 고개를 숙이고 속삭였다.

"상갓집에 들렀다가 같이 밥 먹은 이후로 처음이네. 넷이 이렇게 테이블에 둘러앉은 거 말이야."

히로코가 순간 옆에 앉은 쿄야를 바라보았다. 그와 동시에 아키우치의 옆에서는 치카가 숨을 죽였다. 쿄야는 말을 멈추고 두 사람을 번갈아 바라본 후 불만스러운 듯 투덜거렸다.

"왜 다 표정들이 그래? 이제 어쩔 수 없잖아. 오히려 이상하게 이야기를 피하면 앞으로는 아무 얘기도 못해."

히로코도 치카도 대답이 없다.

두 사람 대신에 아키우치가 입을 열었다.

"그 말이 맞긴 해."

쿄야가 그렇다는 듯이 쓴웃음을 지어보였다. 하지만 그 표정은 아키우치의 입에서 이어진 다음 말에 순식간에 얼어붙었다.

"한 번쯤은 제대로 이야기를 해야 할 것 같아."

"아니 아키우치."

쿄야는 볼을 부자연스럽게 부풀리며 말했다.

"나는 딱히."

그에게서 시선을 거둔 아키우치는 결심한 듯 이야기를 꺼냈다.

"이 중에 살인자가 있는지 없는지."

제1장

1

2주일 전.

햇볕이 맹렬히 내리쬐는 일요일이었다.

로드레이서의 페달을 밟으면서 아키우치는 반바지 주머니에서 휴대전화를 꺼냈다. 전화기는 보지도 않고 엄지손가락으로 재발신 버튼을 찾아 누른다.

"어이, 수고가 많아요."

퀵서비스 회사 'ACT'의 사장 아쿠츠가 기운차게 전화를 받았다. 지금 발신한 번호는 배달원들이 거는 전용번호여서 대화는 사설 없이 본론으로 바로 들어갔다.

"네, 아키우친데요, 네 건 종료했습니다."

"속도 빠르네. 세이 멋진데."

올해로 마흔이라는 아쿠츠는 이십대 초반부터 목소리가 바뀌지 않은 거 같다. 전화통화로는 마치 동년배의 친구 목소리 같으니 말이다. 만약 이 목소리도 나이를 먹으면서 변해온 거라면 실제로 이십대 때는 분명 초등학생 목소리였을 거다.

"다음은 어딥니까?"

"지금은 비었으니까, 사무소로 와서 쉬어도 돼."

비었다는 건 물건을 받으러 와달라는 의뢰가 끊겼다는 말이다. 그러면 아르바이트 배달원은 당연히 할 일이 없다.

"아뇨, 이 근처에서 시간 좀 때우겠습니다."

"그럼 의뢰가 오면 전화할게."

전화를 끊은 아키우치는 전화기를 주머니에 쑤셔 넣었다.

사무소에 돌아가도 어차피 금방 의뢰가 올 것이 뻔했다. 긴급한 뭐를 어디에 가지러 가라고 하는데, 물론 '뭐'는 그때그때 다르지만 어쩐 일인지 '어디'는 신기하게도 꼭 방금 전까지 있던 곳의 근처인 경우가 많았다. 2년 전에 이 아르바이트를 시작한 이래 몇 번의 실수를 경험하면서 아키우치는 깨달았다. 사무소에 돌아가는 건 시간 낭비다.

브레이크를 잡고 로드레이서의 속도를 줄인다. 마침 지금 있는 곳은 사가미 강 하구의 육교 위였다. 길옆 돌에 한쪽 다리를 올리고 서자마자 티셔츠가 양 어깨에 들러붙으면서 가슴에서 올라오는 열기로 얼굴이 후끈거렸다. 등에 맨 메신저 백이 마치 불난 프라이팬 같다.

바닷바람이 불어오더니 땀 냄새와 섞였다. 바로 왼쪽으로 사가미 강 하구가 입을 벌리고 있는 것이 보였다. 최근 2주일 정도 맑은 하늘에 무더운 날이 계속된 탓인지 수면은 유난히도 조용했다.

이때 주머니에서 벨이 울렸다.

"역시 왔구나."

아키우치는 휴대전화를 꺼냈다. 하지만 화면에 뜬 것은 'ACT'가 아니라 '하즈미 치카'라는 이름이었다. 전속력으로 페달을 밟을 때도 거의 요동치지 않는 아키우치의 심장이 쿵쿵거리더니 그대로 멈추는 듯했다. 설마 멈출 리가 있겠냐며 손을 대 확인해보니, 제대로 움직이고 있었다.

하즈미가 일요일에 무슨 일일까? 심심해서 그냥 걸어봤나? 혹시 '잠깐 시간 있어? 가보고 싶은 가게가 있는데.'라고 말하려는 건가? 아니지 아냐.

홀로 망상과 싸우며 아키우치는 전화기를 귀에 가져다댔다.

"여보세요……."

"세이, 지금 아르바이트 중이야?"

늘 그렇듯 무뚝뚝한 목소리다.

"어, 그래도 괜찮아. 지금 잠시 배달이 없어 쉬고 있거든."

"일요일인데 고생이 많네."

"별로 그렇지도 않아. 거의 매일 하는 일인데 뭘."

아무렇지 않게 스스로의 성실함을 강조해본다.

"근데 무슨 일이야? 전화를 다하고."

"지금 어디야?"

"지금? 바다 쪽에 있어. 마침 사가미 강 위야. 왜 쿄야가 자주 낚시하러 가는 항구 있잖아. 그 근처야."

"정말?"

치카는 조금, 정말로 아주 조금 기쁜 듯한 목소리였다.

"그럼 잘됐다. 지금 히로코한테 전화가 왔는데 쿄야랑 같이 그 항구에 있대. 놀러오지 않겠냐고 했어."

"누구? 나한테?"

"아니, 나한테."

그런데 왜 나한테?

"혹시 네가 시간 있으면 같이 갈까 해서."

같이 갈까 해서라니.

이게 무슨 뜻이지? 아키우치는 혼란스러웠다.

치카가 같이 가자고 한다. 이런 건 처음 있는 일이다. 하지만 자신은 아르바이트 중이라, 약간의 시간은 있었지만 정말 약간의 시간밖에는 없다. 항구에 갈 수는 있겠지만 어차피 곧 ACT에서 일이 들어올 게 뻔했다. 분명 치카의 얼굴은 보기 힘들 거다. 하지만 ACT에서 연락이 오기 전에 어쩌면 정말 잠깐이라도 볼 수 있을지도 모른다. 아키우치의 머릿속은 갈등과 망설임으로 가득했다. 어떡하지? 어떡할까? 하느님 어떡하면 좋을까요?

"그래도 아르바이트 중이라 하즈미는 못 볼지도 몰라."

치카가 사는 원룸은 항구에서 걸어서 20분 정도의 거리에
있다. 물론 가본 적은 없지만 전에 히로코에게 그렇게 들었다.
그리고 아키우치는 여기서 출발해서 5분 후면 항구에 도착한
다. 아키우치가 항구에 도착하고 15분 동안 과연 ACT에서 연
락이 오지 않을 것인지, 치카의 얼굴은 볼 수 있을 것인지.

"서로 엇갈린다면 그건 어쩔 수 없지."

"그렇겠지. 그럼 일단은 가볼까."

"그럼 있다 봐."

"알았어."

전화를 끊고 페달에 발을 올린 아키우치는 드롭 핸들을 힘
껏 쥐고는 로드레이서와 함께 항구로 내달렸다. 바닷바람을
가르고 땀을 튕기면서, 그리고 마음속으로는 환희의 함성을
지르면서.

2년도 더 전의 강의실을 떠올렸다.

사가미노 대학 응용생물학부에 입학해 첫 강의에 출석한 그
날, 아키우치는 옆자리에 앉은 같은 1학년생을 보고 뭐 이렇게
예쁘게 생긴 녀석이 다 있나 생각했다. 이 정도 얼굴이면 세상
살이가 편하겠지, 적어도 여자에 관해서만큼은 다 제 뜻대로
할 수 있겠다 싶었다. 그리고 다음으로 머릿속에 떠오른 것은
이 녀석과 사이좋게 지내면 자신에게도 뭔가 좋은 일이 있지

않을까 하는 계산이었다. 아키우치는 여자와 이야기를 잘 못
해서 고등학교 때도 중학교 때도 같은 반 여학생들에게 먼저
말을 건 적은 한 번도 없었다. 여자친구라도 한 번 생기면 이
런 어색함은 사라질까 했지만, 그런 기회도 없었다. 다가오는
건 전부 시커먼 사내 녀석들. 그것도 뭔가 털이 수북하거나 목
소리가 굵은 녀석들뿐이었다. 그래서 아키우치는 옆에 앉은 1
학년생의 옆얼굴을 바라보면서 센스 없는 말장난과 함께 생각
했다. 앞으로 잘 이용해봐야지 하고 말이다. 사이좋게 같이 행
동하다 보면, 가령 좋은 상품 옆에 진열되어 있다가 나중에 덤
으로 팔려가는 것처럼 실수로나마 자신을 구원해줄 여자가 나
타날지도 모른다. 그래, 이게 처세술이라는 거지. 스스로 생각
해도 기막힌 방법이었다.

— 나는 아키우치라고 해. 넌 이름이 뭐니?

아키우치는 지극히 자연스러운 척 가장하며 옆자리의 핸섬
보이에게 말을 걸었다. 가슴 앞에 팔짱을 낀 채 계속 강의가
시작되기만을 기다리던 상대방은 차가운 인상의 얼굴을 별안
간 이쪽으로 돌리더니 정리된 눈썹을 찌푸리며 다시 물었다.

— 키우치?

— 아니, 아키우치. 그게 말야…….

그리고 아키우치는 아무 말도 하지 못했다.

결론부터 말하자면 그것이 난생 처음으로 또래의 여자에게
말을 건 순간이었다. 그리고 처음으로 이 세상에 첫눈에 반한

다는 것이 실제로 있구나 하는 걸 알게 된 순간이기도 했다.

— 난 하즈미 치카라고 해. 잘 부탁해.

— 하즈미 치카…….

너무나도 아름다운 소리였다. 어쩌면 그렇게도 맑게 울리는지. 왜 너는 하즈미 치카이고, 하즈미 치카는 너인지. 왜.

— 왜 땀을 그렇게 많이 흘려?

— 더워서…… 너무…….

— 별로 안 더운데.

편견도 호기심도 없는 듯한 표정의 치카는 검은 눈동자의 커다란 두 눈으로 계속 아키우치를 쳐다보았다.

하즈미 치카.

키 162센티미터. 늘 자세가 바르기 때문에 실제로는 좀 더 커 보인다. 팔짱을 끼거나 짐을 들어서 원래도 그리 크지 않은 가슴을 가리면 '아담한 체구에 굉장히 예쁜 미남'으로 오해받기 십상이다. 피부색이 굉장히 희고, 그것과 관계가 있는지 없는지는 몰라도 태어난 곳은 홋카이도다. 이사카리 강 하구 쪽에 가까운 작고 조용한 동네 출신이란다. 최초의 보이프렌드인 테리라는 곰이 고향집 침대에서 늘 그녀가 돌아오기만을 기다린다고 했던가. 어쨌든 아버지는 어부, 어머니는 전업주부에 두 살 위의 오빠는 아버지 어선에서 털게잡이 일을 돕고 있다. 이런 상세한 정보의 대부분은 치카와 고등학교 때부터 친구인 히로코에게서 나중에 입수한 것이었다.

하즈미 치카.

그녀는 아키우치 세이를 '세이'라고 이름으로만 부르지만 딱히 친근하게 느껴서 그런 건 아니다. 이건 히로코에게 들은 이야기인데, 치카는 고등학교 때 키우치라는 남자와 '여러모로 일이 있었기' 때문에 '아키우치'라는 발음을 좀 싫어한다고 한다. 이유야 어찌됐던 치카가 이름으로 불러주는 건 기분이 나쁘지 않았다. 오히려 처음에는 이름이 불릴 때마다 온몸이 심하게 전율했다. 너무 전율한 나머지 흥건히 땀이 나기도 했다. 아마도 치카는 아키우치에 대해 상당히 땀을 많이 흘리는 타입이라고 생각하고 있을 것이다. 참고로 키우치 모씨와 구체적으로 어떤 식으로 '여러 일이 있었는지'는 아직도 듣지 못했다.

치카와는 강의 첫날의 그 일 이후 얼마 동안 말을 하지 않았다. 솔직히 말하면 할 수 없었다. 매일 전날 밤 온갖 지혜를 총동원해 단어를 음미해가며 작성한 '말 걸기 위한 메모'를 주머니에 넣고 학교에 가기는 했지만, 정작 대학에서 본인을 만나면 그때부터는 아랫배가 차가워지면서 화장실에 가고 싶어졌다. 그러다 점점 의식이 멀어지면서 준비해온 말들 대신에 식은땀만 끝없이 나는 것이었다.

강의실에 들어서면 제일 먼저 치카의 존재를 찾고, 그녀가 지나갈 때 이는 바람에 몸이 굳어지고, 여학생들과 떠들고 있는 방향으로 온갖 청력을 집중시키며 그녀가 가끔 보여주는 귀한 미소에 숨을 삼키는 날들이 한 달 여간 계속되었다. 그때

까지 아키우치는 젊은 여자들은 모두 가령 친구들과 있을 때
조차 조금은 남의 이목을 의식한 말투나 행동을 한다고 생각
했다. 그렇지 않은 여성을 본 것은 치카가 처음이었다. 남에게
무관심한 것인지, 자의식이 너무 낮은 것인지 혹은 극단적으
로 높은 것인지. 그녀의 사소한 눈빛이나 행동을 통해 어떻게
든 어떤 사람인지를 알아내고자 애쓰는 하루하루였다.

그러다가 아키우치는 학교에서 토모에 쿄야라는 무뚝뚝한
친구를 얻게 되었다. 지금은 쿄야와 친구로 오래 지내야지 싶
지만 그 첫 만남만큼은 가능하다면 잊어버리고 싶다.

― 당신이 아키우치지?

어느 날 오전 강의가 끝나고 아키우치는 자기를 부르는 소리
를 들었다. 돌아보니 조금은 긴 앞머리 아래로부터 찌를 듯이
차가운 연갈색 눈동자가 쭉 자신을 향하고 있었다. 사실 아키
우치는 가끔 강의실에서 같이 수업을 듣는 쿄야라는 이 남학
생이 입학 초부터 조금은 신경이 쓰였다.

살짝 느낌이 안 좋았기 때문이다.

용모는 깔끔했지만 너무 말이 없고 무표정했다. 게다가 누군
가와 이야기를 나누는 걸 한 번도 보지 못했다. 목소리를 들은
것도 이때가 처음이었다.

― 그런데?

가벼운 긴장과 함께 아키우치는 상대방을 마주보았다. 쿄야
는 아무 말도 하지 않고 그저 아키우치의 눈을 가까운 거리에

서 똑바로 바라보고 있었다. 더 정확히는 내려다보고 있었다. 그는 아키우치보다 훨씬 키가 컸다. 그때 아키우치의 내면에서 동물적인 본능이 날카롭게 소리쳤다. 이 남자는 위험하다. 상대해서는 안 된다. 만약 가능하다면 도망가는 것이 좋다. 뛰어! 한시라도 빨리 이 자리를 피해! 하지만 인간의 동물적 본능도 별 수 없었다.

─괜찮다면 친구하지 않겠어?

쿄야가 갑자기 그렇게 말했기 때문이다. 아키우치는 놀라서 목이 쑥 튀어나올 뻔했다.

─난 이 근처에서 하숙하고 있는데, 혹시 싫지 않다면 대학 주위를 안내해줄까?

얼굴은 여전히 무표정한 채였다. 아키우치는 장신의 상대를 올려다보며 상당히 혼란스러워했다.

─아니, 우리 하숙집도 학교 근처니까 굳이 안내까지는…….

아키우치는 부드럽게 사양했다. 하지만 쿄야는 그 말을 들은 건지 만 건지 계속해서 이야기했다.

─평소 점심은 어떻게 해? 학교식당에서 먹는 거면 같이 먹으면 어때?

─뭐, 그건 상관없지만…….

─너, 드라마 같은 거 보니?

─드라마?

─오후 강의 너무 딱딱하지 않니?

뭐지? 쿄야가 담담히 내뱉는 묘한 말들을 어디선가 들은 적이 있는 거 같았다. 어디서였지? 언제였지? 누구한테 들었지?

이때 쿄야가 조용히 왼손을 내밀었다. 악수라도 하자는 건가 싶어 자신도 오른손을 내밀려고 했을 때, 그의 가늘고 긴 예쁜 손가락 끝에 한 장의 종잇조각이 끼어 있는 것이 눈에 들어왔다. 뭐지 이건? 아키우치는 유통기한이 지난 음식을 살펴보는 듯한 기분으로 일종의 경계심과 함께 그 종이를 보았다. 작은 사각형의 메모용지. 종이에는 작은 글씨로 뭔가가 적혀 있었다. 그리 잘 쓰지 않은 글씨, 눈에 익은 그 글씨는.

— 떨어뜨렸더라고.

아키우치는 절규했다.

그것은 아키우치가 작성한 '말 걸기 위한 메모'였던 것이다. 그 순간 아키우치는 자신의 인생이 끝났음을 확신했다. 적어도 앞으로 4년 동안은 비참하고 꼴사나운 연애도 못해본 남자란 각인이 찍힌 채 살아갈 수밖에 없음을 각오했다. 아마도 쿄야의 입을 통해 아키우치라는 인간이 어쩔 수 없으리만큼 부끄러운 생물체라는 사실이 순식간에 교내에 퍼질 것이었다. 최악의 수컷. 징그러운 단세포 생물. 앞으로 그게 별명이 될 터였다.

하지만 쿄야는 아키우치의 인격 따위에는 관심이 없는 듯했다. 그는 메모를 건네고는 눈썹 하나 까딱 않고 물었다.

— 상대는 누구야?

그 질문이 너무 뜻밖이어서 아키우치는 저도 모르게 솔직히 대답해버렸다.

—하즈미 치카.

쿄야는 알겠다는 얼굴이었다. 그리고 처음으로 미소를 보였다.

—특이 취향이네.

그리고 두 사람은 나란히 학교식당에 마주 앉아 카레라이스를 먹었다.

"치카와 친구가 될 수 있는 지름길을 알려줄까?"라고 숟가락을 움직여가며 쿄야가 물었다. 생각도 못한 제안에 아키우치는 두말할 것 없이 달라붙었다.

—진짜? 어떻게 하면 되는데?

—나하고 친하게 지내면 돼.

그게 무슨 말인가 싶었다.

—히로코 알지? 치카랑 늘 같이 다니는 마키사카 히로코.

물론 알고 있었다. 머리도 길고 다리도 긴, 전체적으로 부드러운 이미지에 '천생 여자'라는 느낌의 미인이었다. 치카와 히로코는 정반대 타입이어서 두 사람의 사진을 많이 모으면 바둑도 둘 수 있을 정도였다.

—걔가 나를 좋아하는 것 같아.

—정말이야? 어떻게 알았어?

아키우치는 너무 궁금하다는 듯 물었다. 쿄야는 야채절임을 한 숟가락 입에 떠 넣고는, '감'이라고 답했다.

농담하나 했지만 쿄야의 얼굴은 너무나도 진지했다.

— 내가 그 애랑 사귈 테니까, 당신은 나랑 친하게 지내면 돼. 그러면 하즈미 치카랑 가까워질 수 있어.

아키우치는 그의 자신감에 놀랐다.

더욱 놀란 것은 그로부터 1주일 후 쿄야와 히로코가 정말로 사귀게 되었기 때문이다. 쿄야 말에 의하면 '바로 좋다'고 대답했단다. 어떤 종류의 남자에게는 여자랑 사귀는 것이 얼마나 대수롭지 않은 일인지 통감했다. 그리고 자신이 절대 '어떤 종류의 남자'가 아니라는 사실도 동시에 통감했다.

어쨌든 그런 사정으로 아키우치는 돌아 돌아서 치카와 친구 관계를 맺게 된 것이다. 다만, 처음에는 치카와 히로코가 같이 있는 곳에 쿄야가 함께 하고, 그가 아키우치를 불러들이는 패턴이 대부분이었다.

3개월 전의 그 바비큐 파티 날까지는.

항구로 로드레이서를 몰며 아키우치는 가파른 내리막길을 달렸다. 아키우치는 이 길이 담당하는 배달구역 중에서 가장 마음에 들었다. 바닷가를 지나는 한쪽의 일차선 도로가 항구 코앞에서 급경사로 단번에 내려가는 것이다. 보도가 없어 겨드랑이 사이를 맹렬한 속도의 차들이 휙휙 빠져나가기 때문에 위험하다면 위험하지만, 무엇보다 아키우치가 자랑할 수 있는 이 고급 자전거의 진가를 최대한 발휘할 수 있는 길이었다.

옆을 달리는 느린 세단을 추월하면서 아키우치는 더욱 페달을 밟았다. 핸들의 사이클 미터를 보니 시속 46.7킬로미터였다. 내리막길이기 때문에 좀 더 나올 수 있을 거다. 아키우치는 몸을 앞으로 기울이고 드롭 핸들을 다시 잡았다. 바다 냄새. 왼편의 가드레일 너머 아래쪽을 보니 저 멀리 울퉁불퉁한 검은 바위들이 솟아 있고 그와 높이를 겨루듯 하얀 파도머리가 올라오는 것이 보였다. 만약 지금 앞바퀴로 빈 깡통이라도 밟을 것 같으면 자기 몸은 로드레이서와 함께 공중으로 떠올라 거기로 일직선으로 낙하하게 될 것이었다. 보통의 자전거 중량이 20킬로그램 이상인데 반해, 이 자전거는 10킬로그램도 안 되기 때문에 쉽게 튀어 오른다. 애마와 함께 자살. 그렇게 되면 과연 치카는 눈물을 흘려줄까? 왜, 왜 죽어버렸어? 나 너한테 해주지 못한 말이 있는데…… 나, 나 세이를 좋……. 아니지, 있을 수 없는 일이야. 아마도 치카는 이렇게 말하겠지. 정말 자전거를 좋아했나 봐. 그저 불쌍할 따름이야. 혹은 아무 코멘트조차 없을 가능성도 있다. 아키우치의 죽음 정도에는 그 엷은 분홍색의 부드러워 보이는 입술을 그랬냐는 듯 움직이는 것이 고작일지 모른다.

"처음은 원래 그런 거지."

스스로도 의미를 모를 말들을 중얼거리며 아키우치는 정면으로 얼굴을 돌렸다. 공기의 벽이 이마의 땀을 날려주었다. 앞쪽으로 항구가 보이기 시작했다. 제방에 보라색의 사람 그림자가 홀로 앉아 있다. 저 화려한 티셔츠는 분명 쿄야다.

2

"오, 어서 와."

역시 그랬다. 제방 끝에 앉아 정면에 세워둔 낚싯대를 바라보던 쿄야는 돌아보지도 않고 아키우치를 맞이했다. 같이 있을 것이라 생각한 히로코의 모습은 어디에도 보이지 않았다. 쿄야의 옆에서는 자전거가 두 대 세워져 있다. 푸조사의 수입 자전거 한 대는 쿄야 거고, 또 한 대의 연노랑색의 귀여운 자전거는 히로코 것이다. 히로코는 화장실에 간 걸까.

아키우치는 로드레이서의 사이드 스탠드를 내리고 쿄야에게 다가갔다.

"보지도 않고 어떻게 난 줄 알았어?"

분명 브레이크 소리로 판단한 걸 거다. 보통의 자전거가 내는 '끼익' 소리에 비해 로드레이서는 '씨익' 하는 느낌으로 고급스러움이 넘쳐흘렀다. 하지만 전문가가 아니면 좀처럼 구분하기 힘든 미묘한 차이다. 그걸 보지도 않고 알아맞힌 쿄야는 역시 대단한 녀석이었다. 아키우치조차도 확실히 소리의 차이를 판별할 수 있을 거란 자신은 없었다. 쿄야라는 자식 아직

수수께끼가 많다.

"뭐야, 당신이었어?"

쿄야가 고개를 돌리더니 시시한 듯 아키우치를 보았다.

"난 또 치카인줄 알았지. 아까 히로코가 전화로 불렀거든."

"어 뭐, 그런 거 같더라고."

아키우치는 정신을 차리고 쿄야 옆에 책상다리를 하고 앉았다. 그 순간 뜨거운 콘크리트가 맨살의 복사뼈에 닿으면서 비명을 지를 뻔했다. 아키우치는 쿄야가 눈치채지 않도록 조용히 자세를 고쳐 앉았다.

"그런데 말이야, 왜 내가 여기 왔는지 궁금하지 않아?"

"위에서 아르바이트하면서 보니까 내가 보인 거 아냐?"

"그게 그렇지가 않아. 굉장한 사실을 알려주지. 약 5분 정도 전의 일인데, 내가 네 건째 배달을 막 끝냈을 때 주머니에서 휴대전화가 울리는 거야. 너는 안 믿을지 모르겠지만 화면에서는 진짜로."

"왔다!"

쿄야가 쥔 낚싯대 끝이 심하게 흔들렸다.

"그렇지, 전갱이, 전갱이, 눈퉁멸이다!"

주문 같은 소리를 중얼거리며 쿄야는 바다에서 낚은 물고기들을 끌어올렸다. 낚싯바늘에는 은색의 물고기 세 마리가 조금씩 간격을 두고 매달려 있었다. 물고기들은 제방의 콘크리트로 올라오자 힘차게 날뛰었지만, 쿄야는 익숙한 손놀림으로 차례차례 낚싯바늘에서 빼 작은 아이스박스 안으로 던져 넣었다. 전갱이는 모양으로 봐도 전갱이였지만 눈퉁멸은 대체 뭐지?

"낚시하는 거 재밌어?"

대야의 밑밥을 삽으로 떠서 바다에 뿌리는 쿄야를 보면서 아키우치가 물었다.

"자전거로 어슬렁거리는 것보다야."

"어슬렁거리는 게 아니라, 열심히 일을 하고 있는 거라고."

"열심히 일을 하고 있다고 했어?"

"왜 웃어?"

"제대로 일을 하는 남자가 좋아하는 여자애한테 전화 한 통 왔다고 여기까지 오는구나."

쿄야는 아키우치의 얼굴을 보며 싱긋이 입꼬리를 올려보았다. 알고 있으면서 시치미를 뗀 것인 듯했다.

"뭐야, 알고 있었어?"

"타이밍상으로 그렇지 않을까 했지. 치카가 전화해서 뭐래?"

"혹시 네가 시간이 있으면 같이 가려고 했다고."

아키우치는 한 자 한 자 정확히 치카의 말을 재생했다.

"아르바이트 중이라 가도 못 볼지 모른다고 했더니, 서로 엇갈리게 되면 어쩔 수 없다고 했어. 그리고 마지막엔 있다가 보자고 인사하고 끊었지."

"됐어, 그렇게 상세하게 말할 필요까지는 없고."

쿄야는 다시 바다로 낚싯대를 던졌다.

"그건 그렇고 평일도 모자라서 휴일까지 아르바이트 하고 그 돈을 다 어디다 쓰냐?"

"하숙비. 그리고 로드레이서 유지비랑 개조비지."

"자전거로 배달 아르바이트를 해서 자전거를 위한 돈을 모은다는 거야?"

"네가 보기엔 문어가 제 다리 뜯는 짓 한다고 하겠지."

"잘 아네."

"네가 뭘 생각하는지 가끔은 내 눈에도 보이거든."

아키우치는 근육이 튀어오른 허벅지를 계속 손으로 두드렸다.

"뭐 제 다리를 뜯는 게 무엇보다 좋다는 문어도 있는 법이지."

스스로 생각해도 제법 철학적인 표현이다 싶었는데, 쿄야는 그러냐는 듯 콧소리로 답할 뿐이었다.

"근데 그 자전거는 얼마짜리냐?"

"네 그 낚싯대의 스무 배 정도?"

"이 낚싯대 5만 엔 조금 넘어."

"그럼 두 배 정도네."

쿄야네 집은 시코쿠에 있는데 아버지가 거기서 기계 공구를 취급하는 상사商社의 사장이라고 했다. 전국적으로 유명한 회사까지는 아니지만, 그 지역에서는 상당히 알아주는 기업이라고 들었다. 아키우치가 집에서 용돈을 안 받고 계속 아르바이트로 생활하고 있는 데 반해, 쿄야는 매일 이렇게 여유로운 대학생활을 만끽하고 있었다. 학생귀족이라는 건 정말 이런 사람들을 두고 하는 이야기일 거다. "돈이야 집에 얼마든지 있지."라며 언젠가 조금 허무한 듯 쿄야가 말했는데, 아키우치 같은 사람에게는 그 허무함의 원인은 상상도 되지 않았다. 은 숟가락을 물고 태어난 인간에게도 나름의 고민이 있긴 하나 보다.

"너, 차는 안 사?"

그가 부자라는 생각에 아키우치가 물었다. 쿄야는 손에서 릴reel, 얼레. 낚시릴은 낚싯대 밑 부분에 달아서 낚싯줄을 풀거나 감을 수 있게 만든 장치임을 만지작거리며 면허가 없다고 했다. 의외였고, 조금은 기뻤다.

"면허가 없는 거야? 그렇구나. 몰랐네. 후후후."

"당신도 없지 않아?"

"없지."

운전학원에 쏟아부을 돈은 먹고 죽으려 해도 없었다. 아니 그 이전에 아키우치는 차를 타고 싶다는 생각조차 하지 않았다. 이 세상에 애마는 한 대로 충분했다.

"왜 기분이 좋은 거 같아 보일까?"

"아니, 뭐랄까…… 너한테도 빈틈이 있구나 싶어서."

아키우치가 그렇게 말하자 쿄야는 어깨를 으쓱해 보이며 웃었다.

"빈틈은 누구에게나 있어."

어딘가 공허한 웃음이었다.

그러고는 쿄야가 입을 다물었기 때문에 아키우치는 화제를 바꿨다.

"그런데 히로코는 어디 갔어?"

"지금 편의점. 이제 슬슬 돌아올 때가 됐는데, 아 왔다."

역시 남자친구라 그런지 히로코가 다가오는 희미한 발걸음을 먼저 알아차린 듯했다. 그렇게 생각하고 고개를 돌렸지만 항구 입구에 히로코의 모습은 없었다. 다시 바다로 얼굴을 돌리자 쿄야가 끌어올린 낚싯바늘 끝에 물고기가 한 마리 퍼덕이고 있었다.

"아, 제길 놓쳤네."

물고기는 공중에서 퍼덕이다 낚싯대에서 빠져나가 대단한 물보라를 만들며 바다로 낙하했다. 가늘고 긴 실루엣이 미끄러지듯 깊은 곳으로 잠기더니 사라졌다. 쿄야는 혀를 끌끌 차고 뭔가 기술적인 용어를 중얼거리며 다시 낚싯대를 바다로 던졌다.

"뭐야, 물고기 얘기였어?"

"바다에 왔다 하면 보통은 물고기지."

그렇게 말하며 쿄야는 아키우치 쪽을 정면으로 보았다.

늘 그런 것은 아니지만 쿄야는 가끔 이렇게 무언가를 말할 때 상대방의 얼굴을 똑바로 보는 버릇이 있다. 처음 말을 걸어왔을 때도 그랬다. 이 시선과 마주하면 이상하게도 가슴이 철렁하면서 뭔가 매우 중요한 말을 듣는 듯한 기분이 든다. 지금까지 쿄야의 입에서 중요한 말이 나온 적은 한 번도 없었음에도 말이다. 남자인 아키우치마저도 그렇게 느껴지니 여자들한테는 더할 게 아닌가. 어쩌면 그가 여자들에게 인기가 있는 건 이런 데 이유가 있는 것일지도 모른다. 아키우치는 다음엔 자신도 치카의 얼굴을 똑바로 보겠다고 다짐했다. 여자를 녹이는 시선. 그것이 내 무기가 된다면? 좋았어, 해보는 거야. 오늘 만약 치카를 만나게 되면 바로 실행에 옮겨야지.

"당신도 해보겠어?"

순간 쿄야가 자신의 마음속을 눈치챈 게 아닌가 싶었다. 하지만 아니었다.

"거기 있는 낚싯대 써도 돼."

쿄야는 옆에 둔 로드케이스를 턱으로 가리켰다. 안에는 회색의 낚싯대가 하나 들어 있었다.

"낚시? 그럼 좀 해볼까? 근데 이건 네가 쓰는 것보다 훨씬 두꺼운 거 같은데?"

"멀리 던지기 위한 낚싯대야. 20그램 정도의 추를 달아서 멀리 던지지. 여기서 하면 가자미랑 쥐노래미를 노릴 수 있어."

"던지는 게 어려워?"

"상당히."

"그럼 됐어."

던지는 법을 다 익히기도 전에 ACT에서 연락이 올 게 뻔했다.

"근데 전화가 안 오네."

아키우치는 휴대전화를 확인해보았다. 수신 표시는 없다. 이런 식이면 어쩌면 치카가 올 때까지 여기 있을 수도 있다.

"근데 당신네 할아버지 최근 건강이 안 좋다며?"

"응. 췌장이 안 좋으셔서 지금 입원해 계시지."

아키우치의 할아버지 아키우치 아키오는 시내에 큰 저택을 소유하고 있는데, 할머니가 돌아가신 후로는 홀로 그 집에서 살고 계신다.

"왜 할아버지 댁에 안 살아? 대학까지 멀지도 않은데 그런 허름한 하숙집에 살지 말고 할아버지 댁에서 살면 좋잖아. 집도 넓고."

"여러 가지 사정이 있어."

아키우치의 대답에 쿄야는 그러냐는 표정을 짓곤 다시 바다를 보았다.

여러 가지 사정이 있다는 애매한 대답을 듣고서도 추가 질문을 하지 않는 친구는 의외로 귀할지도 모른다는 생각이 들었다. 이런 적당한 무관심은 쿄야의 장점이다.

아키우치의 집은 선조 대대로 이 히라즈카시에서 살았다. 하지만 아키우치의 부모님은 현재 미야기현의 센다이시에 사신다. 아키우치도 거기서 나고 자랐다. 아버지가 할아버지의 반대를 무릅쓰고 센다이에 있는 오래된 고깃집의 외동딸과 결혼해 그 가게를 물려받았던 것이다. 그 이후로 할아버지와 아버지는 거의 절연하다시피 했다. 2년 전 아키우치가 이 히라즈카시에 있는 사가미노 대학에 입학하기로 정해졌을 때도 아버지는 할아버지에게 아무런 연락을 하지 않은 것 같았다.

하지만 반년 전쯤 할아버지가 불쑥 아키우치의 하숙집을 찾아왔다. 친척 중 누군가로부터 우연히 아키우치의 주소를 들었다고 했다. 그것이 아키우치와 할아버지의 첫 대면이었다. 아키우치는 그때까지 '집 나간 외아들에게 화가 나서 부자관계를 끊었다.'라는 이야기만을 들었기 때문에 자신의 할아버지는 상당히 고풍스럽고 완고한 인물일 것이라 생각했다. 하지만 아니었다. 전혀 달랐다.

하숙집 문 앞에 선 할아버지는 노란 파카에 허벅지와 무릎이 찢어진 청바지를 입고 하얀 셀 프레임의 안경을 쓴 너무나도 젊은 느낌의 인물이었다. 할아버지는 아키우치의 얼굴을 보자마자 '오호'라며 놀라더니 빙그레 웃었다. 아이들이 새로운 게임기를 손에 넣었을 때의 미소였다.

— 그놈 참 많이 닮았네, 이거야 원.

아키우치가 어떻게 인사를 해야 할지 생각하는 동안 할아버지는 랩을 하듯 상체를 빼고는 흥미로운 듯 아키우치의 온몸을 살펴보며 '흐음', '오호', '대단하네' 등등의 말들을 계속 반복했다.

그 후로 할아버지는 가끔 아키우치의 하숙집을 찾아왔다. 아키우치도 아르바이트가 없는 휴일에는 종종 할아버지 댁에 놀러가 같이 비디오 게임을 하거나 고급 생햄을 얻어먹곤 했다. 다만 아키우치의 부모님은 아직도 그런 사실은 모르고 있다.

할아버지가 절대로 말하지 말라고 했기 때문이다. 이제 서로 화해하는 것이 어떻겠냐고 아키우치가 말씀드려 보았지만, 할아버지는 완고하게 고개를 저었다. 그리고 마지막엔 꼭 "싫어." 라고 말했다.

그러는 사이 아키우치도 화해의 제안을 하는 것이 귀찮아져서 관두었다.

"할아버지, 저번에 병문안 갔을 때 또 바비큐 파티를 하자고 하시더라."

아키우치는 달구어진 콘크리트 위에서 작은 돌을 주워들어 바다로 던졌다.

"저번하고 똑같은 멤버로?"

"그래. 그때 너희가 꽤나 마음에 드셨나 봐. 퇴원하면 아마 직접 전화하실지도 몰라."

"그러고 보니 할아버지가 우리 전화번호를 전부 다 묻긴 하셨지. 근데 왜 히죽거리는 거야?"

"아니, 아무것도 아니야."

3개월 전에 할아버지 댁 정원에서 같이 한 바비큐 파티를 떠올리면 지금도 아키우치는 자연스레 입가가 올라갔다. 왜냐하면 그거야말로 치카와의 거리를 미묘하게 좁혀준 이벤트였기 때문이다.

— 가끔은 여자애들이라도 불러서 같이 술도 한잔하고 그럴까?

그렇게 말을 꺼낸 것은 할아버지였다. 그러면서 자신은 젊은 여자는 아는 사람이 없다며, 여대생이라도 좀 데려오라고 아키우치에게 부탁한 것이다. 하지만 아키우치에게도 편하게 초대할 여대생들이 있을 리 없었다. 고민한 끝에 아키우치는 쿄야에게 전화를 걸어 상의했다. 그러자 쿄야는 일단 전화를 끊더니 5분 후에 다시 걸어왔다. 그때는 이미 히로코와 치카도 참석하기로 결정된 후였다.

그로부터 며칠이 지난 일요일, 아키우치와 쿄야, 치카, 히로코는 할아버지 댁 정원에서 맥주를 마시고 고기를 구워먹으며 소란스레 놀았다. 그날을 위해 할아버지가 일부러 맥주서버나 그릴 테이블 등을 사서 준비해두었다는 사실은 놀라웠다. 그리고 더 놀란 것은 '휴일의 하즈미 치카'가 매우 허물없이 이야기하는 수다쟁이라는 사실이었다. 그녀는 아키우치가 주저주저하며 꺼낸 농담에 배꼽을 잡고 웃었으며, 쿄야의 성격에 대해 위트 있는 비유법을 쓰기도 했고, 히로코가 이야기한 추억들에 대해서는 크게 맞장구를 쳤고, 할아버지의 은근한 농담도 매우 능숙하게 받아넘겼다. '휴일의 하즈미 치카'를 본 것도 그녀와 그렇게 편하게 떠든 것도 이전에도 이후에도 딱 그때뿐이었다. 그래도 아키우치에게는 매우 뜻 깊은 하루였다.

"아, 왔다!"

쿄야의 말에 재빨리 바다를 보았다. 낚싯대는 잠잠했다. 그 대신 항구 입구 쪽에서 히로코의 웃음소리가 들려왔다.

"난 물고기가 또 걸렸나 했네."

"나야 그쪽이 더 좋긴 하지. 근데 쟤 왜 시이자키 선생님 댁 꼬마를 데려온 거야?"

태양에 열을 받은 제방으로 다가오는 히로코 옆에는 작은 실루엣이 함께 하고 있었다. 그 옆에 더 작은 갈색 실루엣이 또 하나.

"견공까지 납시셨네."

시이자키 선생이란 대학에서 미생물학을 가르치고 있는 시이자키 쿄코 조교수를 말하는 거였다. '꼬마'는 선생의 열 살 짜리 아들 요스케, '견공'은 애완견 오비였다.

"와, 아키우치 와 있었네."

히로코가 작은 보폭으로 뛰어왔다. 스커트 사이로 번갈아가며 하얀 허벅지가 보였다.

"치카가 연락이라도 했어?"

"응, 뭐 그런 셈이지."

아키우치는 마치 그것이 일상적인 일이라도 되는 양 대답했다. 그리고 속으로는 치카에게서 걸려온 전화를 떠올리고는 싱글거렸다. 혹시 네가 시간이 있으면 같이 갈까 해서. 후후후. 같이 갈까 하고. 킥킥킥. 같이 갈까 하고. 히히히.

"그래?"

히로코는 비닐봉지에서 캔 커피를 꺼내 쿄야와 아키우치에게 전해주고는 그 자리에 쪼그리고 앉아 자기 몫으로 사온 녹차 캔을 땄다. 짧은 스커트에 푸른 반소매의 블라우스가 시원해 보였다. 그런데 시원해 보이는 건 좋지만, 가능하면 그렇게 쪼그려 앉지는 않았으면 싶었다. 아키우치는 본능을 억누르며 얼굴을 들었다. 하지만 또 금방 시선만 아래쪽으로 가버릴 것 같았기 때문에, 이번에는 억지로 턱을 들었다. 바닷바람에 어깨까지 내려온 히로코의 머리카락이 나부꼈다. 원래 미소를 타고 난 사람처럼 부드러운 얼굴. 미소가 매우 귀한 치카와는 정말이지 달랐다.

"덥네."

히로코가 블라우스의 가슴 부분을 잡아당기며 바람을 넣었다. 아키우치는 눈이 가는 곳이 너무 많아서 곤혹스러웠는데, 때마침 요스케와 오비가 다가왔기 때문에 그쪽으로 고개를 돌렸다.

"안녕, 요스케."

"안녕하세요."

요스케는 굳이 발꿈치를 모으고 서서 꾸벅 머리를 숙였다. 히로코가 돌아보며 요스케의 머리를 톡톡 두드렸다.

"편의점에서 돌아오는 길에 딱 만났지 뭐야. 그래서 같이 왔지."

요스케는 히로코의 얼굴을 보고 작은 어깨를 으쓱해 보였다.

"애완견하고 해변을 산책하던 중에 이 사람에게 납치당했어요."

"그쪽 말이야. 학교에서 건방지단 소리 들은 적 없어?"

쿄야가 캔 커피를 마시며 물었다. 요스케는 고개를 갸웃거리며 정말로 진지한 표정으로 조금 생각하는 듯하더니 "있네요."라고 답했다.

"여섯 번 정도."

"똑같은 녀석한테서?"

"아니, 전부 다른 선생님한테서."

"선생님이라……."

쿄야는 다시 바다로 얼굴을 돌렸다.

시이자키 쿄코는 대학에서 걸어서 갈 수 있는 단독주택에 살기 때문에 아들인 요스케와는 이런 식으로 가끔 만난 적이 있다. 딱딱한 조교수의 아들이라 그런지 요스케의 언동은 하나같이 어른스러웠다. 다만 어른스러운 것은 속일 뿐, 체구는 작았다. 아마도 또래 친구들 중에서도 키가 작은 편일 게다. 엄마를 닮아서 피부색이 희고, 갈색이 조금 섞인 크고 인상적인 눈을 가지고 있었다.

"오늘 시이자키 선생님은 뭐하셔?"

아키우치는 캔 커피를 따면서 요스케에게 물었다.

"대학에 있어요. 서둘러 해야 할 일이 있다고."

요스케는 엄마와 둘이서 산다. 이유는 모르지만 쿄코는 작년에 남편과 이혼했다.

"시이자키 선생님은 휴일에도 일하시는구나."

"커리어우먼이니까요. 야아, 오비."

갑자기 오비가 움직이면서 잡고 있던 붉은 끈이 요스케의 손을 떠나 땅으로 튀었다.

냄새가 신경 쓰이는지 오비는 밑밥이 들어 있는 대야에 얼굴을 묻고 쿵쿵거리고 있었다.

"안 돼."

요스케가 끈을 주워들고 가볍게 당기자, 오비는 금방 작은 주인의 발밑으로 돌아와 얌전해졌다. 그리고 혼날 거라 생각했는지 고개를 들어 요스케를 올려다보았다.

"견공 영리하네. 이런 이상한 꼬마가 하는 말도 다 알아듣고."

쿄야가 손을 내밀어 오비의 머리를 쓰다듬으려고 했다. 하지만 오비는 뚱한 표정으로 뒤로 물러서며 그 손을 피했다.

"나나 엄마밖에 쓰다듬지 못해요. 오비는 다른 사람들은 따르지 않거든요."

"아아, 그렇습니까?"

"엄마가 오비디언트 도그에서 오비라고 이름을 붙인 뒤부터인지 몰라도요."

"오비…… 뭐? 방금 뭐라고 했어?"

"영어예요. 아직 학교에서 안 배웠어요?"

"안 배웠어."

나중에 아키우치가 이때의 대화를 떠올리고 영어사전을 찾아보니 'obedient dog'로 '충견'이라는 뜻이 있었다.

"요스케, 괜찮으면 이거 마실래? 치카가 안 오니까 뜨거워지 겠어."

히로코가 비닐봉지에서 음료수 캔을 꺼냈다.

"그거 뭔데요? 아, 커피? 미안하지만 전 카페인은 못 마셔요."

요스케는 그렇게 말하고는 눈을 가늘게 뜨며 애교스런 표정 을 지었다.

"그래도 고마워요."

"그래도 고마워요."

곧장 쿄야가 눈썹을 찡긋거리며 따라 말했다.

그때 아키우치가 갑자기 고개를 갸웃거렸다.

"근데, 히로코, 왜 음료수를 네 개 사왔어?"

"왜냐니, 전부 해서 네 명이."

히로코는 갑자기 말을 멈췄다.

설마, 혹시.

그렇군. 틀림없어.

묘한 침묵 후에 아키우치가 물었다.

"히로코, 혹시 말이야. 아까 치카에게 전화했을 때 무슨 소 리 했어?"

"응? 무슨 소리라니?"

"예를 들면 나도 같이 오라고 얘기해보라든가……."

"그런 말 안 했어. 절대 안 했어."

히로코는 도대체 무슨 얘기인지 모르겠다는 듯 고개를 저었다. 그 모습을 보고 아키우치는 속으로 한숨을 쉬었다. 아무래도 치카가 전화로 자기를 부른 것은 단순히 히로코가 신경을 써주었기 때문인 것 같았다. 히로코는 쿄야를 통해서 아키우치가 치카에 대해 가진 감정을 알고 있다. 그래서 분명 두 팔 걷고 도와주려고 한 거다.

"괜찮은데, 굳이 신경 쓰지 않아도."

아키우치의 말에 히로코는 곤란한 듯한 표정이었다. 그 옆에서 쿄야가 아까 요스케의 말을 또 따라한다.

"그래도 고마워요."

아키우치가 쿄야에게 뭔가 말하려고 하는데 요스케가 로드케이스를 뒤지더니 안에서 회색 낚싯대를 꺼냈다.

"빌릴게요."

"어이, 맘대로 건들지 마."

"빌린다고 했잖아요."

요스케는 낚싯대 끝을 척척 잡아당기더니 익숙한 손놀림으로 실을 끼우기 시작했다. 쿄야의 말을 무시한 채 실 끝에 바늘과 먹이를 달더니 휙 하는 소리와 함께 낚싯대를 던졌다. 5초 정도 지난 후 상당히 먼 수면에서 작은 물보라가 일었다.

"뭐야, 저렇게 멀리까지 던진 거야?"

아키우치가 감탄하자 요스케는 가볍게 어깨를 으쓱해 보였다.

"딱히 힘으로 던지는 게 아니니까요. 낚싯대가 휘는 것을 이용해 던져요."

"우와……."

팔짱을 끼고 고개를 끄덕이던 아키우치는 문득 한 가지 사실을 알아차렸다. 눈앞에 서서 낚싯대를 드리우고 있는 두 사람, 쿄야와 요스케가 같은 보라색 티셔츠를 입고 있는 것이었다. 똑같았다. 그걸 얘기해 쿄야를 놀려줄까 하고 한순간 생각했지만, 요스케가 어른스럽지 못하다고 생각할까봐 그만두기로 했다.

"요스케, 낚시를 좋아하는구나."

히로코가 일어서더니 요스케의 옆으로 가서 다시 쪼그리고 앉았다. 이때 바로 아래로 눈이 돌아가지 않는 걸 보니 딱 초등학생이 맞았다.

"보기보다는요. 휴일에 반대편 제방에서 가끔 해요."

요스케는 정면으로 보이는 제방을 가리켰다. 이 항구는 'ㄱ'자 모양이기 때문에 긴 제방이 두 개, 바다를 향해 나와 있다. 지금 아키우치 일행이 있는 것은 아래쪽 획에 해당했다.

"저쪽은 어업조합의 새 창고가 있어서 선원들이 많아요. 그 사람들이 어떻게 하는지 가르쳐줬어요. 요령이나 조류潮流를 보는 법 등도요."

선원이라는 단어는 대학생인 아키우치의 입에서도 바로 나온다고 말할 자신이 없다. 조류라니, 그건 뜻도 잘 모른다.

"평소엔 무슨 물고기를 잡아?"

"계절에 따라 달라요. 지금은 회유어가 돌아왔으니까, 인조 미끼로 새끼방어나 눈퉁멸이나 운이 좋으면 전갱이 정도."

"우와, 잘 아네."

너무 감탄만 하는 것 같지만 그래도 아키우치는 감탄했다. 요스케는 더욱 무게를 잡고 돌아보며 말했다.

"나중에 바다에 대한 공부를 할 거예요. 물고기뿐만 아니라 더 상세한 것까지. 수질이나 조수간만에 대해서도."

"벌써 나중에 뭘 할 건지 다 생각하고 있는 거야? 그럼 혹시 학원에도 다니니?"

"학원 같은 데는 안 가요. 그건 부모들에게 꿈을 파는 그냥 장사일 뿐이니까요."

우와, 아키우치는 속으로 소리를 질렀다. 대단히 날카롭다.

요스케는 바다로 얼굴을 돌리더니 누구에게랄 것도 아닌 투로 말했다.

"바다는 달의 인력 때문에 깊어지기도 얕아지기도 한대요."

"어, 알지 알아. 들은 적 있어."

아키우치는 맞장구를 쳤다. 분명 텔레비전에서 그런 프로그램을 본 적이 있다. 요스케는 말을 이었다.

"지구가 도는 원심력과 달의 인력의 균형으로 조수간만의 차가 생기는 거죠. 얼마 전에 책에서 읽었어요. 대단하죠? 달은 훨씬 멀리 있는데 지구에 있는 바다의 높이를 바꿀 수 있다니."

"그러네, 정말 대단하다."

아키우치는 팔짱을 끼고 창공을 올려다보며 중얼거렸다. 자
연은 위대하다. 자연은 불가사의하다. 시야 끝으로 히로코가
살짝 입술에 손을 가져다대는 것이 보였다.

"잘됐네, 좋은 친구가 있어서."

쿄야가 요스케에게 얼굴을 가까이하고는 속삭였다.

그때, 아키우치의 반바지 주머니에서 휴대전화가 울렸다. 보
니 'ACT'라는 표시가 떠 있다. 드디어 일이 들어오고 말았다.
즐거운 한때는 이걸로 끝인 듯했다.

"수고 많으십니다. 아키우칩니다."

"그래, 세이, 다섯 건째 가볼까! 고객이 급하다는군. 15분 이
내로 와달라고 하네."

의뢰자의 주소를 들은 아키우치는 일어나 완전히 뜨거워진
로드레이서에 앉았다. 치카가 오기 전에 떠나는 건 아쉬웠지만,
한편으로는 조금 안심되기도 했다. 생각해보면 '휴일의 하즈미
치카'를 만나기엔 아르바이트 중인 자신이 너무 지저분하고 땀
냄새가 많이 나기 때문이다.

"그럼 난 다시 아르바이트 하러 간다. 또 보자, 요스케도 히
로코도 안녕."

"네, 또 봐요."

요스케가 고개를 끄덕이며 다 안다는 얼굴로 아키우치에게

웃어보였다. 그 발밑에서 오비가 살랑거리며 꼬리를 흔들었다.

"아, 아키우치 미안, 내가 쓸데없는 짓을 해서."

히로코가 미안해하자, "그래도 고마워요."라며 쿄야가 밑도 끝도 없이 덧붙였다.

로드레이서의 페달을 밟은 아키우치는 항구를 뒤로 한다.

의뢰자에게 물건을 받으러 가면서 어쩌면 어딘가에서 지나가는 치카와 만나게 되지 않을까 생각했다. 작은 기대와 묘한 불안. 만나고 싶지만 자신의 꼴이 초라하다. 얼굴을 보고 싶지만 땀 냄새가 너무 난다.

이때 목소리가 들렸다. 잘못 들은 건가 했다.

또 한 번 목소리가 들렸다. 이번엔 확실했다.

좌우 브레이크를 동시에 잡고 뒤를 돌아보았다. 방금 빠져나온 신기루같이 아른거리는 길 끝, 거기에 깨끗하고도 하얀빛이 떠오르고 있었다.

"아, 배달 들어왔구나."

하얀빛에 둘러싸인 치카가 눈부신 듯 한쪽 팔로는 태양을 가리며 다가왔다. 연한 핑크색 티셔츠에 청바지와 운동화. 휴일의 하즈미 치카다.

"미안, 내가 머리를 좀 말리느라 늦어서."

"머리?"

"아까 너한테 전화했을 때 막 샤워를 끝냈을 때였거든."

샤, 샤, 샤 샤워, 아키우치는 속으로 외쳤다.

"히로코랑 다들 아직 항구에 있어?"

치카는 천천히 걸어왔다.

"있어, 아직 있어."

아키우치는 그때 공포에 가까운 감각을 느꼈다. 샤워를 막 끝낸 치카. 땀범벅인 자신. 두 사람의 몸이 더 이상 가까워져서는 안 된다. 체취가 생각보다 멀리 퍼진다는 건 대학에서 치카와 스쳐 지날 때 이는 바람 향을 맡아온 아키우치는 알고도 남았다.

"안 오는 게 좋아!"

로드레이서에 걸터앉은 채로 아키우치는 방패처럼 한 손으로 앞쪽을 막았다. 손바닥에서 1미터 정도 앞에 서서 치카는 이상한 듯 눈썹을 찌푸렸다.

"무슨 일이야?"

"오면 안 돼!"

"왜?"

적당히 둘러댈 말이 떠오르지 않아서 아키우치는 솔직히 말해버렸다.

"나는 땀 냄새가 심해."

"별로 냄새 안 나는데."

치카가 정색을 하고 코끝을 내밀었기 때문에 아키우치는 속으로 비명을 지르며 상체를 뒤로 뺐다. 그 탄력으로 뒤로 비틀거리며 땅을 짚고 있던 다리가 균형감을 잃었다.

"잠깐!"

치카가 재빨리 아키우치의 팔을 잡았다. 처음으로 닿은 치카의 손은 이렇게 더운 날씨에도 불구하고 놀랄 만큼 차가웠다. 이게 여자의 손이구나. 이게 치카의 손이구나. 주위의 풍경이 하얗게 페이드 아웃되었다. 이건 착각일까. 아니면 내 눈이 이상해진 걸까. 아니, 왠지 의식이 멀어지는 것 같았다. 희미해지는 의식 속에서 아키우치는 치카의 목소리를 들었다. 처음에 그녀는 작게 '아'라고 했다. 그리고 뭔가 흥미로운 듯 '아—'라고 했다. 그러고는 덤덤한 목소리로 말을 이었다.

"조금 냄새가 나는 것 같기도 하네."

3

아키우치가 다시금 항구로 향한 것은 치카와 헤어지고 연속으로 네 건의 배달을 끝낸 다음, 빈 시간을 이용해 하숙집에서 셔츠를 갈아입은 후였다. 항구에서 모두와 헤어진 지 2시간 가까이 지났을까.

'유감.'

항구에는 이미 아무도 없었다. 쿄야 일행의 자전거도 낚시도구도 없었다. 다들 어디 간 걸까? 시원한 곳으로 이동했을지도 모른다. 아키우치는 휴대전화를 꺼내 쿄야의 번호로 전화를 걸었다.

'유감.'

전화도 받지 않는다. 아키우치는 일행과의 합류를 포기하고 오늘 하루는 아르바이트에 전념하기로 결심했다. 애당초 그게 아르바이트 직원 본연의 모습이다. 전화기를 주머니에 넣고, 제방의 콘크리트 위에서 로드레이서를 돌렸다. 그런데 문득 떠오른 생각.

"어쩌면……."

아키우치는 항구의 한 구석에 설치된 어업조합의 창고로 향했다. 그곳은 거대한 콘크리트 블록처럼 가로로 긴 건물로 정면에 철문이 몇 개 늘어서 있었다. 딱 긴 집을 닮은 형태로 문 안은 각각 3평 정도 넓이의 창고였다. 작년에 'ㄱ'자의 위쪽 획에 멋진 창고가 생기면서 어업관계자들은 그곳을 이용하게 되었기 때문에, 지금 이 옛 창고는 전혀 사용되지 않는다고 한다. 왜 아키우치가 그 창고로 향했느냐면 이전에 쿄야에게서 그 안에서 히로코와 이런저런 걸 했다는 것을 들은 기억이 떠올랐기 때문이다. 어쩌면 다들 거기로 갔을지도 모른다.

'아니, 있을 리가 없을 거야.'

창고 바로 앞에서 아키우치는 생각을 바꿨다. 오늘은 치카도 같이 있기 때문이다. 다 같이 창고 안에 있을 리도 없고, 있어서도 안 된다.

페달에 다시 발을 올렸을 때 또 휴대전화가 울렸다.

"세이, 아홉 건째야. 오늘은 꽤나 바쁘네."

"장소는 어딘가요?"

이제는 정말 아르바이트에 전념하는 수밖에 없을 거 같았다.

"보통은 드문 곳이지만 아키우치에겐 익숙한 장소지. 사가미노 대학이야."

"제가 다니는 학교잖아요?"

"그래, 의뢰한 사람은 미생물학 연구실의 비이자키 쿄코 씨고."

"비이자키요?"

"농담, 농담. 시이자키 씨야시이자키의 시이에서 알파벳 'C'를 떠올리고는 'B' 자키라고 말장난을 한 것."

"아, 그분은 제가 강의를 듣는 선생님이세요."

바로 요스케의 어머니였다.

쿄코에게 물건을 받으러 가는 건 처음이었다. 퀵 배달을 의뢰했더니 아는 얼굴인 아키우치가 등장하면 쿄코는 틀림없이 놀랄 것이다. 그 순간이 조금은 기대되기도 했다.

"오호, 그래? 그럼 연구실이 어딘지 설명할 필요도 없겠네. 물건은 서류봉투가 하나고 4시까지 수신처에 도착해야 하는데, 본인은 아무래도 시간이 안 난다네."

"수신처는 어디에요?"

"○○연구소. 대학에서 차로는 30분 정도 걸리는 곳이래. 상세한 주소는 비이자키 쿄코 씨가 알려줄 거야."

아키우치는 시계를 보았다. 3시 10분. 여기서 대학까지는 15

분.

"알겠습니다."

"근데 그 여성분 멋지고 아름다운 목소리를 가졌더군."

"목소리뿐만이 아니에요."

아키우치는 항구에서 나와 바다를 따라 나 있는 도로를 달렸다. 도중에 모퉁이를 오른쪽으로 돈다. 대학 정문까지 이어지는 그 길은 일차선의 직진 도로였다. 역이 가까운 탓인지 노상주차가 곳곳에 눈에 띄는 게 다른 길처럼 차도 끝을 획획 달릴 수가 없었다. 아키우치는 어쩔 수 없이 보도로 가기로 했다. 하지만 보도에도 역시 보행자가 많이 있었다. 로드레이서를 지그재그로 운전하는 아키우치의 얼굴을 노골적으로 싫은 티를 내며 쳐다보는 사람도 있었다. 아키우치는 가급적이면 시선을 마주치지 않으려 하면서 보도를 주행했는데, 급기야는 눈앞에 유치원생들이 단체로 등장했다. 굉장한 수였다. 어깨에 물통을 걸치고 있거나 작은 가방을 등에 메고 있는 걸 보면 소풍이라도 갔다 온 걸까.

"뒷길로 가면 좋았을걸."

아키우치는 작게 혀를 찼다. 유치원생들의 틈을 비집고 통과하기란 아무래도 망설여졌다. 어쩔 수 없이 로드레이서에서 내려 아이들의 뒤에서 걷기로 했다.

가는 길에 패밀리레스토랑인 '니콜라스'의 간판이 보였다. 다들 저기 있을지도 모르겠다고 생각했다. 니콜라스는 사가미노 대학의 학생들이 자주 모이는 곳으로, 아키우치도 쿄야도 수업이 끝나고 식사를 할 때는 대부분 그곳을 이용했다. 어쩌면 가게 주차장에 친구들 자전거가 세워져 있을지 모른다. 한 번 볼까, 어쩔까. 멍하니 생각하는데, 앞서 걷던 유치원생들이 말도 안 되는 CM송을 부르면서 모퉁이를 돌아 사라졌다. 잘 됐다. 아키우치는 내심 손뼉을 치며 다시 로드레이서에 올라탔다.

그때였다. 아키우치가 별 생각 없이 길 반대편, 오른쪽 보도를 보았을 때 보행자들 사이로 요스케와 오비가 함께 있는 뒷모습이 보였다. 아직 산책을 하고 있는 것 같았다.

"어이!"

불러보았지만 마침 달려온 트럭의 엔진소리 때문에 요스케에겐 들리지 않은 듯했다. 쳐다보지 않는다. 그건 그렇고 요스케는 대체 뭘 하는 거지? 요스케는 보도 중앙에 서서 바로 옆의 오비를 내려다보면서 뭔가 중얼중얼 입을 움직이고 있었다. 그 좌우를 방해가 된다는 듯 보행자들이 얼굴을 찌푸리며 오가고 있었다.

그때 아키우치는 오비의 행동이 이상하다는 사실을 느꼈다. 아무래도 요스케 역시 그것에 신경을 쓰고 있는 듯했다. 오비는 땅에 엉덩이를 대고 웬일인지 그 자리에서 움직이려고 하지 않았다. 요스케가 뭐라 뭐라 말하면서 줄을 잡아끄는 것이 보였다. 오비는 목이 이리저리 흔들리면서도 여전히 일어서려 하지 않을 뿐 아니라, 귀찮은 듯 크게 하품을 했다.

"……에 갈래?"

귀에 익은 목소리다. 시선을 정면으로 돌리자 니콜라스의 문 앞에 히로코의 모습이 보였다. 니콜라스는 1층에 자전거와 차량을 세우는 주차장이 있고 2층이 가게이기 때문에 히로코의 모습이 보인 것은 계단 위였다. 히로코의 맞은편에는 보라색에 아무 무늬도 없는 티셔츠 차림, 쿄야였다. 두 사람 뒤로 치카도 있었다.

세 사람은 마침 가게에서 나온 듯 나란히 계단을 내려오려 하고 있다. 하지만 거기서 쿄야가 어깨에 메고 있던 로드케이스를 겨드랑이에 끼고, 갑자기 먼저 계단을 달려 내려왔다. 저 녀석 뭘 하는 거지? 쿄야는 층계참까지 내려오더니 마치 소총으로 무언가를 노리는 듯한 포즈로 로드케이스를 공중으로 향하게 했다. 그러자 전선에 앉아 있던 참새들이 몇 마린가 놀라서 날아간다. 쿄야는 크게 웃으며 만족스러운 듯 그걸 바라보았다.

"역시 제 정신이 아니야. 저 녀석은……."

그 순간이었다.

낮은 신음소리가 들렸기 때문에 아키우치는 다시금 길의 반대쪽으로 시선을 옮겼다. 귀찮은 듯 땅에 앉아 있던 오비가 아까와는 완전 딴판이었다. 몸은 니콜라스 쪽을 향하고 꼬리를 똑바로 세우고 머리를 들고 있었다. 그리고 이빨을 드러낸 채 무언가를 듣는 듯 귀를 앞으로…….

"아……!"

오비가 땅을 차고 나섰다. 붉은 끈이 팽하고 당겨지며 그 반동으로 가녀린 요스케의 몸이 거센 바람에 날려가듯 순식간에 끌려갔다. 오비는 도로의 반대쪽을 보며 달려간다. 그 몸이 도로로 달려가며 달려오는 대형 트럭의 코앞을 빠져나간다.

아니, 빠져나간 건 오비뿐이었다.

머리를 꽉 움켜쥔다. 높은 브레이크 소리. 거의 동시에 들려온 둔탁한 소리. 트럭은 차체가 흔들리면서 정차했다. 뒤에서 오던 차들의 브레이크 소리가 계속해서 들렸고, 어디선가 누군가 큰 소리를 질렀다. 이어서 다른 누군가의 목소리. 비명.

그리고 완연한 정적.

정신을 차렸을 때 아키우치는 로드레이서를 그 자리에 팽개친 채 무작정 뛰고 있었다. 정면에서 걸어오는 사람들과 어깨가 부딪히고 상대방의 안경이 땅에 떨어진다. 하지만 아키우치는 그것을 주워주는 것도 미안하다는 사과를 하는 것도 생각하지 못하고, 그저 똑바로 서둘러 뛰었다. 보이는 것은 오비뿐이었다. 오비는 도로 중앙에서 네 개의 다리로 버티고 서서 머리를 아래위로 바쁘게 흔들면서 구급차의 사이렌 같은 소리를 지르고 있었다. 요스케의 모습이 보이지 않는다. 어디에도 없다. 하지만 그 애가 어디 있는지는 뻔했다. 오비의 목줄에서 늘어진 붉은 끈은 대형 트럭의 차체 아래로 이어져 있었다. 창백해진 얼굴의 운전수가 알 수 없는 말들을 소리치며 트럭 운전석에서 튀어나와 땅에 배를 깔고 엎드렸다. 작업복을 입은 중년의 남성이었다. 그대로 자신의 몸을 트럭의 차체 안으로 넣더니 몇 초 동안 그렇게 있다가 나왔다. 그 양팔에는 요스케의 몸이 들려 있었다. 움직이지는 않았다. 운전수는 요스케 오른손의 끈을 보았다. 그것은 트럭의 오른쪽 바퀴 아래에서 오비의 목으로 이어져 있었다. 운전수는 또다시 의미를 알 수 없는 말들을 했다. 소리치면서 필사적으로 요스케의 손에서 끈을 뺐다.

"구급차!"

처음으로 운전수의 입에서 확실한 단어가 들렸다. 그것이 신호인양 도로 중앙에서 서성거리던 오비가 갑자기 내달렸다. 사람들 사이를 빠져나가 건물의 그림자 속으로 사라졌다. 하지만 오비가 어디로 가는지 신경 쓰는 사람은 아무도 없었다. 그 자리에 있던 전원의 시선은 희고 가느다란 손발을 힘없이 늘어뜨린 작은 체구로 향해 있었다.

* * *

"그래서? 당신은 어떻게 생각하는데?"

유리 테이블을 사이에 두고 마주앉아 있는 쿄야가 하얀 컵을 입에 갖다 댔다. 천천히 내용물을 한입 들이마시는 중에도 그 두 눈은 쭉 아키우치의 얼굴을 보고 있었다. 옆자리에서는 히로코가 고개를 숙인 채 인형처럼 정지해 있다. 아키우치 옆에 앉은 치카도 분명 그녀와 같은 모습으로 있을 터였다. 고개를 돌려 그걸 확인할 용기는 없었다.

"어떻게 생각한다는 게 아니야. 아무것도 모르겠어. 그러니까 지금 이렇게 한번 생각해보자는 거야."

쾅 하는 소리와 함께 테이블이 심하게 움직였다. 쿄야가 발로 찬 듯했다. 투명한 판 위에서 세 개의 컵이 튀어 오르더니 곳곳에 검은 반점이 생겼다. 다행히 넘어진 컵은 없었다.

"생각하는 게 아냐. 탓하고 있는 거지. 그렇지? 우리 중 누군가를 탓하고 있어. 요스케를 죽인 누군가를. 안 그래?"

아키우치가 아무 말도 못하고 있자 쿄야는 "그렇지?"라며 이번에는 소곤거리듯 낮게 말하며 테이블 너머로 얼굴을 들이댔다.

"아니야?"

차가운 그 시선을 받으면서 아키우치는 그저 고개를 옆으로 저었다. 그때마다 머리 한 구석이 많이 아팠다. 비를 맞은 탓에 감기에 걸린 걸지도 모른다. 머리카락도 아직 젖어 있다. 옷도 금방 마르지는 않았다. 얼굴 옆으로 물방울이 흘러내렸다.

"좀 조용히 해주십시오."

주인의 목소리다. 카운터의 스툴의자에 앉은 주인은 가슴츠레한 눈으로 이쪽을 보고 있었다. 그 표정은 손님들의 행동을 책망한다기보다는 어딘지 즐기는 듯 보였다.

"죄송합니다. 잠깐 테이블에 부딪혀서 그만."

아키우치가 고개를 숙이자 주인은 음울한 목소리로 말했다.

"누구에게나 있는 일이지요."

그리고 주인은 스툴의자 자체를 돌려 아키우치 일행에게 등을 돌렸다.

"저 사람, 좀 이상하지 않아?"

치카가 아키우치의 귀에 대고 작은 목소리로 속삭였다.

"나는 여기서 나가는 게 좋을 거 같아."

"왜?"

"잘 설명은 못하겠어. 근데 왠지 느낌이 이상해. 세이가 꼭 그 사고 이야기를 하고 싶다면 그건 괜찮지만, 여기서 하는 건 좀."

"하지만 우산이……."

아키우치는 창밖을 보았다. 여전히 비가 많이 쏟아지고 있었다. 검게 탁해진 강은 드디어 물의 양이 늘어나고 있는 듯했다.

그때 작게 소리를 낸 것은 히로코였다. 쿄야가 찬 테이블의 위치를 바로잡던 그녀는 바닥 한 곳을 보면서 멍하니 눈을 깜빡였다.

쿄야가 히로코의 시선을 쫓았다.

"뭐야 이건?"

상체를 굽혀 테이블 아래로 팔을 뻗은 쿄야는 바닥에서 뭔가 작은 것을 주워 올렸다. 천장의 조명이 반짝하고 그것에 반사되었다.

"반지였군. 히로코, 이거 네 거니?"

쿄야의 물음에 히로코는 고개를 저었다.

"그럼 치카 거야?"

"나는 반지 같은 건 안 해."

물론 아키우치의 물건도 아니다. 누군가 다른 손님이 흘리고 간 것 같았다.

"꽤 비싸 보이네. 히로코, 네가 가질래?"

"됐어, 난."

확실히 좀 비싼 물건이었다. 액세서리에 대해서는 아무것도 모르는 아키우치가 봐도 그랬다. 은일까? 폭은 5밀리미터 정도이고 표면에는 놀랄 만큼 정교한 조각이 있었다. 아니, 이건 조각한 게 아니라 주물을 붙인 것 같기도 했다. 아키우치는 집중해 쿄야의 손에 있는 것을 보았다. 반지의 디자인은 너무 세밀해서 테이블 너머에서는 잘 보이지 않았지만, 네 개의 다리를 가진 생물이 있는 건 확인할 수 있었다.

"오, 거기 있었습니까?"

어느새 주인이 테이블의 바로 옆에 서 있었다.

"그걸 찾고 있었습니다."

주인은 주름이 많은 손바닥을 테이블 위로 내밀었다. 쿄야는 의심스러운 듯 눈살을 찌푸리면서도 그 손바닥에 반지를 올렸다. 주인은 기쁜 듯 반지를 검은 조끼 주머니에 넣었다. 그대로 발을 돌려 테이블에서 멀어지려 하기에 아키우치가 순간불러 세웠다.

"저기, 그 반지 말인데요."

주인이 얼굴을 반만 돌리고는 미소를 지었다.

"솔로몬의 반지입니다."

"솔로몬의?"

저도 모르게 일어설 뻔한 것을 아키우치는 겨우 참았다. 다른 세 사람은 무슨 말인지 모르겠다는 듯 그저 곤혹스러운 시선을 주고받고 있었다.

"하지만 솔로몬의 반지는……."

"농담입니다."

주인이 아키우치의 말을 잘랐다.

"농담이었습니다."

다시 한 번 말하고는 주인은 카운터로 되돌아갔다. 발소리도 내지 않으며 둥글게 굽은 등이 천천히 멀어졌다.

아키우치의 머릿속에는 한 이야기가 떠올랐다.

— 솔로몬의 반지는 아직도 개발되지 못했어.

그것은 아키우치가 사고에 대해 상담을 하러 간 동물생태학자인 마미야 미치오 선생이 그날 한숨과 함께 뱉은 말이었다.

— 그 반지만 있으면 간단히 답이 나올 텐데.

제 2 장

1

시이자키 요스케의 사고에 대해서는 다음 날 신문의 지방면에서 다루고 있었다. 쿄야가 신문을 대학에 가져왔기 때문에 1교시 강의가 시작되기 전에 아키우치도 읽어보았다. '애완견의 폭주' 이런 제목의 매우 짧은 기사였다.

"너희도 그 이후로 경찰들에게 여러 가지로 질문을 받았어? 목격담이라던가."

"뭐 그렇지. 그래도 우리는 별 이야기를 못했어. 사고 순간을 본 건 아니니까."

"어, 그랬어?"

아키우치는 신문에서 얼굴을 뗐다.

"나는 너도 히로코, 치카도 전부 다 봤다고 생각했어."

어제 요스케의 사고를 쿄코에게 보고한 것은 아키우치였다. 그 자리에 있었던 쿄야도 히로코, 치카, 아키우치 모두 쿄코의 휴대전화나 학교 전화번호를 몰랐기 때문에 아키우치가 연구실까지 로드레이서로 달려갔다. 지금 생각해보면 아쿠츠가 쿄코에게서 연락처를 받아놨을 거였는데, ACT에 전화해서 번호만 물어보면 되었을 것을, 정신이 없던 아키우치는 거기까지 생각이 미치지 못했다. 그저 학교를 향해 열심히 페달만 굴렸다. 아키우치로부터 사고 이야기를 들은 쿄코는 안색이 창백해지더니 곧장 소방서에 연락해서 요스케가 실려 간 병원을 물었다. 그러고는 일단 전화를 끊고 택시회사에 전화해서 긴급으로 와달라고 의뢰한 후 곧장 연구실을 뛰쳐나갔던 것이다. 그리고 아키우치는 경찰이 사고의 목격정보를 모으고 있지 않을까 해서 곧장 사고현장으로 되돌아갔다. 쿄야를 비롯해 세 사람의 모습은 이미 그 자리에는 없었다. 아키우치는 제복차림의 경찰관에게서 사고에 대해 아는 것이 없는지 질문을 받았다. 사고 순간을 보았다고 답하자, 경찰은 고마운 듯한 얼굴로 상세한 목격정보를 물었다.

"근데 너희들 그때 마침 니콜라스에서 나왔을 때잖아. 제대로 보였을 거 같은데?"

쿄야는 고개를 저었다.

"순간은 못 봤어. 니콜라스에서 나와서 내가 계단에서 장난을 치고 있는데, 갑자기 큰 브레이크 소리가 들렸거든. 셋 다 놀라서 일단 밑으로 내려갔지. 하지만 그때도 아직 무슨 일이 일어난 건지는 몰랐어. 바로 앞의 차선에 차가 늘어서 있고, 트럭이 서 있어서 건너편 차선은 잘 보이지 않았거든."

"아, 니콜라스 쪽 차들도 사고인 걸 알고 전부 서 있었지."

"그래, 그래서 무슨 일인가 하고 두리번거리는데 트럭 밑에서 요스케를 꺼내고 또 개가 끈이 달린 채 어딘가로 달려가는 게 보였어. 그래서 우리도 뭔가 일이 터졌구나 했어."

아키우치는 사고의 순간을 떠올렸다. 갑자기 달려 나가는 오비. 힘없이 몸이 끌려가는 요스케. 그리고 울려 퍼진 큰 브레이크 소리. 그것들이 전부 섞인 둔탁한 소리.

"너흰 다들 안 봐서 다행인지도 몰라. 나, 그 광경만큼은 평생…… 아, 안녕."

쿄야의 맞은편으로 히로코의 얼굴이 보였다. 그녀는 작은 목소리로 인사를 하더니 곧장 시선을 올려 쿄야를 계속 보았다.

"어젯밤 왜 전화 안 했어? 기다렸는데."

"어, 미안. 깜빡했어."

"난 요스케 사고 때문에 계속 혼자 무서워서."

아키우치가 같이 있어서 신경이 쓰인 것인지 히로코는 어중간한 대목에서 말을 끊었다.

"나 잠시 마실 것 좀 사 갖고……."

"괜찮아, 아키우치."

쿄야는 아키우치의 셔츠 목 부분을 잡아당겨 앉히고는 히로코를 바라보았다.

"네가 전화했으면 좋았잖아."

"했어. 했는데 계속 통화 중이었어."

순간 정적이 일었다.

쿄야가 "그래, 아버지랑 통화했어."라며 한숨 섞인 목소리로 말했다.

"아버지한테서 전화가 왔었어. 추석에는 내려오라고."

"아버지하고 그렇게 길게 전화를 한 거야?"

"늘 하는 얘기지 뭐. 아버지가 회사 얘길 꺼냈거든. 이제 슬슬 나한테 조직을 설명하고 싶다나 뭐라나. 그래서 만날 그렇지만 말다툼이 된 거지. 이어받아라, 싫다, 받아라, 싫다 하면서."

또 한 번 반복해서 말한 후 쿄야는 히로코 쪽으로 얼굴을 돌렸다.

"뭐 그런 거였어. 미안해."

히로코는 그랬냐는 표정으로 잠시 동안 쿄야의 얼굴을 바라보았다.

"근데, 휴……."

히로코가 뭔가 말을 하려고 하는 찰나 치카가 강의실에 들어와 그녀에게 말을 걸었다. 히로코는 금방 웃음을 지어보이며 밝은 목소리로 말했다. 그 순간 치카는 갑자기 뚝 걸음을 멈췄다. 그리고 성큼성큼 이쪽으로 다가오더니 히로코의 얼굴을 바라보다가 쿄야에게로 시선을 옮겼다.

"뭐했어?"

마치 따돌림을 시키는 나쁜 아이로부터 여동생을 보호하는 오빠 같았다. 쿄야는 드물게 풀이 죽어서 말을 찾으려 했지만, 그 말을 찾기 전에 히로코가 대답했다.

"아무 일도 없었어. 어제 일을 이야기한 것뿐이야. 요스케 일."

"그래, 쿄야가 신문을 가져왔거든. 여기 봐, 이쪽 칸이야."

관계없는 아키우치도 왠지 장단을 맞추며 신문을 내밀었다.

치카는 지면으로 눈을 돌렸다.

"이렇게 작게 기사가 나는구나……."

입술을 다문 채 치카는 강의실 책상 위의 신문을 얼마간 응시했다.

"치카도 오늘 요스케 장례식에 갈 거지?"

"그럴 생각이야. 히로코는?"

"나도 가."

대답한 후 히로코는 쿄야의 얼굴을 바라보았다. 쿄야는 고개를 끄덕였다.

"나도 갈 건데, 넷이 같이 갈까?"

"우리, 둘이 가지 않을래?"

갑자기 히로코는 그렇게 말했다.

"왜 그래? 넷이 가도 되잖아."

가볍게 웃으며 쿄야가 말하자 히로코는 입을 조금 삐죽였다. 하고 싶은 말이 목에 걸린 채 나오려다 마는 것 같은 모습이었다. 그 자리엔 묘한 침묵이 흘렀다. 이윽고 그녀는 포기한 듯 숨을 내뱉었다.

"그럼, 그렇게 해."

히로코는 강의실 뒤쪽으로 걸어갔다. 그대로 그녀는 가장 구석 자리에 조용히 앉았다. 쿄야는 그걸 계속 눈으로 좇고 있었다. 치카는 그런 두 사람을 번갈아 보면서 뭔가 말하고 싶은 듯했지만, 아무 말도 않고 자리를 떠나 히로코 옆에 앉았다. 그리고 조용히 교재를 강의실 책상 위에 펼쳤다. 히로코 역시 말이 없었다.

"뭐야, 너 히로코랑 무슨 일 있었어?"

아키우치가 작은 소리로 묻자, 쿄야는 "별일 없어."라며 귀찮은 듯 말하고는 의자에 걸터앉았다.

"별일 없어? 정말? 근데 히로코 뭔가 이상하지 않았어?"

"당신만큼은 아니지."

쿄야는 굳이 눈썹을 찌푸리며 "여기 봐, 이쪽 칸이야." 하고 아키우치를 따라했다.

"왜 관계도 없는 당신까지 맞장구를 치는지."

"아니, 그건 아까 하즈미 눈이 너무 무서워서."

"그래, 그건 무섭긴 했지."

쿄야는 팔짱을 낀 채 끄덕였다.

"정말 히로코를 걱정하는 게지."

"오래 친구로 지내서 동생처럼 생각하는 건가 봐."

"아니 아마 그렇지 않을 거야. 그건 히로코에게 고등학교 때와 똑같은 실수를 반복하게 할 수 없다는 걸 거야."

"뭐야 그게?"

아키우치는 정말로 성가신 남자처럼 쿄야에게 얼굴을 갖다 댔다. 쿄야는 노골적으로 귀찮은 눈빛이었다.

"나도 자세한 건 못 들었어. 아무래도 쟤 고등학교 때 남자친구한테 크게 당한 적이 있나 봐."

"크게 당하다니?"

"자세한 건 모른다고 했잖아. 아마 남자가 바람을 폈다거나, 그런 거겠지. 그래서 그때 치카가 히로코를 위로하면서……."

쿄야는 주먹을 쥐어 보이며 아키우치 앞에 내밀었다.

"히로코의 남자친구를 후려갈겼지."

"후려갈겼어?"

"교실에서."

"교실에서?"

"앵무새냐?"

"앵무새?"

"멍청하긴."

아키우치는 저도 모르게 치카에게로 시선이 향했다. 눈치 챈 것인지 교재를 보던 치카가 갑자기 얼굴을 들었다. 눈이 마주차기 직전에 아키우치는 서둘러 쿄야를 바라보았다. 저기 앞은 치카가 남자를 때렸다는 건가. 그것도 자기를 위해서가 아니라 히로코를 위해서.

"치카는 마음씨가 곱구나."

"당신 정말 중증이야."

그때 불현듯 아키우치는 한 가지 사실을 깨달았다.

"근데 쿄야, 하즈미가 한 방 날렸다는 그놈 이름이 뭐야?"

"이름? 그게 뭐라더라…… 키우치랬지 아마."

역시 그랬다.

이전에 히로코에게 들은 이야기가 떠올랐다. 치카가 아키우치를 '세이'라고 이름으로 부르는 건 그녀가 고등학교 때 키우치라는 남자애와 '여러모로 사정이 있었기' 때문에 '아키우치'라는 발음을 좀 싫어하는 거라고 히로코가 말했었다. 지금까지 아키우치는 그 키우치 모씨는 치카가 사귀던 남자고, 그 남자와의 연애관계 중에 '여러모로 사정이 있었다'고만 생각했는데, 아무래도 아닌가 보다. 사귄 건 히로코였다. 완전히 잘못 알았던 거다.

"그렇다면 하즈미 자신은 그런 경험이……, 아직 그럴지도 모르겠네."

"무슨 소릴 하는 거야?"

"아니, 하지만 아무리 그래도 전무하진 않을 거야. 그래 아예 없진 않겠지."

요스케의 장례식은 오후 6시부터 자택에서 시작되었다.

아키우치는 쿄야, 치카, 히로코와 함께 하얀 문에 등이 달린 시이자키가의 현관에 들어섰다. 문은 열려 있었지만, 그 경계를 빠져나온 순간 아키우치는 주위 분위기가 조용히 이질적으로 바뀌었음을 의식했다. 공기가 무겁고 굉장히 농밀하며, 손에 잡힐 정도가 아닌가 싶을 만큼 슬픔에 차 있었다. 그 슬픔 속에서 서로 메아리치듯 오열과 흐느낌이 여기저기서 들려왔다. 어른들의 목소리. 아이들의 소리.

조문객 중에는 사가미노 대학의 학생들이나 교원들의 모습도 있었다. 그들과 애매한 인사를 나누면서 아키우치 일행은 집 한쪽 구석에 있는 방으로 가서 향을 꽂았다.

관 속에 있는 요스케의 얼굴은 깨끗했다. 그렇게 큰 사고였는데 다행히도 얼굴에는 상처가 나지 않은 것 같았다. 피부색은 살아있을 때보다도 훨씬 희어서 마치 마네킹에 머리와 눈썹을 붙인 듯했다.

요스케의 어머니인 쿄코는 검은 옷을 입고는 불단 옆에서 조용히 정좌를 하고 있었다. 향을 피운 조문객들이 머리를 숙일 때마다 그녀는 정확히 같은 동작으로 천천히 상반신을 앞으로 숙여 그에 응대했다. 그녀가 보여준 것은 오로지 그 동작뿐이었다.

향을 다 피운 후 아키우치 일행은 곧장 시이자키가를 나왔다. 오래 있을 곳이 아니었다.

원래 아키우치는 어제의 배달 건을 쿄코에게 물어볼 심산이었다. 어제 아키우치는 쿄코의 연구실에 서류를 받으러 가던 길이었다. 하지만 요스케가 사고를 당하면서 그 일을 까맣게 잊고 있었다. 그 서류는 결국 어떻게 되었을까? 수신처에 보내긴 했을까?

현관문 옆에 붉은 삼각지붕의 개집이 밤기운 속에서 작게 보였다.

"오비는 어디로 갔을까?"

개집을 본 치카가 불쑥 중얼거렸다.

"아니면 벌써 발견됐을까? 누구 들은 사람 없지?"

아키우치를 비롯해 모두 잘 모르겠다는 듯이 고개를 저었다.

어제, 그 사고현장에서 달려가 버린 오비는 그 후에 대체 어떻게 된 것일까. 아직 발견되지 않은 걸까. 어디서 보호받고 있는 건지.

네 사람은 말없이 그 자리를 떠나 문을 나섰다. 그리고 어두운 골목길에 멈춰 서서 누가 먼저랄 것도 없이 등 뒤를 돌아보았다. 눈에 들어온 것은 씻은 듯이 깨끗한 보름달이었다.

— 바다는 달의 인력 때문에 깊어지기도 하고 얕아지기도 한대요.

그때의 요스케에게는 의기양양한 모습은 조금도 없고 그저 흥미로운 눈빛으로 가득했을 뿐이다. 나중에는 바다에 대한 공부를 할 거라고 기쁜 듯이 이야기했었지. '하고 싶다'가 아니라 '할 거'라고. 그건 작은 차이지만 의미하는 바의 차이는 굉장히 컸다. 아키우치 자신이 기억하는 한, 어렸을 때부터 지금까지 나중에 뭔가를 '할 거다'라고 단언한 적이 한번도 없는 것 같았다. 스스로에게 말을 걸 때조차 그러지 않았던가.

"요스케라면 훌륭한 학자가 되었을지도 모르는데."

똑같은 생각을 했는지 히로코가 말했다.

보름달의 하얀빛 속에 서양식 건축의 삼각지붕이 그림자처럼 떠 있다. 그것을 보다가 아키우치는 문득 깨달았다.

"오비 집 말이야, 저것의 미니어처 판이야."

세로로 긴 시이자키 저택의 붉은 삼각지붕은 아까 본 개집과 똑같았다. 집은 총 2층 건물인데, 장방형의 건물 위에 지붕이 올려져 있는 형태였다.

"요스케의 방은 어디였을까?"

치카가 혼잣말처럼 중얼거렸다. 쿄야가 가느다란 검지손가락을 뻗어 2층을 가리켰다. 치카는 쿄야의 왼팔에 얼굴을 가까이 하고는 손가락 끝을 바라보았다. 쿄야의 어깨가 딱 치카의 얼굴 정도에 있었다.

"저기, 2층 바로 앞."

"그럼, 방 창문에서 내려다보면 늘 오비가 보였겠네."

"그랬겠지."

"요스케는 오비가 있어서 외롭지 않았을 거야. 싱글맘에 외동아들이었는데."

"나는 개 같은 건 없어도 아무렇지 않았어."

치카가 쿄야 쪽으로 얼굴을 돌려 몇 초 동안 상대방을 바라보고는 "미안." 하고 작게 속삭였다. 쿄야가 무슨 이야기를 하고, 치카가 무엇에 대해 사과를 한 건지 아키우치는 순간 알 수 없었다. 하지만 금방 떠올렸다. 쿄야도 어릴 때 어머니를 여의었던 거다. 간암인가 뭔가 하는 병으로 돌아가셨다고 쿄야에게 들은 기억이 있다.

"괜찮아. 비꼬아서 한 말은 아니야."

쿄야는 시이자키 저택에서 눈을 떼지 않은 채 짧게 대답했다.

"뭐, 역시 같이 있을 거면 개보다야 인간이 더 낫지 않았을까?"

"요스케, 학교에서 친구들은 많이 있었을까?"

"별로 없었다랄까 거의 제로."

"쿄야, 잘 알고……."

그때 두 사람 옆에서 히로코가 한숨을 쉬었다.

"이제 가자. 여기 더 있어 봐도 별 수 없잖아."

히로코의 발언이 조금은 갑작스러운 듯해 아키우치는 그녀의 얼굴을 보았다. 히로코는 그 시선을 느꼈는지 한쪽 손으로 머리를 만지면서 아키우치에게 등을 돌렸다. 표정이 어딘가 무서워 보였다.

"어디 들르지 않을래? 다들 아직 밥 안 먹었잖아?"

다시금 이쪽을 향한 히로코의 얼굴에는 평소의 부드러운 미소가 돌아와 있었다. 방금 건 뭐였지? 오늘 아침부터 히로코는 역시 어딘가 이상하다.

"걸어서 갈 수 있는 곳에 밥 먹을 만한 곳이 있나?"

쿄야가 양복에 팔짱을 낀 채 생각에 잠겼다. 검은 소매 끝으로 보이는 손목시계는 보통 하고 다니던 스포츠 타입과는 달리 은색에 묵직한 느낌을 주는 게 꽤 비싸보였다. 문자판 위에서도 RO로 시작되는 글자를 희미하게 확인할 수 있었다.

"아, 저쪽에 밥집이 있었지!"

쿄야를 선두로 네 사람은 조용한 골목길을 걷기 시작했다.

"근데 너 어젯밤에도 아버지랑 전화로 말다툼했다고 했는데, 아직도 사이가 회복이 안 된 거야?"

"그 사람하고 사이좋게 지낼 수 있는 건 주식을 가진 주주들뿐이야."

"하지만 한 분밖에 없는 아버지와 사이가 안 좋으면 외롭지 않아?"

"전혀."

"그렇구나."

거짓말일 거다.

3개월 전의 일을 아키우치는 잘 기억하고 있다.

— 자기 아버지가 저렇다면 힘들겠지.

아키우치의 할아버지 댁에서 먹고 떠든 후 돌아오던 길에 쿄야는 불쑥 그렇게 말했던 것이다. 그때까지 아키우치의 '할아버지'에 대해 이야기했었는데, 쿄야는 '자기 아버지가' 라는 표현을 썼다. 그리고 그 옆모습은 굉장히 쓸쓸해 보였다.

평소 쿄야는 솔직하지는 않다. 솔직하게 마음을 털어놓는 일은 거의 없다. 하지만 알코올 탓에 방심한 것인지 그 순간은 드물게 쉽게 마음을 알 수 있는 표정이었다. 하지만 위로에 서투른 아키우치는 그런 쿄야에게 해줄 말을 금방 찾지 못했고,

— 자기 아버지가 저렇다면 힘들겠지.

— 그야 힘들겠지.

라는 식의 대화로 끝나버렸던 것이다.

"내일 날씨 어떨까?"

히로코가 밤하늘을 올려다보았다. 아키우치도 덩달아 얼굴을 들었는데, 이렇게 예쁜 보름달로 봐서는 내일도 맑을 거라고 생각했다.

"히로코, 내일 뭐 있어?"

치카가 묻자 히로코는 "딱히 없어."라며 고개를 저었다. 치카를 돌아보지도 않았다.

"그냥 만약 오비가 아직 발견이 안 되었다고 한다면, 비가 안 오는 게 나을 거 같아서. 비 맞으면 불쌍하고……, 쿄야 전화 좀 빌려줄래?"

"왜?"

"인터넷으로 일기예보 좀 보려고. 내 전화는 배터리가 다 됐

거든."

"하늘이 저렇게 맑으니, 일기예보 같은 거 안 봐도 될 거 같은데. 맑음이야."

"일단은 한번 봐 두는 게 낫잖아. 응? 빌려줘."

이렇게 말하며 히로코는 쿄야에게 한쪽 손을 내밀었다. 하지만 쿄야는 "내일도 맑음이야. 하늘을 보면 알 수 있어." 하고 아까와 같은 말을 반복할 뿐 히로코 쪽은 쳐다보지도 않았다.

"히로코, 내 전화 빌려줄까?"

묘한 분위기에 아키우치가 끼어들려고 하자, 쿄야가 "됐어."라며 제지했다. 쿄야는 상의 안쪽 주머니에서 휴대전화를 꺼내 왠지 모르게 거친 행동으로 히로코에게 건넸다. 히로코는 잠자코 그걸 받더니 얼굴 앞에서 이리저리 눌러보았다. 화면의 하얀빛에 그녀의 얼굴이 비쳤다.

"아, 맑음이야. 비 올 확률은 영 퍼센트."

히로코는 다행이라며 웃고는 일단은 액정에서 눈을 뗐다. 하지만 금방 다시 핸드폰을 보더니 재빨리 몇 번인가 버튼을 누르고는 탁하고 플립을 닫았다.

"고마워."

전화기를 쿄야의 손에 넘겨주는 히로코의 얼굴은 갑자기 기쁜 표정으로 바뀌어 있었다. 그렇게 내일 날씨가 마음에 걸렸던 걸까.

그러고 나서는 그저 모두 말없이 걸었다. 도중에 깨닫고 보니 아키우치의 옆을 걷고 있는 건 치카였다. 부드럽게 풍기는 귤 향기 같은 건 향수일까?

치카의 문상복은 심플한 디자인의 검은 투피스였다. 다리 아래로 낮은 힐이 가로등 빛을 받은 아스팔트를 작게 울리고 있다. 그러고 보니 아키우치는 치카가 힐을 신은 걸 처음 보았다. 아니 잠깐, 스커트도 처음이었다.

'하즈미가 스커트를 입은 모습, 나 처음 봤어.'

위험했다. 자칫 말할 뻔했다. 이렇게 말하면 징그러운 놈이라고 생각할 게 뻔하다.

아키우치는 시선을 치카의 발밑에서 서서히 위로 옮겼다. 미묘하게 드러난 복사뼈. 탄탄하면서도 부드러워 보이는 종아리, 무릎이 리드미컬하게 오른쪽, 왼쪽, 오른쪽, 왼쪽으로 움직인다. 스커트 끝단에다 '처음 뵙겠습니다.' 하고 마음속으로 인사를 한 후 그 위로는 오히려 빨리 시선을 보냈다. 잔잔한 자수가 놓인 라운드 넥의 무늬. 그 안으로 아주 조금 보이는 쇄골의 패임. 하얀 목. 작은 턱. 말할 때도 웃을 때도 절대 예상하는 곳까지 열리거나 올라가지 않는 입술. 머리카락이 발걸음에 맞춰 턱 옆에서 흔들렸다. 이게 진정 머리카락인가 싶을 만큼 빛나는 윤기. 짧은 머리인데도 샴푸 광고에 나올 거 같은 여자는 세상에서 그녀밖에 없을 것 같았다. 그 머리카락 아래로 희미하게 빛나는 것이 있다. 이것도 처음 본다. 작은 진주가 한 알. 이건 진짜일까?

"하즈미, 귀 뚫었네."

용기를 내서 물으니 치카는 귀 밑으로 손을 가져갔다.

"이건 뚫지 않고 하는 귀걸이야. 아플 것 같아서 귀는 안 뚫었어."

"그거 역시 아픈가 보지?"

"그야 아프겠지. 몸을 바늘이 관통하는 거니까. 그렇지 히로코?"

치카는 바로 앞에 걷고 있는 히로코를 불렀다. 돌아보는 히로코의 귀에는 은색 송사리가 걸려 있었다. 분명 생일인가 크리스마스였나 쿄야가 선물한 거였다.

"나는 안 아팠어."

"전혀?"

"전혀."

"두께의 차이가 있어서 그런 거겠지."

쿄야가 생각에 잠긴 얼굴로 끼어들었다.

"가느다란 바늘로 해서 아프지 않았지. 하지만 그게 가게에서 파는 불꽃놀이대롱 두께 정도라면 당연히 아프겠지."

쿄야는 동의를 구하는 듯 히로코를 보았다. 그녀는 앞을 보며 "바보."라고 대답했다. 그 옆모습이 조금 기쁜 듯 보여서 아키우치는 놀랐다. 남자친구라는 건 어디서 어떤 발언을 해도 저렇게 좋아해주는 건가. 아니면 쿄야가 무표정에 담담한 말투라서 저렇게 웃으면서 용서해주는 건가. 만약 아키우치가 똑같은 말을 했을 경우, 아마도 주위의 판단은 변태 그 이상도 이하도 아닐 터였다.

2

식당은 작은 곳이었다. 탁자가 끈적거리는 가게에다 저녁 식사 때인데도 손님은 거의 없었다. 네 사람은 구석 자리를 택해 각각의 식사를 주문했다.

"너 정말 카레 좋아하는구나."

쿄야와 함께 외식을 하면 그는 언제나 카레라이스를 주문한다. 이번에도 그랬다.

"어제의 복수야. 니콜라스에서 카레를 못 먹었으니까."

쿄야는 가게 책장에서 가져온 자동차 잡지를 훌훌 넘겼다.

"못 먹었어? 다 팔려서? 메뉴에는 있잖아. 지난주에는 먹었는데."

"메뉴엔 있었지. 먹기도 했고. 그래서 어제도 거기 갔다고."

"근데 안 먹었다?"

"그래."

"네가 카레 말고 다른 거 뭘 먹었는데?"

"아무것도."

"테이블엔 앉지 않았어."

뭔가 부족한 남자친구의 말 대신 히로코가 추가로 설명해주었다.

"어제 우리 치카하고 합류한 후에 니콜라스에 갔는데 금연석이 비어 있지 않았어. 마침 손님들이 많아서. 점원에게 물어보니까 자리가 안 날지도 모르겠다고 하길래 그대로 가게를 나왔어."

히로코는 쿄야를 흘끗 보았다.

"쿄야가 담배연기를 싫어하잖아."

"담배랑 성병은 콜럼버스가 가지고 돌아온 2대 악이야. 참고로 난 둘 다 가지고 있지 않아."

쿄야는 다른 사람이 피우는 담배연기를 매우 싫어했다. 언젠가 아저씨한테 인공호흡을 받는 것과 같다고 했다.

점원이 음식을 가져오는 바람에 잠시 동안 대화가 끊어졌다.

"어제 요스케랑은 어디서 헤어졌어?"

불고기 정식에 젓가락을 가져가며 아키우치가 물어보았다.

"항구를 나와서."

대답한 것은 히로코였다.

"아키우치가 아르바이트하러 가고 얼마 후에 치카가 와서 다 같이 잠시 이야기를 했지만, 너무 더워서 말이야. 넷이서 어디서 땀 좀 식히자고 했어. 그런데 처음엔 니콜라스에 갈 생각은 없었어. 왜냐면 요스케가 오비를 데리고 있으니 가게에는 못 들어가잖아."

"그건 어렵지."

"나랑 치카는 그늘에서 다같이 아이스크림이라도 먹으면 될까 생각했어. 그런데 요스케랑 넷이서 항구에서 나왔을 때……."

히로코는 머뭇거렸다.

"내가 카레가 먹고 싶다고 했어."

쿄야가 입술 옆으로 카레라이스를 흘릴 것 같은 상태로 말했다.

"과연 그랬군."

그는 결코 제멋대로는 아니지만 남을 배려한다는 것도 모르는 남자였다.

"그래서 요스케랑 헤어져서 니콜라스에 갔다는 거군."

"거긴 애완견이 못 들어가니까 저는 사양할래요."

쿄야가 요스케의 말을 따라했지만, 웃을 기분은 아니었다. 히로코도 드물게 책망하는 듯한 눈길을 남자친구에게 보냈다. 쿄야는 가볍게 어깨를 들어보이고는 다시 카레라이스를 입으로 옮겼다.

"그럼 항구를 나왔을 때가 마지막이었구나 모두들……."

살아 있는, 이라는 표현이 입에 올라오는 걸 아키우치는 위험한 순간에 말을 삼켰다.

"요스케를 본 건."

"응, 그게 마지막이었어."

히로코가 대답한다. 쿄야도 입을 우물거리며 끄덕였다. 하지만 치카만은 무반응이었다. 그러고 보니 그녀는 이 가게에 들어오고부터는 거의 말을 하지 않았다. 사고를 떠올리고 있는 것일까. 근심이라도 있는 듯 그녀는 아까부터 메밀국수만 담담히 입으로 가져갈 뿐이었다.

"헤어질 때 요스케가 무슨 말 했어?"

그렇게 깊은 뜻 없이 아키우치는 물어보았다.

"아니, 딱히 없었어. 그냥 보통처럼 '그럼 안녕'이라고만."

히로코가 안타까운 듯 말했다.

"그렇구나……."

아키우치의 경우, 제방에서 나눈 인사가 마지막이었다. 요스케와는 대학 근처에서 자주 마주쳤지만 그저 자신이 강의를 듣고 있는 조교수의 아들이라는 것뿐이었기에 그리 빈번하게 만날 사이는 아니었다. 어차피 대학생과 초등학생이었다. 너무 깊이 있는 이야기는 해본 적도 없다. 하지만 그것과는 별개로 마지막 인사를 나누어버린 그 순간의 일만큼은 아키우치의 가슴에 강하게 남아 있었다. 앞으로도 몇 번이고 경험하게 될 헤어짐 중 하나라고 아키우치는 생각했던 것이다. 요스케 역시 그랬을 것이다.

"그러고 보니 치카는 마지막에 뭔가 이야기를 했었지, 요스케랑. 그거 무슨 얘기였어?"

히로코가 갑자기 고개를 들며 물었다. 그 순간 치카는 먹고 있던 메밀국수 젓가락을 공중에서 멈추었다. 얼굴이 연한 고

무로 바뀐 것처럼, 표정이 사라져 있었다.

"치카?"

질문을 한 히로코 역시 당황했다. 쿄야도 카레라이스에서 얼굴을 떼고 치카를 보았다. 치카는 잠시 동안 자신의 손에 든 젓가락 끝을 한참 바라보고는 이윽고 천천히 시선을 옮겨 히로코를 보았다.

"아무 말도 안 했어."

"뭐?"

"나 아무 말도 안 했어."

"아, 그랬나."

히로코는 곤혹스러운 듯 웃어보였다.

"그럼 착각했나 봐. 난 치카가 요스케랑 뭔가 이야기를 한 것 같았거든. 있잖아, 나랑 쿄야가 앞서 걸었을 때 뒤에서 들린 대화소리."

"조심해서 가라고 했어."

치카가 히로코의 말을 끊었다.

"오비 산책시키는 거 조심하라고. 차가 많은 길도 있고 하니까."

"그랬구나."

히로코는 애매하게 고개를 끄덕이고는 다시 식사를 하기 시작했다. 쿄야도 얼마 남지 않은 카레라이스를 먹었다. 치카는 다시금 고개를 숙이고 조용히 메밀국수를 먹기 시작했다. 뭐였을까 지금 건. 마치 히로코가 부주의하게 밟은 발이 치카 안의 무언가를 밟아버린 듯한.

아무도 말을 하지 않아서, 침묵이 어색한 아키우치는 분위기를 바꿔보고자 입을 열었다.

"참, 너 그때 니콜라스 계단에서 참새사냥 했지?"

"참새사냥?"

"애처럼 로드케이스를 들고는. 나 밑에서 보고 있었어."

"아, 그거. 가게를 나오니까 참새들이 줄줄이 앉아서 이쪽을 보잖아. 그래서 쏴줬지."

"무섭구만, 눈이 마주치면 한 방 맞는 거야?"

"그래, 나랑 눈이 마주친 녀석들은 전부 죽는 거지."

"하지만 참새들은 도망갔잖아."

"일단 분산시킨 후에 다 죽여버리려고 했어. 서로 도망가기에 바쁜 사이좋은 일가의 참살. 그러려는데 갑자기 밑에서 큰 브레이크 소리가 들려서."

쿄야는 말을 끊었다. 코로 길게 숨을 내쉬며 귀찮은 듯 말했다.

"이제 그만 하자. 어제 이야기는."

3

"그럼 난 갈게."

식당을 나와 잠시 걸었을 때 히로코가 검은 스커트를 돌리며 뒤돌아보았다. 그곳은 사거리 바로 앞인데, 히로코가 사는 아파트는 이 모퉁이를 지나면 있었다. 걸어가면 15분 정도.

"우리 집에 안 와?"

쿄야의 말에 히로코는 작게 고개를 저었다.

"관둘래. 오늘은 문상복이기도 하고."

"그럼 아파트까지 데려다줄게."

"괜찮아. 중간에 뭐 살 것도 있고 하니까."

히로코는 내일 또 보자며 가볍게 손을 흔들고는 사거리 앞으로 사라졌다. 힐 소리가 어둠 속으로 서서히 멀어져갔다.

"뭔가 갑작스럽게 가는 것 같네."

아키우치가 말하자 쿄야는 히로코가 사라진 쪽의 모퉁이를 응시한 채로 말없이 끄덕였다.

"그런데 문상복이면 뭐 안 되는 일이라도 있어?"

"무슨 이야기야?"

"아니 좀 전에 히로코가 말했잖아. 문상복이니까 관둔다는 식으로."

"아, 그건 그냥 핑계겠지."

"핑계?"

아키우치가 되물음과 동시에 옆에 있던 치카도 쿄야의 얼굴을 다시 보는 걸 알 수 있었다.

"쟤 요즘 내 방에 오려고 안 해. 왠지는 모르겠지만."

"왜지?"

"그러니까 모른다고 하잖아. 당신 고막은 장식이야?"

"무슨 말인지 모르겠어."

"나도 몰라."

쿄야는 양복 안의 주머니에 손을 넣어 휴대전화를 꺼낸다. 그리고 무표정한 채로 버튼을 두세 번 엄지손가락으로 눌렀다. 어디에 거는 거지? 조용한 밤의 골목길에 스피커에서 새어나오는 통화신호음이 크게 울렸다.

"여보세요?"

희미하게 들리는 상대방의 목소리를 듣고 아키우치는 뭐지? 싶었다. 아무래도 쿄야가 전화를 건 상대는 방금 막 헤어진 히로코인 듯했다.

쿄야는 전화기를 귀에 댄 채 작게 한숨을 쉬었다.

"배터리가 다 된 거 아니었어?"

아, 아키우치는 속으로 소리를 질렀다. 맞다. 히로코는 아까 자기 전화는 배터리가 다 되었다고 했다. 그래서 일부러 쿄야의 전화로 일기예보를 봤던 거다.

아키우치는 저도 모르게 귀를 쫑긋 세웠다. 잠시 동안 히로코의 목소리는 들리지 않았지만 이윽고 그녀가 드문드문 말을 했다. 처음에 "미안해."라고 하는 건 알아들었지만, 그 후에는 잘 들리지 않았다.

"……라고 말한 줄 알고……"

"그런 거 같다고 생각은 했어. 그래서 내 수신이력을 본 거였지?"

수신이력. 그런 거였구나.

"그래서 보고 안심했어? 수신이력 보니 우리 집에서 온 거 맞았지?"

"응, ……의 시간이었어."

아키우치는 마치 친구들의 대화를 엿듣는 것 같아 마음이 불안했다. 사실 일부러 귀를 쫑긋 세우고 있으니 엿듣는 게 맞기도 했다. 쿄야 녀석 어디 통화소리가 안 들리는 곳에 가서 전화를 하면 될 텐데. 아키우치가 먼저 그 자리를 떠날까 하고 흘낏 치카를 보니, 그녀는 팔짱을 끼고 콘크리트 담에 계속 등을 기대고 있었다. 전화 내용이 신경이 쓰이는 거겠지. 어쩔 수 없이 아키우치도 모양만큼은 치카와 같은 포즈를 취했다.

"…… 쿄야, …… 정말 걱정……."

"그건 알고 있어."

"…… 계속 생각……."

"어쨌든 나중에 천천히 이야기하자. 지금은 아키우치랑 치카도 있으니까."

그럼 처음부터 혼자 있을 때 전화를 하면 될 것을.

둘이 무슨 이야기를 했는지는 뭘 모르는 아키우치도 쉽게 상상할 수 있었다. 아침에 강의실에서 하던 이야기의 후편이 틀림없었다.

— 어젯밤 왜 전화 안 했어? 기다렸는데.

— 아버지한테서 전화가 왔었어. 추석에는 내려오라고.

그 말을 히로코는 믿지 못했던 거다. 아마도 쿄야가 바람을 피우는 건 아닌지 걱정하고 있다든지 그런 얘길 거다. 그러니까 일기예보를 보네 어쩌네 하며 거짓말을 하고 쿄야의 휴대전화 수신이력을 확인했다. 대화하는 모습으로 봐서는 결국 히로코가 지나치게 생각한 듯했지만.

"…… 치카도 …… 한 듯했어……."

"그거야 타이밍이 안 좋았지."

그리고 두세 마디를 나눈 후 쿄야는 아무렇지 않게 전화기의 플립을 닫았다. 그리고 아키우치와 치카를 보며 가볍게 웃어보였다.

"미안. 아무래도 신용이 없는 남자라서 말이지."

"너도 참 고생이다. 여러 가지로."

아키우치는 대충 감상을 말했다. 치카가 콘크리트 담에서 등을 떼더니 쿄야를 보았다.

"히로코는 걱정이 많은 애야. 옛날 그 일을 아직 잊어버리지 못하나 봐."

"그 일이라니, 교실에서의 폭력사건으로까지 발전한 그 일?"

"응, 그 일."

"아, 그거."

아키우치가 대화에 끼어들자 치카는 의외라는 듯한 얼굴로 아키우치를 보았다.

"세이도 알고 있었어?"

"그거잖아. 히로코를 배신한 키우치라고 했나 그놈이지? 하즈미가 그 기억 때문에 내 이름인 '아키우치'라는 발음을 싫어하는 거잖아."

"아, 거기까지 아는구나."

그렇게 된 거냐는 듯한 얼굴로 치카는 시선을 돌렸다.

"그러고 보니 쿄야, 아까 하즈미 이름도 나오지 않았어? 히로코가 '치카도 뭐가 어쩌고' 그랬던 거 같은데."

이렇게 말한 후 아키우치는 자신이 지금 태어나 처음으로 '치카'라고 불렀다는 것을 깨닫고는 깜짝 놀랐다. 아니 딱히 불렀다고도 할 수 없긴 하지만. 몰래 치카 쪽을 바라보니 그녀는 그런 것은 알아차리지도 못한 듯 하늘을 바라보고 있었다.

"어, 어젯밤에 히로코가 치카한테도 전화했었다고. 요스케 사고 때문에 무서워서 누구하고든 이야기가 하고 싶었나 봐."

"그래서 하즈미가 상대해줬구나."

물어보았지만 치카는 웬일인지 이쪽을 보려고도 하지 않았다. 앞머리에 손을 올리고는 대답만 했다.

"나도 통화 중이었어."

"어라, 그럼 히로코는 점점 더 무서웠겠네."

"그랬겠지."

치카는 발밑으로 시선을 떨어뜨렸다.

"그건 좀 미안하겠는데."

"하즈미는 누구랑 통화했는데?"

"그냥 뭐, 아는 사람."

치카의 대답은 지극히 짧았다. 물어서는 안 되는 질문이었을까. 아니면 질문방법이 안 좋았던 것일까. 아키우치는 "그래?"라고만 대답한 후 억지웃음을 지었다.

후에 아키우치는 생각했다.

그날 밤 만약 히로코가 쿄야의 휴대전화의 수신이력이 아니라 발신이력을 봤더라면.

과연 우리들은 그 후로 어떻게 되었을까. 아키우치도 쿄야도 히로코, 치카도 실제와는 전혀 다른 행동을 하고 또 전혀 다른 시간을 보내게 되지 않았을까.

쿄야가 흘낏 시계를 보았다.

"그럼 나도 간다. 둘은 여기서 직진하면 되지?"

"너도 같은 방향 아냐?"

"나는 택시로 갈 거야. 너희 둘도 중간까지 같이 타고 갈래? 각각 자기 집 앞에서 내리면 돼."

"정말? 그래도 돼? 미안한데."

아니 잠깐, 아키우치는 일단 내민 몸을 뒤로 뺐다.

어느 날 밤 길에 A군과 B군, C양이 있었습니다. A군이 혼자 택시를 타고 집에 갔습니다. 남는 건 누구랑 누구일까요?

"근데, 쿄야. 있잖아."

아니 잠깐, 아키우치는 다시금 내밀었던 몸을 뒤로 뺐다.

B군과 C양이 걷고 있었습니다. B군은 비교적 재미있는 이야기를 잘 못하는 사람이었습니다. C양이 만족할 확률은 대략 몇 퍼센트일까요?

"어렵겠지……."

"당신 정말 머리 괜찮아?"

잠시 동안 정적. 그리고 갑자기 쿄야가 "아!" 하고 소리를 지르더니 밤하늘을 우러러보았다.

"안 되겠어. 오늘은 기본요금 정도밖에 지갑에 안 들어 있어. 두 사람을 데려다주고 나면 돈이 모자라. 미안하지만 역시 두 사람은 걸어가 줄래?"

"쿄야, 그래도."

"그럼 나는 택시 잡는다."

가볍게 한손을 들고는 쿄야는 사거리를 떠나려고 했다. 하지만 치카가 불러 세웠다.

"하나 물어봐도 돼?"

쿄야는 어깨너머로 돌아보며 물어보듯 눈썹을 올려보았다. 치카는 일순 머뭇거리더니 말했다.

"히로코랑은 괜찮은 거야?"

"그러니까 괜찮다고 했잖아. 아까 전화는 히로코가 그냥 내 전화의 수신이력을."

"그렇지 않아. 최근에 히로코가 너희 집에 안 가려고 하지?

아까 그렇게 말했잖아."

"문제없다니까."

쿄야의 두 눈이 똑바로 치카 쪽으로 향했다. 남자인 아키우치도 철렁하게 만드는 그 시선이었다. 치카가 천천히 상체를 빼는 것을 알 수 있었다. 왜 뺀 걸까? 앞으로 가는 것보다야 낫지만.

"사이좋게 지내고 있어."

"그럼 괜찮지만."

"그럼 잘 지내는 걸로 알고."

쿄야는 한 손으로 이마를 가리더니 금방 골목 끝으로 사라졌다. 머리 위에서는 겁먹은 듯이 깜빡이는 가로등에 곤충들이 계속해서 몸을 부딪혔다.

"히로코가 걱정돼?"

"어, 뭐 걱정이랄까."

아키우치와 치카는 누가 먼저랄 것도 없이 나란히 걷기 시작했다.

"요즘 히로코가 조금 이상하거든. 내가 쿄야 이야기를 하면 갑자기 화제를 바꾸려고 하거나, 또 그런가보다 하고 있으면 쿄야의 좋은 점들을 나한테 열심히 이야기하기도 하고."

"확실히 이상하네."

"전에는 두 사람 굉장히 자연스러운 한 쌍이라는 느낌이었잖아? 그게 요즘 들어서는."

치카는 잠시 말을 멈추더니 한참을 자신이 걷는 쪽을 바라보았다. 경트럭 한 대가 짐칸의 맥주병들이 소리를 내며 지나갔다. 그 엔진소리가 사라지기를 기다린 듯, 치카는 얼굴을 들었다.

"최근에 히로코, 쿄야랑 데이트하는 도중에 자주 나를 불러."

"부른다고?"

"어제도 그랬잖아. 둘이서 항구에 있는데 안 오겠냐고 전화가 와서."

"어, 그러고 보니 그러네."

그래서 결과적으로 아키우치도 항구로 갔던 것이다.

"전에는 히로코가 데이트 중에 부르거나 하는 일 없었어?"

"없었어. 그야 잠시라도 쿄야랑 둘이서 있고 싶어 했으니까."

"음, 보통 애인 사이는 그렇지."

아마도 그럴 것이다.

"아까도 밥 먹으러 가자고 한 사람 히로코였지? 나는 당연히 장례식에 갔다가 히로코랑 쿄야 둘이서 어디 가는가 보다 생각했어."

"나도 그럴 줄 알았지."

실은 오늘 아키우치의 지갑 안에는 조금이지만 여윳돈이 있었다. 치카에게 저녁을 사줄 기회를 예상하고 준비했던 것이다.

"어? 근데 오늘 아침에는 히로코 반대로 말했잖아. 쿄야가 넷이서 요스케 장례식에 가자고 하니까 아니 둘이서 가고 싶다는 식으로."

"맞아. 그것도 뭔가 이상하다 싶었어."

"그거 아닐까? 잠깐 권태기 같은 시기가 온 거. 그래서 히로코는 쿄야랑 둘이서만 있기보다는 누군가 다른 사람하고 같이 있는 게 낫다고 생각하는 거지. 하지만 때로는 또 둘만의 시간이 필요하고."

남녀 사이의 일은 잘 모르겠지만 아키우치는 그럴싸하게 들리는 의견을 말했다. 말하고 나니 실제로 그런 것 같기도 했다.

"세이는 쿄야한테서 뭐 들은 말 없어?"

"딱히 아무 말도 없어. 그 녀석 원래 자기 얘기는 잘 안하니까."

이건 사실이었다. 비밀주의는 아니지만.

"조금 비뚤어진 부분이 있긴 하지."

그러고는 왠지 대화가 끊겼다. 두 사람의 발걸음 소리만이 밤길에 울려 퍼졌다. 아키우치는 머릿속에서 화제를 찾고 있었다. 쿄야 이야기는 이제 됐다. 그 녀석은 히로코와의 사이에 뭔가 문제가 있는 거라 해도 결국은 분명 잘 해결할 터였다. 걱정해줄 필요는 없다. 그것보다 뭔가 이곳의 분위기가 밝아질 수 있는 화제가 없을까.

그때 갑자기 치카가 멈춰 섰다. 아키우치는 앞으로 고꾸라지며 돌아본다. 왜 갑자기 멈춰 선 거지? 뭔가 중요한 이야기라도 할 셈인가?

"왜 그래?"

아키우치가 물었다. 있지, 나 세이에게 해야 할 말이 있어. 지금까지 계속 하지 못한 말이 있는데, 나 나 말이야.

"난, 이쪽이야."

치카는 한 손으로 T자길 끝을 가리켰다.

"어……."

"그럼 내일 봐."

"응, 내일 봐."

치카에게 손을 흔들며 실실 웃고는 아키우치가 몸의 방향을 바꾸었다. 자신의 아파트가 있는 쪽으로 똑바로 걸었다. 발을 왼쪽 오른쪽 왼쪽으로 움직이며. 데려다 줄게.

왜 그 말을 하지 않았을까. 어째서 그런 간단한 한 마디가 안 나오는 걸까?

"그러고 보니."

등 뒤에서 들려온 목소리에 아키우치는 기뻐하며 고개를 돌렸다.

"응?"

"쿄야도 지갑에 돈이 얼마 없을 때가 있나 보네."

"응? 그러게 말이야. 정말 드문 일이지."

그랬다. 그건 쿄야의 배려였다. 남을 신경 써주는 일은 거의 없는 그 녀석이 일부러 눈에 뻔한 연기를 하면서까지 자신에게 이 시간을 선물해준 것이다. 그걸 헛되게 해서는 안 돼. 친구의 마음을 헛되게는…….

결심한 아키우치는 입을 열었다.

"데려다줄게."

말을 하고 보니 이건 좀 너무 뜬금없는 것 같았다. 쿄야의 지갑 이야기를 하다가 갑자기 "데려다줄게"라니. 하지만 치카는 의외라는 표정은 보이지 않았다. 오히려 상대방이 자신의 기대에 부응해주었을 때처럼 조용히 끄덕였다.

두 사람은 어둡고 조용한 골목을 천천히 걸었다. 별로 말은 하지 않았다. 그러는 것이 왠지 좋겠다는 생각이 들었던 것이다. 불어오는 밤바람이 익숙하지 않은 넥타이를 맨 목덜미에 닿을 때 기분이 좋았다. 그 바람을 타고 향수냄새가 코끝으로 흘러왔다. 좋은 향이네 하고 아무렇지 않은 듯 중얼거렸더니 치카는 자기에 대한 이야기라는 걸 몰랐던지 바람 냄새를 맡았다.

치카가 사는 집은 조금 고지대에 있는 2층짜리 아파트였다. 아담한 외관에 하얀 벽의 일부가 아치형태로 되어 있는데 거기에 '화이트 섀도우'라고 적힌 판이 걸려 있다. 고속도로 근처에서 종종 비슷한 이름의 건물을 본 기억이 있지만, 그런 생각을 서둘러 머릿속에서 쫓아내고 아키우치는 헤어짐의 인사를 하기 위해 치카 쪽을 향해 섰다. 약간 쿄야를 흉내 내 똑바로 시선을 향해본다. 하지만 이렇다 할 반응은 없었다.

"그럼 난 여기서."

아키우치가 인사를 하자 치카는 말없이 고개를 끄덕였다. 어둠 속에서 치카의 하얀 볼은 왠지 희미하게 빛이 나는 것 같았다. 평소에 없는 기회인 터라 아키우치는 좀 더 말을 했다.

"내일 요스케 고별식에는 안 가지?"

"그럴 생각이야. 친척 이외에는 가급적 안 왔으면 한다고 부고에 적혀 있었어."

요스케의 부고는 오늘 아침 대학 게시판 구석에 붙어 있었다. 장례식 일정은 적혀 있었지만, 고별식은 친척들끼리만 하는 듯 어디 화장장에서 실시하는지도 적혀 있지 않았다.

"바래다 줘서 고마워."

"아니야, 뭘."

그때 아키우치는 치카의 행동에서 뭔가를 느꼈다. 뭐지? 그녀는 아키우치의 가슴 쪽에 시선을 고정한 채 천천히 눈을 깜빡였다. 기분 탓일까, 닫힌 입술에 조금 힘이 들어가 있는 듯 보였다. 그리고 문상복의 라운드 넥 밑으로 목젖이 보였다. 지금 아키우치의 눈앞에서 꿀꺽하고 작게 움직였다가 쑥 들어가는 느낌이었다. 치카는 긴장한 것일까? 하지만 도대체 무엇에? 아키우치는 굉장히 당황했다. 어떤 행동을 취해야 할지 떠오르지 않았다. 아무 생각도 안 나서 그냥 기다려보았다. 치카의 입술이 1센티미터 정도 벌어지나 싶더니 다시 닫혔다. 숨을 쉰 건가. 아니야, 뭔가 말을 하려고 한 듯했다. 그 말이 뭘까? 괴롭다. 숨 쉬기가 너무나도 어렵다. 이윽고 아키우치의 눈앞에서 치카의 입술이 갑자기 확실히 움직였다.

"있지, 나……"

조금은 잠긴 듯한 작은 목소리. 틀림없이 치카는 긴장하고 있다. 아키우치는 숨을 멈추고 다음 말을 기다렸다. 하지만 치카의 입술은 그 이상 움직이지 않았다. 어디선가 벌레들이 울었다. 아키우치는 질식하기 직전의 자신을 의식하면서 치카에게 물었다.

"무슨 일이야?"

"나, 어제……"

나, 어제.

아키우치 안에서 막연히 피어오르던 일종의 예감은 시들어 사라졌다. 그리고 그 덕분에 숨을 쉬기가 조금은 편해졌다. 편해진 건 좋지만 치카는 더 이상 말을 하려 하지 않았기 때문에 아키우치의 머릿속은 점점 더 의문부호로 가득했다. 어제, 뭐라는 거지?

"미안, 아무것도 아니야."

결국 치카는 갑자기 시선을 거두었다.

"고마워 세이, 잘 가."

아키우치가 뭔가를 말하기 전에 치카는 돌아서 아파트의 아치로 들어가 버렸다. 어둠만이 가득한 곳에서 키홀더가 울리는 소리와 문을 열고 닫는 소리가 들렸다.

"잘 자……."

아무도 없는 곳을 향해 말한다.

아키우치는 오른쪽으로 돌아 모르는 동네에서 잠을 깬 남자 같은 걸음걸이로 집을 향해 걸었다. 귤 같은 그 향이 아직 코끝에 남아 있는 것 같았다. 도중에 정신을 차리고 보니 아키우치는 휴대전화를 꺼내 전화를 걸고 있었다.

"미안. 방금 헤어졌는데 전화해서. 아까 일이 마음이 쓰여서 말이야. 어제 하즈미에게 뭔가 있었던 거 같아서."

아키우치는 크게 숨을 쉬고 단숨에 말했다.

"하즈미, 나라도 괜찮을 거 같으면 말해주지 않을래? 나 마음에 걸려. 하즈미가 마음이 쓰여. 지금 뿐만이 아냐. 사실은 늘 신경이 쓰여. 처음에 강의실에서 만난 순간부터. 나 늘 마음에 두고 있었어. 계속 생각했어, 하즈미를 계속."

20분 정도 후 아키우치는 하숙집에 도착했다. 그리고 허무하게 방의 부재중 전화에 녹음된 메시지의 재생버튼을 눌렀다.

'미안. 방금 헤어졌는데 전화해서. 아까……'

녹음된 자기 목소리를 몇 번이고 반복해서 들으며 언젠가는 자신이 이런 말들을 실제로 치카에게 하게 될 순간을 상상했다.

4

'나, 어제'의 뒷말을 새벽까지 생각하던 아키우치는 다음 날 아침 유령이 자전거를 타는 듯한 꼴로 대학으로 향했다. 강의실에서 만난 쿄야도 역시 상당히 기운이 없어 보였다. 그 어느 때보다도 더 무뚝뚝하고, 아키우치가 말을 걸어도 "어." 또는 "그래?"라는 말뿐이었다. 어쩌면 히로코 일로 밤새 고민한 걸까 싶어, 시험 삼아 물어보니 그에 대해서도 "어."라고 대답했기 때문에 귀찮아서 신경을 끄기로 했다.

오전 중에 몇 번인가 치카에게 말을 걸려고 했다. 하지만 아무래도 어제의 긴장감이 몸에 배어 제대로 말이 나오지 않았다. 결국 한 말은 "안녕"과 "방금 오면서 잠들 뻔했어."라는 두 마디였다. 치카는 쿄야와 마찬가지로 어찌된 일인지 아무 말이 없이 전부 짧게 대답했을 뿐이었다.

히로코는 여느 때와 다름없고 강의 중간에 쿄야와 둘이 있는 걸 봐도 딱히 뭔가 사이가 안 좋다거나 그렇게 보이지는 않았다. 둘 사이에 문제가 있다는 건 치카의 착각이었던 걸까.

"근데 어제 쿄야한테 들었는데."

오전 강의가 끝났을 때 아키우치는 치카가 강의실을 나갔음을 확인하고 히로코에게 말을 걸어 보았다.

"그때 말했던 그 키우치라는 놈하고 사귄 건 히로코였다면서?"

바나나 우유를 마시던 히로코는 빨대를 앞니로 씹으며 올려다보았다. 이상하다는 듯한 표정만 지을 뿐 아무 대답도 하지 않는다. 무슨 말인지 못 알아들었나 싶어서 아키우치는 말을 이었다.

"나는 완전히 잘못 알고 있었거든. 하즈미가 그놈이랑 사귄 거라고 생각했었지."

"사귀었어."

"응?"

아키우치는 자기도 모르게 목을 빼며 물었다. 뭐지? 이야기가 다르다.

"하지만 쿄야는 히로코가 키우치라는 놈하고 사귀었다고 했는데."

"나도 만났어. 치카가 만난 건 그 다음이고."

"다음?"

하지만 치카는 히로코를 배신한 그 남자를 교실에서 한 방 먹였다고 하지 않았던가. 어쩌면 자신이 어제 쿄야의 말을 잘못 들은 것인가. 쿄야는 "때렸다"라고 한 것이 아니라 "사귀었다"고 했었나? 아니, 있을 수 없는 일이다. 그 두 말을 잘못 들었을 리 없다.

"키우치라는 애가 치카한테 한 대 맞고 흥분이 되었다나 봐. 그리고 갑자기 치카가 너무 좋아졌대."

"좋아졌다……."

"응."

"그래서……, 하즈미는 그놈이랑 만난 거야?"

"잠깐이긴 하지만."

"잠깐?"

"반년 정도."

꽤 길다.

"그래도 결국 치카가 차버렸어. 키우치가 또 다른 여자에게 한눈을 팔았다나 봐."

뭐 그런 놈이 다 있나.

"꽤 인기가 있었거든. 얼굴 잘 생기고 주위에 늘 여자들이 끊이지 않으니 한눈을 파는 것도 어쩔 수 없는 걸지도 모르지."

죽여버릴 테다.

"그때 우리 고등학생이었잖아. 만나고 헤어지고 그러느라 바쁘지 뭐."

히로코는 아키우치를 위로하는 듯 웃어보였다.

"있잖아, 그때는 그런 거 있지? 좋아한다거나 싫다거나 그런 게 아니라 그냥 사귀어버리는 거. 아, 아키우치 혹시 옛날 남자관계에 대해 마음에 담아두는 타입이야?"

신경 쓰인다, 쓰인다, 쓰인다.

"그럴 리가. 그런 건 개인의 자유잖아."

"치카랑 그 키우치가 사귀기 시작했을 때는 나도 좀 싫어서, 치카랑 사이가 멀어지기도 했어."

히로코는 옛날 생각이 난다는 듯 눈을 가늘게 뜨고는 손가락 끝으로 머리카락을 쓸어내렸다. 귓불에는 송사리 귀걸이가 흔들렸다.

"하지만 다시 금방 사이가 좋아졌어. 왜 너도 치카 타입 잘 알잖아? 그래서 왠지 이해가 되더라고. 나랑 사귀고 나면 이번에는 치카가 좋아지는 거지. 지금 생각하면 그 키우치라는 애는 너무 지조가 없긴 하지만."

"뭐, 그런 일도 있을 수는 있지. 안 그래?"

있을 수 없다. 절대로. 죽여버릴 테다. 키우치란 놈을 죽일 테다.

"아키우치, 학교식당 갈래?"

등 뒤에서 말을 걸어온 쿄야는 돌아보는 아키우치의 얼굴을 보고는 놀란 듯 뒤로 물러났다.

"왜 악마 같은 얼굴이냐?"

"악마라도 좋다."

"밥은?"

"먹으러 갈 거야."

"그럼 가자."

"그래."

강의실을 나왔을 때 화장실에서 걸어오는 치카와 마주쳤다. 키우치와 반년이나 사귄 치카. 사실은 의외로 남자 얼굴을 밝힌다는 치카.

"오늘 의외다."

1층으로 계단을 내려가면서 쿄야가 의아한 듯한 표정을 지었다.

"치카랑 스쳐 지났는데 지금 얼굴도 안 쳐다봤잖아."

"그럴 때도 있어."

아키우치가 무뚝뚝하게 대답하자 쿄야는 키득거리며 웃었다.

"방금 히로코하고 얘기했나본데, 혹시 치카 고등학교 때 이야기라도 들었어? 키우치라는 놈에 대해서?"

이 녀석은 언제나 상당히 예리하다.

아키우치는 그렇다고도 아니라고도 말하지 않고, 대신 질문을 던졌다.

"솔직히 나한테는 이해가 안 되는 일이지만, 누군가랑 사귄다는 건 좋아하니까 그런 거 아니야?"

"보통은 그렇겠지."

"다 그래? 예를 들면 너 말이야. 원래 나랑 하즈미를 가깝게 해주려고 히로코랑 사귀기 시작했잖아? 그런 일이 일반적으로 있는 일이야? 좋아하지도 않는데 사귄다는 게."

쿄야는 계단을 내려가던 발걸음을 멈추고 아키우치의 얼굴을 들여다보며 말했다.

"내가 그런 말했나?"

아키우치가 말을 못 알아듣자, 쿄야가 말했다.

"내가 히로코를 좋아하지도 않으면서 사귄다고 말했어?"

"그게, 저번에 네가."

"그건 핑계였어. 나는 마음에도 들지 않는 상대와는 만나지 않아."

"핑계?"

도대체 누구한테 핑계를 댈 필요가 있었다는 말이지?

"혹시 너 자신한테야?"

"그건 잘 기억이 안나."

"정말 삐뚤어졌구만."

아키우치는 이런 놈이 다 있구나 하면서 계단을 걸어갔다. 마음에 든 상대와 사귀는데 굳이 핑계를 만드는 건 아키우치에게는 이해되지 않는 일이었다.

"난 마음에도 없는 상대에게 다가가거나 하진 않아."

쿄야는 청바지 주머니에 두 손을 꽂은 채, 아까와 같은 말을 반복했다. 그리고 왠지 멍한 듯한 목소리로 말했다.

"그 대신 손에 넣고 싶은 상대는 무슨 수를 써서라도 넣고 말지."

"히로코 얘기야?"

쿄야는 대답은 않은 채 그 이후로 쭉 입을 다물었다. 아키우치도 어쩔 수 없이 화제를 바꾸었다.

"화요일은 메뉴가 뭐였더라…… ?"

설렁설렁 계단을 내려가며 아키우치는 학교식당 메뉴를 떠올렸다. 어젯밤 치카에게 저녁을 사 주는 것에 실패했기 때문에 지갑에는 평소보다 약간 돈이 더 있을 터였다. 아직 먹어본 적 없는 비싼 메뉴에 도전해 볼까나. 구체적으로 얼마가 들어 있는지 확인해보려고, 아키우치는 반바지의 뒷주머니에 손을 넣어보고는 깜짝 놀랐다. 지갑이 없다. 어디 떨어뜨렸나? 아니 그럴 리 없다. 어제 입었던 양복 안 주머니에 넣어놓고 온 것 같다. 거기서 꺼낸 기억이 없다.

"있잖아, 나 돈 좀 빌려줄 수 있어? 5백 엔 정도만."

아키우치가 곤란한 얼굴을 하자 쿄야는 아무 말 없이 자기 지갑에서 5백 엔짜리를 꺼내 내밀었다.

"미안, 내일 갚을게."

계단을 1층까지 내려가 학부동을 나갔을 때 문득 벽의 게시판이 눈에 들어왔다. 요스케의 부고가 아직 붙어 있었다. 쿄코의 주소와 장례일시 등이 적혀 있는데, 고별식에 대해서는 오늘 한다는 것 이외에는 적혀 있지 않았다.

"고별식 어디서 하는 걸까?"

"거기라는 것 같던데. 항구에서 바다를 따라 난 도로를 타고 가면 있는 '뭐라뭐라 각'이라지."

"아, 이즈모각에서 하는구나."

이즈모각은 사가미 강에 걸쳐진 다리 옆에 세워진 대형 화장터였다. 아키우치가 마음에 들어 하는 그 급경사의 바닷가 내리막길의 바로 위에 있다. ACT 아르바이트로 몇 번인가 서류를 배달하러 간 적도 있다.

"나 잠깐 고별식에 갔다 올까 봐."

아키우치가 말하자 쿄야는 묘한 표정으로 그를 뚫어져라 쳐다보았다.

"그 꼴로?"

"아니 물론 참석까지 한다는 건 아니고, 그저께 서류 건이 계속 마음에 남아서 그래. 있잖아, 사고 났을 때 나 시이자키 선생님 연구실에 물건을 받으러 가는 길이었잖아? 근데 결국 그 사고가 났고 서류는 깜빡 잊어버렸거든. 만약 이즈모각 어딘가에서 선생님을 만나면 그 이야기를 할 수 있을까 하고."

"뭐, 할 수도 있을 거 같네."

"좋았어, 결정했어. 지금 갔다 올게. 미안하지만 역시 밥은 너 혼자 먹어야겠다."

"당신 말야, 심심할 일 없겠어."

쿄야는 감탄이라도 한 듯 눈썹을 올려보였다.

"맞아, 별로 심심하진 않아."

"그럴 줄 알았어."

쿄야는 잘 가라며 고개를 숙였다.

"뭐 나도 덕분에 심심한 일상에선 해방될 것 같다."

머리 위로 손을 흔들며 쿄야는 학부동의 현관 쪽으로 걸어갔다. 친구의 행동에 내심 고개를 갸웃거리며 아키우치는 쿄야의 뒷모습을 눈으로 좇았다. 왜 자신이 쿄야를 심심함에서 해방시켜준다는 걸까? 도통 뭔 말인지 모르겠다.

"돈은 안 빌려줘도 되겠어. 오늘 학교식당 안 가니까."

돌아보는 쿄야에게 아키우치는 빌린 5백 엔 동전을 던졌다. 동전은 완만한 원을 그리면서 날아가 그대로 톡하고 쿄야의 이

마에 명중했다. 이 녀석, 의외로 운동신경은 없는 거 같다. 허벅지 근육 말고도 쿄야에게 이길 수 있는 부분을 찾게 된 아키우치는 조금 기뻤다.

5

이즈모각의 둘레는 노송나무 정원수로 둘러싸여 있었다. 정면에서 그 정원수가 끊기는 부분이 있는데 그곳이 입구였다. 아키우치는 로드레이서로 입구를 통과하고는 넓은 주차장 가운데로 가 건물로 다가갔다. 하얀 외벽을 따라 화환이 가득 늘어서 있었다.

반바지에 티셔츠는 장례식에는 굉장히 안 어울리는 복장이었지만 아키우치는 크게 신경 쓰지 않았다. 등에 보통 '메신저 백'이라 불리는 퀵 배달원 특유의 가방을 메고 있기 때문이다. 어깨에 멘 벨트 부분이 매우 짧은 것으로, 앞으로 기울어진 자세에서 로드레이서의 드롭 핸들을 잡고 있어도 방해가 되지 않았다. 그리고 이걸 메고 있으면 복장에 관계없이 그렇게 이상하게 보는 일은 없었다. 지금도 가끔 옆을 지나는 상복차림의 사람들이나 장례식장 직원들은 그냥 배달원인가 보다 하고는 지나쳤다.

아키우치는 메신저 백을 통학할 때도 이용했다. 백은 화려한 오렌지색으로 강의실에서 조금 눈에 띄는 편이라 쿄야나 친구들이 자주 놀렸지만, 물건이 많이 들어가기 때문에 실용적이었다. 백 구석에 붙어있는 'ACT'의 로고도 익숙해지면 아무렇지 않다.

정면 현관 앞까지 이동한 아키우치는 유리창 너머로 안을 들여다보았다. 현관홀에 상복차림의 남녀가 드문드문 오가는 것이 보였다. 그중에는 어젯밤 쿄코의 집에서 본 얼굴도 몇몇 있었다. 지금 뭘 하고 있는 거지? 아키우치는 문 너머 광경을 주시했다. 요스케의 화장은 끝난 것일까? 대체 고별식이란 건 뭐로 시작해서 뭐로 끝나는 거지? 어렸을 때 할머니의 고별식에 참석한 적은 있지만, 이미 그때의 기억은 거의 남아있지 않았다.

아키우치가 여기 온 목적은 그저께의 서류 건을 확인하는 것 말고도 사실은 하나 더 있었다. 사고 현장에서 사라진 오비의 행방이 마음에 걸렸던 것이다. 우선은 서류를 배달하지 못한 것을 사과한 후에 아키우치는 슬쩍 오비에 대한 것을 물어볼 생각이었다.

'어디지……'

쿄코의 모습이 좀처럼 보이지 않았기 때문에 아키우치는 자전거에서 내려 현관문을 밀며 안으로 들어가 보았다. 역시나 주위의 시선이 집중되었다. 아키우치는 짐짓 업무 중이라는 얼굴로 한 번 손목시계를 쳐다보고는 홀 안을 빙 둘러보았다.

"아키우치?"

뒤에서 들린 목소리였다. 돌아보니 방금 지나온 문 입구에 검은 옷차림의 쿄코가 서 있었다. 아키우치는 서둘러 고개를 숙였다.

"어제는 감사했습니다."

인사를 잘못했다는 것을 금방 알아차렸지만 다시 말하기도 망설여졌다. 쿄코는 신경 쓰지 않는 듯 살짝 턱을 당겨 끄덕였다. 눈 밑이 검고, 두 눈이 아플 정도로 충혈되어 있었다.

"지금 요스케를 화장하는 중이야."

쿄코는 아키우치 등 뒤쪽으로 시선을 옮겼다. 시선이 머무른 곳은 복도의 벽이었다. 아니, 거기에는 안내판이 걸려 있고 가로의 하얀 화살표 아래에 '화장장'이라고 명조체로 적혀 있다.

"화장, 아······."

"그래. 잠시 속이 안 좋아서 지금 차에 이걸 가지러."

쿄코의 손에는 알약이 들려 있었다.

"멀미약 같은 건가요?"

"아니, 빈혈약이야."

"아, 빈혈약."

목소리가 깊고 깊은 현관홀에 부딪혀 울렸다.

"아키우치는 여기엔 어쩐 일이야? 오후 수업 없어?"

"있는데요, 저 그저께 일로 선생님께 잠깐······."

쿄코는 살짝 고개를 기울이며 아키우치의 눈을 보았다. 하나뿐인 아들을 잃은 슬픔은 쿄코의 얼굴에 분명하게 그 흔적은 남기고 있었지만, 그녀의 아름다움을 완전히 해칠 수는 없었다. 남학생들이 '여의사 얼굴'이라고 평하는, 오똑한 콧날에 단정한 얼굴에 아키우치는 상황도 잊어버리고 무심코 넋을 잃었다.

"그저께는 고마웠어."

먼저 입을 연 건 쿄코였다. 그 목소리는 평소보다 훨씬 조용하고, 침착하게 들렸다. 차오르는 감정을 억누르고 있자면 그런 목소리가 나오는 걸까. 어젯밤, 장례식에서 인형처럼 고개를 숙이고 있던 모습을 떠올렸다.

"제대로 인사도 못했는데, 사고 일을 알려주러 학교까지 와주고. 어제는 장례식까지 와줘서."

"아, 예. 쿄야랑 애들이랑 같이."

"그래, 토모에 군도 왔었지. 마키사카 양이랑 그리고 하, 그 친구 이름이 뭐였지?"

"하즈미입니다."

"맞아, 하즈미 양. 갑자기 안 떠오르네."

쿄코는 머리카락 아래로 손을 넣더니 자신의 야윈 볼을 쓰다듬었다. 그리고 문득 고개를 들었다.

"나한테 뭔가 볼일이 있는 건지?"

"예. 그저께 ACT에 부탁하신 퀵 배달, 제가 결국 물건을 받으러 가지 못했으니까 사과를 해야 할 것 같아서요."

쿄코는 몇 초 동안 멍한 표정을 짓다가 생각났다는 듯 말했다.

"그 일에 대해서 깜빡 잊고 있었네. 괜찮아, 그건 나중에 어떻게든 되겠지."

"그래요? 그럼 다행이지만."

"그것 때문에 일부러 온 거야?"

"그게, 예."

"그랬구나. 걱정해줘서 고마워. 하지만 이제 슬슬 학교로 가보는 게 좋아. 수업은 들어야지."

"예, 그렇게 할 겁니다. 여기까지 와서 여러모로 실례했습니다."

고개를 한 번 숙이고는 아키우치는 현관문 쪽을 향했다. 하지만 다시 방금 떠올랐다는 표정으로 태연히 뒤를 돌아보며 말했다.

"그런데 그 후로 오비는 어떻게 됐어요?"

쿄코는 천천히 고개를 옆으로 저었다.

"아직 못 찾았어. 집에도 안 왔고. 경찰은 동물보호단체와 협력해서 찾고 있다고 하는데, 그렇게 열심히 찾고 있을 것도 아니고……."

"저도 찾아볼게요."

조금이라도 힘이 되고자 하는 마음에서 말했다.

"제가 아르바이트로 시내를 자주 오가니까 어디서 우연히 오비를 만날지도 모르잖아요."

쿄코는 대답하지 않았다. 망설이는 듯 아무 말 없이 아키우치에게서 시선을 돌렸다. 왜 그러지? 자신이 이상한 말이라도 한 걸까 싶었다.

상상해보았다. 애완견이 도로로 뛰어들었고, 그것 때문에 사랑하는 아들이 트럭에 치여서 목숨을 잃었다. 어머니는 어떤 심정일까? 그 자리에서 사라진 애완견을 다시 보고 싶을까?

아니, 그렇지 않을 거다.

그럴 리가 없다.

그 순간 아키우치는 자신이 부끄러웠다. 오비를 찾는 걸 돕겠다고 무슨 대단한 일이라도 되는 양 떠드는 걸 들으면서 쿄코가 곤란해하는 건 당연하다.

"오비랑 요스케는 형제처럼 자랐어."

아키우치가 무언가 말하기 전에 쿄코가 입을 뗐다. 그 눈은 문 밖의 하얀 햇살을 멍하니 바라보고 있었다.

"오비가 손바닥에 올라갈 정도로 작았을 때, 공원에서 울고 있는 걸 그 애가 데려왔어. 비가 오는 날이어서 오비가 들어 있던 종이상자에는 비가 차 있었지."

쿄코의 이야기에 따르면 오비를 주워왔을 때 요스케는 아직 유치원생이었단다. 그래도 요스케는 혼자서 오비를 잘 돌보겠다고 약속했고 실제로 그렇게 실천해왔다고 했다. 먹이를 주는 것도, 산책도, 개집 정리도.

"난 일이 바빠서 집에 거의 있지 못했고, 당시 남편도 동물을 좋아하지 않았거든. 그래서 요스케와 오비는 늘 둘이서 놀았어. 요스케는 학교 친구들하고도 잘 어울리지 못했고, 그래서 정말 오비와 많은 시간을 보냈지. 오비는 요스케가 하는 말만 들었고, 요스케가 시키는 대로 뭐든지 그렇게 했어. 마치그 애 말을 알아듣는 것처럼. 그래서 설마 이런 일이……."

말이 끊기고 조용한 목소리의 여운만이 현관홀에 울리다가 사라졌다. 작게 훌쩍이던 쿄코는 아키우치에게로 고개를 돌렸다.

"사고가 어땠는지는 경찰한테 들었어. 거기 있었던 사람들 이야기로는 오비가 갑자기 차도로 뛰어들었대."

"예, 그랬죠."

아키우치는 자신도 그 순간을 보았다고 설명했다.

"분명히 오비는 그때 갑자기 내달렸어요. 도로 반대쪽으로요. 저도 깜짝 놀랐어요. 무슨 일이 일어났는지 금방 파악이 안 될 정도였으니까."

"왜 그런 일이 일어났는지……."

오른손으로 살짝 관자놀이를 누르며 쿄코는 작게 숨을 내쉬었다.

"지금까지 그런 일이 있었나요? 산책하다가 갑자기 내달리거나 하는."

쿄코는 고개를 저었다.

"없었을 거야. 요스케한테서 그런 이야기를 들은 기억도 없고."

왜 그때 오비는 갑자기 내달린 것일까. 무엇을 향해 달린 걸까.

"선생님, 개가 내달린다는 건 뭘 뜻하죠?"

"글쎄, 나는 전문가가 아니라 잘 모르지. 마미야 선생님이라면 어쩜 아실 수도 있겠지만."

"아, 마미야 선생님."

과연 그럴 수도 있겠다 싶었다. 마미야 미치오는 쿄코의 동료로 같은 학부에서 동물생태학 강의를 담당하고 있는 조교수였다. 그 세계에선 상당히 저명한 연구자라는 것 같은데, 안타깝게도 학생들에게는 별로 인기가 없었다. 특히 여학생들에게는. 강의가 재미없는 게 아니라 오히려 그 내용도 설명도 매력적이지만, 단적으로 말해서 일단 외모가 너무 아니라는 거였다. 그래, 그건 좀 아니었다.

"나중에 제가 마미야 선생님께 상담이라도 해볼까요……."

모르는 건 전문가에게 물어야 하는 걸지도 몰랐다.

"그래. 나는 사고 순간을 본 게 아니라 상담은 못 받지만, 아키우치라면 분명 마미야 선생님께 상세하게 설명할 수 있겠지. 경찰 얘기로는 아키우치가 가장 확실히 사고 현장을 봤다는 거 같으니까."

"제가요?"

"경찰은 그렇게 말했어. 이름은 알려주지 않았지만 자전거 퀵 배달을 하는 청년이라고 하니, 네 얘기지?"

"아 예, 아마 그럴 거예요."

그러면 자신이 사고를 가장 분명히 목격한 인간이란 말인가. 생각해보면 그럴 것도 같았다. 아키우치는 요스케와 오비를 알고 있고, 그때는 사고가 나기 전부터 그쪽을 보고 있었으니 말이다. 다른 보행자들은 아마 트럭의 브레이크 소리가 들렸을 때 비로소 뭔가 싶어서 그 방향을 본 걸 거다.

"쿄야랑 애들도 브레이크 소리로 처음 알았다고 했었지 아마……."

아키우치가 혼잣말처럼 중얼거리자 쿄코는 놀란 표정으로 쳐다봤다.

"아, 죄송해요. 아무것도 아닌데. 쿄야랑 친구들도 사고 순간은 못 봤다고 해서."

그 순간 쿄코의 얼굴에서 표정이 사라졌다. 또 자신이 말을 잘못했나 싶어 아키우치는 불안했다.

"토모에 군이랑 친구들이 있었어?"

"아, 예. 있었어요."

아무래도 쿄코는 그곳에 쿄야 일행이 있던 걸 몰랐던 것 같았다. 하지만 그게 그렇게 놀랄 일이었나. 자세히 이야기해달라고 하기에 아키우치는 쿄코에게 쿄야와 히로코, 치카가 니콜라스에서 나왔을 때 마침 건물 앞에서 요스케의 사고가 일어났다고 설명했다.

"그래서 어제 물어보니까 쿄야랑 애들은 그때 뭐가 일어났는지 몰랐대요. 니콜라스 계단에서 쿄야가 로드케이스로 장난치면서 놀고 있을 때, 밑에 도로에서 큰 소리가 나서."

아키우치는 저도 모르게 말을 멈추었다. 표정이 사라졌던 쿄코의 얼굴에 이번에는 어떤 일종의 감정이 강하게 드러나는 것을 느꼈기 때문이다. 그 감정은 틀림없이 놀라움이었다. 색을 잃은 창백한 입술이 서서히 움직이며 몇 개의 단어들이 조합되고 있었다. 그때…… 그래도…… 아키우치에게 들리는 건 그 두 마디뿐이었다.

"선생님."

"쿄코, 이제 가야 할 것 같아."

정신을 차리고 보니 두 사람과 가까운 곳에 친척인 듯한 검은 옷차림의 사람들이 서 있었다. 그 사람들이 부르는 소리를 들은 쿄코는 손목시계를 보았다.

"그래, 벌써 시간이 이렇게 됐네. 아키우치, 나는 여기서 실례할게."

"저도 실례하겠습니다. 불쑥 찾아와서 죄송했습니다."

인사를 하고 아키우치는 현관홀을 나왔다. 로드레이서에 올라타면서 유리문 너머로 보니 친척들 사이에 섞인 쿄코의 모습이 왠지 낯설게 느껴졌다.

이제 와서 오후 수업을 들을 마음도 안 생기고 해서 아키우 치는 이즈모각에서 곧장 하숙집으로 돌아가기로 했다. 오늘은 ACT 아르바이트도 없었다.

아키우치의 하숙집은 와해 직전의 모습을 한 목조주택 2층 으로, 1층에는 '오오야大家, 일본어로 집주인이라는 뜻'라는 정말 장난 같은 이름의 집주인이 살고 있었다. 2층에 있는 두 개의 방 중 하나가 아키우치의 방이었고, 현재 옆방은 비어 있었다. 3개월 에 한 번 정도 집주인에게 이끌려 싼 방값의 매력에 하숙하려 는 학생이 방을 보러 오지만, 너나할 것 없이 낡아빠진 건물을 한번 볼라치면 미안한 웃음과 핑계를 대며 달아나는 것이었다.

로드레이서를 현관 옆에 세우고, 체인락을 건 아키우치는 뒤 쪽의 나무문을 통해 하숙집으로 들어갔다. 발을 움직일 때마 다 끽끽 하는 소리가 들리는 가운데 계단을 올라가 구석방으 로 향했다. 방 입구는 실제로 보여주기 전까지 친구들은 믿지 않았지만, 장지문이다.

학이 서로 마주보고 있는 모양이 앞뒤로 그려져 있다. 장지 문 옆으로 데굴데굴 굴러다니는 다섯 개의 빈 오로나민C 병은 지난주에 주인집 손자가 놀러와 2층에 가지고 올라와서는 요 란한 소리를 내면서 볼링놀이를 했을 때의 것이다. 싫은 마음 에 그냥 두고 있는데 아직 집주인은 눈치채지 못한 것 같다.

작은 다다미방은 열기로 후덥지근했다. 하나밖에 없는 창문을 열어놓고 선풍기를 '강'으로 한 아키우치는 다다미 위에 대자로 뻗었다. 어디선가 유지매미가 시끄럽게 울었다. 옆에 굴러다니는 먹다가 만 포테이토칩을 당겨서 몇 개 입으로 밀어 넣는다.

문득 보니 바닥에 놓인 유선전화에서 음성 메시지 램프가 깜빡였다. 입주위에 묻은 포테이토칩의 소금을 핥으면서 아키우치는 팔을 뻗어 재생버튼을 눌렀다.

'네 건의 메시지가 있습니다.'

방에 전화선이 깔려 있다는 것이 이 하숙집의 유일무이한 장점이었다.

'엄마다. 추석에는 오니? 전화주렴. 낮에는 가게에 나가 있으니까, 저녁에. 아참 저녁은 안 되지.' 뭔가를 찾는 듯한 소리가 들리더니 '아, 역시 나이가 들어서 그런가. 호호. 오늘 저녁은 약속이 있으니까 가급적이면 내일.'

녹음 종료.

'엄마다. 추석에는 오니? 내일 밤에 대충 8시쯤 전화주렴. 가게로 말고 집으로 해. 그리고 혹시 인터넷에 대해 잘 알면 좋은 브로바이더를 알려주면 좋겠다. 아버지가 손님한테서 중'

녹음 종료.

'엄마다. 요전번에 아버지가 손님한테서 중고 컴퓨터를 하나 받아오셨어. 손님은 새 컴퓨터를 샀다고 공짜로 주셨대. 인터

넷은 텔레비전에서 광고하는 테츠코광이라는 걸로 할까 하고 아버지는 말씀하시던데, 네 생각은 어떠니?'

녹음 종료.

요즘 들어서는 결코 웃어넘길 수만은 없게 된 엄마의 건망증 등을 들으면서 아키우치는 쿄야를 떠올렸다.

— 한 분밖에 없는 아버지와 사이가 안 좋으면 외롭지 않아?

— 전혀.

쿄야는 어렸을 때 어머니를 여의고 아버지와도 사이가 좋지 않았다. 그 시니컬하고 삐딱한 성격은 그 때문인 것일까. 아니면 삐딱하기 때문에 아버지와도 좋은 관계를 유지하지 못하는 걸까. 부모님 두 분 모두 건재하시고 어느 쪽과도 사이가 나쁘지 않은 아키우치에게는 잘 와 닿지 않았다. 다만,

— 자기 아버지가 저렇다면 힘들겠지.

외로울 거 같긴 했다.

아키우치는 쿄야에 대해 아직도 잘 모르는 게 많았다.

또래 친구들 중에서 보면 쿄야는 확실히 어른스럽다. 첫 대면 때부터 그 인상은 강했고, 지금도 그건 변함없었다. 하지만 한편으로 쿄야는 가령 카레를 너무 좋아한다거나 로드케이스로 참새를 쏘는 흉내를 내는 등 어딘지 아이 같은 구석도 있었다. 그의 집에 놀러갔을 때도 컬렉션 케이스에 진열된 미니카를 열심히 자랑하던 기억이 생생했다. 그런 아이 같은 면에 더해 그에게는 다른 친구들에게는 없는 약한 부분이랄까 위태로

움 같은 것이 숨어 있는 듯한 느낌이 들 때가 있다. 어떤 계기로 말도 안 되는 일을 저질러버리는 건 아닐까 하는. 그런 면이 쿄야에겐 있었다. 자포자기의 일면이라는 게 아니다. 잘 표현할 수는 없지만 쿄야는 가슴속에 무언가 애매하고도 검은 것을 품고 있고, 그것이 시종 부풀어 올랐다가 줄어들었다가를 반복하고 있는 걸 스스로도 알고 있다. 그리고 언젠가 그것이 엄청날 정도로 부풀어 올라서 자신의 힘으로는 억누를 수 없게 될 것도 알고 있다. 그런 느낌이 들었다.

'아쿠츕니다.'

갑작스런 높은 목소리에 아키우치는 깜짝 놀랐다. 쩌렁쩌렁한 성량이 전화기의 스피커를 진동시켰다.

'수업 중에 전화가 울리면 곤란할 것 같아서 여기다 녹음해두는 거야. 다음 주 교대근무, 슬슬 알려줬음 해. 일단은 연락해줘.'

이 목소리를 듣고 누가 상대방이 사십대라는 걸 맞힐 수 있을까. 아무리 들어도 아쿠츠의 목소리는 이십대 정도다. 얼굴도, 그 얼굴도.

'응?'

그러고 보니 아쿠츠는 어떻게 생겼지?

아키우치는 그의 얼굴이 떠오르지 않는다는 사실에 스스로 놀랐다.

생각해보면 2년 전 채용 면접과 며칠 후에 이루어진 업무내

용 설명회 이후로 아쿠츠와는 한 번도 실제로 얼굴을 마주한 적이 없다. ACT의 작은 사무소는 아키우치 등이 사용하는 배달원용 라커룸이 1층에 있고, 사장이 의뢰 전화를 받는 데스크는 2층에 있다. 아르바이트 배달원은 특별한 일이 없는 한 사무소에 볼 일이 없으니 사장과 만날 기회도 없는 것이다. 매일같이 그저 그 강렬한 목소리만을 전화기 너머로 들어왔기 때문에, 어느새 아키우치의 머릿속에서 아쿠츠의 얼굴은 '도콘죠가에루ど根性ガエル, 1970년부터 1976년까지 슈에이샤의 만화잡지 〈주간 소년점프〉에서 인기리에 연재되었던 요시자와 야스미의 동명 만화를 원작으로 하고 있는 작품. 한국에서는 '명랑 개구리 뽕키치'라는 제목으로 알려짐. 이 작품의 주인공 히로시는 개구리가 들러붙은 티셔츠만 입고 다니는 명랑한 중학생임'의 히로시처럼 기억되고 있었다. 내일은 아르바이트가 있다. 뭔가 용건을 만들어서 2년 만에 아쿠츠의 얼굴이라도 볼까? 하지만 만약 정말로 히로시와 똑같으면 어쩌지? 자신이 평정상태를 유지할 수 있을까 싶었다.

저녁이 되자 아키우치는 저녁 도시락을 사기 위해 방을 나섰다. 뒷문을 나와 로드레이서의 체인락을 빼려고 바퀴 옆에 앉았다. 하지만 아키우치는 갑자기 손을 멈췄다.

'마미야 선생님 댁에 가볼까……'

오비의 일을 마미야에게 상의하는 건 빠를수록 좋을 것 같았다. 쿄코도 결과를 듣고 싶어 했고 말이다.

"좋은 일은 서둘러야지."

로드레이서를 그대로 두고 아키우치는 골목길을 달리기 시작했다. 마미야는 정말 엎어지면 코 닿을 거리에 살고 있었다.

이때 아키우치의 가슴속에는 마미야의 전문지식을 활용해 보자는 마음보다는 오히려 누군가가 자신의 이야기를 들어줬으면 하는 마음이 더 강했을지도 모른다. 사실 아키우치는 자신의 머릿속 한 구석에 들러붙어서 떨어지지 않는 어떤 의문을 누군가에게 털어놓고 싶어서 견딜 수가 없었다.

마미야가 사는 아파트에 도착한 건 고작 3분 후였다. 이 일대는 통칭 '전후戰後 거리'라고 불리며 오래된 건물들만 밀집되어 있다. 그 건물 중에서도 특히나 낡은 두 채가 아키우치의 하숙집과 마미야가 사는 '쿠라이시소우倉石莊'였다.

자신이 속한 학부의 조교수가 바로 근처 아파트에서 통근하고 있다는 사실을 아키우치는 입학 초부터 알고 있었다. 하지만 집에 찾아가보기는 이번이 처음이었다. 그뿐만 아니라 근처에서 모습을 봐도 말을 걸어본 적조차 없었다. 그 풍모를 보면 가벼운 인사도 주저하게 되었다. 분명 그렇게 느끼는 건 자신만은 아닐 것이다.

쿠라이시소우에 도착하자 자전거 주차장에 엄마들이 장보러 다닐 때나 타는 놀랄 정도로 오래된 자전거가 한 대 세워져 있었다. 뒷바퀴의 진흙더미 사이에 매직으로 '마미야 미치오'라는 이름과 주소 및 전화번호가 굉장히 지저분한 글씨로 적혀 있었다. 마미야의 방은 '201호'인 듯했다.

바깥 계단을 올라간 아키우치는 가벼운 긴장과 함께 그의 방 앞에 섰다. 그 이상한 조교수는 갑작스런 학생의 방문에 어떤 반응을 보일까. 어떤 타이밍에 용건을 꺼내야 할까?

벨을 눌렀다. 반응 없음.

노크를 했다. 반응 없음.

이름을 불렀다. 반응 없음.

'집에 안 계시나……'

아키우치는 판자가 젖혀진 문을 바라보았다. 그러자 안에서 말소리가 들렸다. 중얼중얼 뭔가 낮은 목소리로 이야기하고 있는 것 같았다. 마미야의 목소리인데 대화를 하고 있다고 하기엔 상대방의 목소리는 들리지 않았다. 전화라도 하고 있는 걸까. 잠시 그대로 기다려보았지만, 이상한 중얼거림은 언제까지고 끝나지 않았다.

"나중에 다시 와야겠다."

어쩔 수 없이 아키우치는 발길을 돌려 어두운 복도를 되돌아갔다. 마침 계단을 내려가려는 순간 등 뒤에서 재빠르게 마루 위를 뛰는 소리와 세차게 문을 여는 소리가 들렸다.

"기도, 기도하고 있었어요!"

돌아보니 마미야가 아키우치를 보고 있었다. 문틈에서 바깥 복도로 삐져나온 한쪽 다리를 보니 어중간한 길이로 잘린 지저분한 청바지에, 구두도 슬리퍼도 신고 있지 않았다. 목이 늘어난 티셔츠, 최대의 특징이라 할 수 있는 새까만 더벅머리는 길다기보다는 크다는 표현이 딱 와 닿았다. 우와, 마미야를 한

눈에 보고 누군가 마음속으로 내뱉는 감탄사는 아마도 '우와'
일 거다. 아키우치와 친구들은 지금까지 마미야를 대학 구내
에서 보거나 마미야가 강의실에 들어설 때면 '우와' 하고 감탄
사가 터져 나왔다. 지금도 마찬가지였다.

마미야의 오른손은 목에서 가슴으로 내려온 목제 십자가를
쥐고 있었다. 그러고 보니 그가 기독교인이라고 누군가에게 들
은 적이 있다. 모습도 어딘가 구도자적이라고 할 만한 모습이
있는 것도 같지만, 그래도 분명 별 관계는 없을 것이다.

"죄송합니다. 벨도, 노크도, 부르는 것도 사실 다 듣고 있었
습니다. 그런데 지금 좀 하나님께 …… 어어?"

마미야는 두 눈을 매우 크게 뜨고는 아키우치의 모습을 다
시 보았다.

"자넨 그 친구지? 그 누Gnu의 뿔 같은 핸들을 한 자전거를
타고 다니는."

"아키우치라고 합니다."

"그렇지, 아키우치. 내 수업도 듣고 있지."

"아, 예. 듣고 있어요."

"짧은 머리 여학생에게 호감을 가지고 있는."

"예?"

"감추려고 해도 소용없어. 그런 건 다 아니까. 동물이 페로
몬으로 전달하는 비언어 커뮤니케이션을 인간은 주로 목소리
의 억양과 시선으로 전달하려고 하니까."

"저……."

"이왕 왔으니 들어와. 보리차 한잔하고 가."

역시 이 사람은 좀 이상하다는 확신이 들었다. 페로몬이니 커뮤니케이션이니 무슨 말인지 전혀 모르겠고, 대체 왜 왔는지는 물어보지도 않고 '이왕 왔으니'라는 건 뭔지.

어쨌든 아키우치는 현관문을 열고 들어섰다. 들어선 순간 말은 하지 않았지만, 역시 감탄사가 떠올랐다.

"미안해, 좀 여러 가지가 있거든."

마미야는 큰 키 때문에 허리를 굽혀 짧은 통로를 지나 구석의 거실로 향했다. 아키우치는 순간 어떻게 해야 할지 거취에 대해 고민했지만 결심을 굳히고 그를 따라갔다. 그리고 거실에 들어서자 이번에는 속으로 '하아'라는 소리가 절로 나왔다.

모든 걸 확인할 수 있었던 건 아니지만 먼저 현관의 콘크리트 바닥에 놓인 큰 우리 안에는 이상한 쥐가 있었다. 굉장히 머리가 큰 놈이었다. 신발장 위에는 유리로 된 수조가 있었고 흙 위에 비스듬히 세워진 나무줄기에 붉은색과 검은색이 섞인 광택이 나는 줄 같은 것이 감겨 있었다. 복도에는 투명한 벌레 상자가 여러 개, 아니 무수히라고 해도 좋을 만큼 있고 바닥에는 각각 톱밥이나 흙, 모래나 종잇조각 등이 들어 있었다. 그것들의 표면이 두 사람의 발소리에 반응하여 부스럭거리며 움직였다. 그리고 지금 있는 다다미방에는 정중앙에 둥근 목제의 낮은 탁자가 있는데, 그 위에 갈색과 흰색의 반점 모양을 가진 도마뱀이 거대한 C자 모양을 하고 있었다. 뚱뚱한 체형에 어른의 팔뚝만한 사이즈로, 그 코끝은 아키우치의 발을 향해 있다. 자신은 왜 반바지 같은 걸 입었을까. 아키우치는 심히 후회스러웠다. 하지만 이미 늦었다.

"저기, 이거 딱히 물거나 그러진 않죠?"

터무니없는 크기의 도마뱀을 눈으로 가리키며 아키우치는 확인하는 뜻으로 물었다. 마미야는 방의 구석에 있는 냉장고를 뒤지며 느릿느릿 어깨 위로 손을 흔들었다.

"멕시코독도마뱀이 사람을 덮칠 리 없잖아."

"독!?"

이름에 들어있는 한 글자에 아키우치는 반응했지만 마미야는 상대방이 자신이 한 말을 제대로 못 들었다고 생각했는지, 돌아보며 다시 말했다.

"멕시코독도마뱀. 아메리카독도마뱀이랑 비슷한 종이지."

"그것도 모르는데요."

도마뱀을 자극하지 않고자 아키우치는 조용히 다다미 위에 정좌했다.

"이 도마뱀 키우시는 거예요?"

"아니 자료용으로 잠시 빌린 거뿐이야. 도마뱀 중에 독성을 가지고 있는 건 전 세계에서 멕시코독이랑 아메리카독밖에 없으니까. 여러 가지 공부할 것이 많지. 보리차 괜찮지? 보리차밖에 없거든."

마미야는 보리차가 담긴 잔을 들고 왔다. 그건 두 개가 쌍인 잔으로 조금 특이한 디자인을 하고 있었다. 외국제품인 걸까? 절구통 모양에 가장자리 한 군데가 새의 주둥이처럼 되어 있고, 표면에 촘촘한 눈금이.

"비커 아닌가요?"

"아깝다. 정확히는 계량비커야. 자, 이건 자네 잔."

이렇게 말하면서 마미야는 계량비커를 탁자 위에 놓았다. 그 충격으로 거대한 도마뱀이 금방 네 발을 벌리고는 자세를 취했다. 계량비커가 놓인 위치는 딱 도마뱀의 머리 뒤로, ℃ 같은 모양이 되었다.

"더우니까 400cc로 맞췄어. 마셔. 음, 시원하네."

"예⋯⋯."

잔은 일반적이진 않지만 그렇다고 더러운 것 같지는 않았다. 목도 마르고 전혀 입을 대지 않는 것도 실례인 것 같아 아키우치는 탁자 위로 손을 뻗었다. 천천히 그리고 신중하게. 사람을 덮치는 일은 없다고 했으니, 계량비커를 가져오는 것쯤 문제없겠지.

"가끔 물긴 하지만 너무 신경 쓰진 말고."

"예?"

놀란 목소리와 동시에 손을 뺐다.

"이 부분, 독니가 있어서 잘랐으니까. 아— 오—."

마미야는 자신의 입을 크게 벌리고는 아랫니의 어금니 쪽을 손가락으로 가리킨다.

"아, 그러셨어요?"

어찌됐건 계량비커를 집는 건 포기했다.

"그건 그렇고 집이 너무 좁아서 미안해. 사실은 좀 더 넓은 곳으로 이사하고 싶지만, 애완동물도 받아주는 아파트가 이 근처엔 여기 말고 없어서 말이지."

애완동물을 받아준다고 해도 분명 무슨 동물이든 다 괜찮다는 건 아니었을 거다.

"하지만 학교에서 가까우니까 통근하는 데는 꽤 편하지. 아파트 이름도 마음에 들고."

"아파트 이름이요?"

대체 쿠라이시소우의 어디가 좋다는 걸까.

"나는 기독교인이니까."

무슨 말인지 잘 모르겠다. 아키우치가 대답하기 어려워하자, 마미야는 뭔가 호기심 가득한 눈으로 얼굴을 가까이 했다. 당연히 머리카락도 같이 다가왔다. 얼굴 위로 머리카락이 내려와 있는 게 아니라, 머리카락 사이로 얼굴이 보이는 듯한 인상이다. 덥수룩한 그 물체의 구석 쪽에서 언제부턴가 새로운 생명이 탄생하고 있다고 해도 이상할 것이 없었다.

"아키우치, 잠깐 들어볼래? 쿠라이시소우, 쿠라이스 소우, 쿠라이스트 소우. 봐, 크라이스트 소우. 즉 '그리스도는 보았다.' 의미심장하지?"

"그러네요."

미안하지만 아키우치의 머릿속에서는 '어두운 사상_{일본어 발음}
_{으로 쿠라이시소우임}이라고밖에 변환되지 않았다.

마미야는 기쁜 듯한 눈빛으로 여전히 아키우치의 얼굴을 쳐
다보고 있었다. 금방 시선을 돌리는 건 좀 그런 것 같아서 아
키우치는 자연스레 시선을 피하고는 대학교 선생님은 이런 집
에 사는구나 하는 얼굴로 벽과 천장을 바라보았다.

"'메이도소우'였어도 재미있었을지 모르지."

"'메이도_{메이도는 일본어로 저승, 황천이라는 뜻이 있음}'라는 성씨의 집주인
은 없어요."

아키우치는 뭔지 잘 모르고 그렇게 대답한 것이지만, 나중
에 잘 생각해보니 maid는 '가정부'였다. 그건 꽤 재미있는 말장
난이었을지도 모른다. 메이드소우. 이치하라 에츠코_{'가정부는 봤다'}
_{라는 드라마의 주인공을 했던 일본 여배우}가 들었으면 좋아했을 거다.

"그런데 자네 여긴 어쩐 일이야?"

물으면서 마미야는 탁자 위의 ℃의 C를 아무렇지 않게 들어
올려 옆의 우리로 넣었다. 아키우치는 그제야 계량비커를 들고
보리차를 마시며 본론에 들어갈 수 있었다.

7

"그 사고가 그렇게 된 거군. 애완견이 흠……."

아키우치의 이야기를 다 들은 마미야는 가늘고 긴 두 팔을 팔짱끼고는 탄식했다.

"다 큰 개와 작은 체구의 아이였다면 분명 그런 일도 있을 수 있겠지. 네 발로 달리는 동물의 스타트 돌진력은 보기보다 강렬하니까."

"네, 정말로 굉장한 기세였어요."

지면을 차고 나가는 오비의 모습이 또 아키우치의 머릿속에 되살아났다. 붉은 줄이 단숨에 팽팽해지더니 그와 동시에 요스케의 작은 몸이 거센 바람을 만난 것처럼 도로로 튕겨 나왔다.

"그걸 너희 네 사람이 목격했다는 거지."

"순간을 본 건 저뿐인 것 같아요. 쿄야와 히로코, 치카는 니콜라스에서 막 나오던 길이었기 때문에 보도에 요스케가 있다는 걸 몰랐대요."

"그럼 브레이크 소리나 충격음으로 알았다는 거네."

마미야는 애처로운 듯 두 눈을 깜빡였다.

"하지만 애완견과 관련된 이야기는 지금 처음 들었어. 단순히 교통사고라고밖에 못 들었거든. 어젯밤에 장례식에도 갔는데, 시이자키 선생님이랑은 이야기를 못했으니까. 물론 학교에도 결근 중이시고."

쿄코의 강의는 1주일 동안 휴강이 된다는 공지가 어제 게시판에 붙어 있었다.

"사실은 오늘 고별식장에 가서 시이자키 선생님과 이야기를 하고 왔어요. 지금 말한 오비에 대해서. 선생님도 사고 때 오비가 갑자기 내달린 이유를 알고 싶어 하셨어요. 그래서 제가 마미야 선생님께 상의하려고 생각한 거예요. 선생님이라면 뭔가 아시지 않을까 해서."

"음, 하지만 나는 실제로 본 사람은 아니니까. 오비가 달리기 시작한 순간을 말이야."

그는 생각에 잠긴 듯 가슴의 십자가를 만지작거렸다.

"개가 갑자기 달리는 계기에는 어떤 것들이 있나요?"

우선 그렇게 묻자 마미야는 잠시 십자가를 돌리더니 마지막에는 무슨 이유에서인지 잠시 냄새를 맡은 후 대답했다.

"그야 여러 경우가 있지. 놀라도 달리고, 기뻐도 달리고, 공을 던져도 달리지. 물론 마지막에 말한 건 사전 훈련이 필요하지만."

"훈련, 공을 던지면 쫓아가도록 말이죠?"

"맞아. 하지만 훈련을 한다고 하면 개를 달리게 하는 방법은 뭐든지 있을 수 있지. 개는 똑똑해서 주인의 사인으로 달리도록 훈련하는 건 간단한 데다, 그 사인도 무수히 많아. 손을 들면 달리거나, 손가락으로 소리를 내면 달리지. 파란 공을 던지면 달리지 말고 노란 공을 던지면 달린다. 제대로 알려주면 개는 꽤 잘 따라오거든."

"그럼 예를 들어 오비가 무언가 사인을 배웠고, 사고 때 누군가가 그 사인을 줬다면……."

"아니, 그건 있을 수 없어."

마미야는 밖으로 드러난 무릎을 슥슥 긁었다.

"사인을 주는 것이 개 주인이나 트레이너가 아닌 한 개는 절대로 따르지 않아."

듣고 보니 낮에 쿄코도 그렇게 말했다. 오비는 요스케가 하는 말밖에 듣지 않았다고.

"예외는 없나요? 개가 주인 이외의 사람 말을 듣는 일은. 가령, 가령이지만 사인을 준 상대를 개가 주인이라고 착각한다거나."

"아, 그건 있을 수 있지. 사인을 준 사람이 주인이 입은 것과 같은 옷을 걸치고 게다가 멀리 서 있는 경우라든지."

그의 말에 아키우치의 머리 한 구석이 쿵쿵하고 울렸다.

자신이 가지고 있는 어떤 의문과의 연결에 반응한 것이다.

"개는 사실 그리 눈이 좋지 않아. 인간의 시력을 1.0이라고 하면 개들은 0.3 정도밖에 안 되지. 근시라서 핀트를 잘 못 맞춰. 그래서 상대방이 멀리 서 있을 때는 복장으로 주인인지 아닌지 판단해버리는 경우가 있어. 그 왜 강가 같은 데서 개를 풀어놓으면 멀리서 주인과 비슷한 복장을 한 사람을 보고는 반가워서 달려가는 경우가 자주 있잖아?"

"아뇨, 저는 별로 본 적이 없는데."

"그런 경우가 있단 말이지. 이렇게 말이야. 봐."

마미야는 탁자 위에 한 손을 뻗어 가운데 손가락만 세우고는 네 손가락을 바닥 판에 댔다. 그리고 가운데 손가락을 좌우로 흔들며 개가 두 개의 계량비커를 비교하는 듯한 흉내를 내나 했더니, "아 주인님이다!"라며 네 손가락을 다다닥 재빨리 움직여서 손으로 만든 개가 한쪽 방향의 계량비커로 다가간다. 그러고는 계량비커 바로 앞에서 갑자기 손을 멈추고는 "응? 당신은 누구야?"라며 놀란 소리를 내보였다. 그냥 말만 해도 그리 이해하기 어려운 내용이 아니었기 때문에 그 퍼포먼스 자체에는 별로 의미는 없었다. 마미야도 그냥 하고 싶었던 것뿐일 거다.

"주인을 착각한다……."

다다미에 시선을 떨어뜨리고 아키우치는 잠시 생각에 잠겼다. 머릿속의 의문과 마미야의 이야기를 조합해본다.

"아무 무늬가 없는 티셔츠는 어떤가요?"

진의를 들키지 않도록 가급적 짧은 단어를 골라 물어보았다. 마미야는 질문의 의미를 모르겠다는 듯 눈을 깜빡거렸다.

"아, 죄송해요. 복장 이야기입니다. 지금처럼 멀리 서 있는 상대를 주인이라고 착각하는 경우 중에 예를 들어 그 사람이 무늬 없는 티셔츠를 입고 있었다면요?"

"즉 옷에 별로 특징이 없었다는 말이지?"

"네. 그런 거죠."

"아마도 색으로 판단하지 않을까?"

마미야는 미간을 찌푸리며 생각하는 듯했다.

"최근 연구에서는 개가 구분할 수 있는 건 보라, 파랑, 노랑, 이 세 가지 색깔이라고들 하니까. 그렇지, 가령 어디선가 개를 풀어놓을 때 주인이 보라색이나 파랑 또는 노랑의 티셔츠를 입고 있다고 해보지. 개가 달리면서 문득 멀리를 보면 주인과 같은 색의 티셔츠를 입은 사람이 서 있어. 그런 경우에 어쩌면 개는 착각하고 달려갈지도 모르지."

"달려가나요?"

"그럴지도 몰라."

그날, 쿄야는 보라색의 티셔츠를 입고 있었다. 그리고 우연히도 요스케가 입고 있던 것도 같은 색의 티셔츠였다. 오비가 쿄야를 요스케라고 착각했을 가능성이 있다는 말인가.

"개가 복장으로 주인을 착각하는 거리는 대략 어느 정도죠?"

"그건 뭐라고 말할 수가 없어. 개의 시력도 저마다 다 다르니까."

"가령 1차선 도로의 반대쪽에서는요?"

아키우치의 물음에 마미야는 입을 다물었다.

"뭔가 생각하는 게 있나?"

산발한 머리카락 사이로 어딘지 모르게 개를 닮은 두 눈이 똑바로 아키우치를 보았다.

아키우치는 고민했다. 자신이 품고 있는 그 의문에 대해 이야기를 해야 할까. 아니면 가만히 침묵해야 할까. 답은 곧장 나왔다.

꿀꺽, 침을 한 번 삼킨 아키우치는 입을 열었다.

"그날, 니콜라스에서 나온 쿄야는 보라색 티셔츠를 입고 있었어요. 히로코는 파란 반팔 블라우스였고, 하즈미는 연한 분홍색 티셔츠였어요. 그러니까 즉 개가 보라, 파랑, 노랑 세 가지 색을 구분할 수 있다고 한다면 적어도 쿄야와 히로코가 입고 있던 티셔츠의 색깔은 오비가 판별할 수 있었다는 거죠."

"그럴지도 모르지."

"쿄야나 히로코, 두 사람 중 누군가가 취한 행동이 우연히 오비를 달리게 했을 가능성은 없을까요?"

"가령 어느 쪽이지?"

아키우치는 다시금 입술을 깨물었다. 하지만 여기까지 온 이상 더 뒤로 뺄 수는 없었다.

"쿄야예요."

의문을 솔직히 털어놓는 수밖에 없다.

"그때 쿄야가 반 장난으로 한 행동이 아무리 해도 머리에서 떠나질 않아요."

"토모에 군이 어떤 행동을 했는데?"

아키우치는 설명했다. 쿄야가 니콜라스의 층계참에서 자신과 눈이 마주친 참새들을 향해 로드케이스를 소총처럼 쥐어보였다는 것. 그리고 그 직후에 오비가 달리기 시작했다고 말이다.

"하, 과연. 그래서 넌 토모에 군이 한 그 행동이 요스케의 사고로 이어진 건 아닌가 하고 생각하는군."

"맞습니다."

그것이 아키우치가 가진 의문이었다.

니콜라스의 계단에서 쿄야가 소총처럼 쥐었던 로드케이스. 그것이 오비가 달리게 된 것과 어떤 관계가 있는 건 아닌지 의심하고 있었던 거다. 지금까지 계속. 물론 쿄야가 의도적으로 오비를 달리게 했다고 생각하지는 않는다. 쿄야가 그런 일을 할 리가 없다. 다만 아키우치의 머릿속에서는 쿄야의 그 행동이 너무나도 인상 깊이 남았다. 그때 아키우치는 주위에 있던 모든 사람들을 관찰한 건 아니지만, 기억하고 있는 한은 오비가 달리기 직전에 쿄야 이외에 무언가 특별한 행동을 한 사람은 없었다. 만약 오비가 주위에 있던 누군가의 행동을 계기로 달렸다고 한다면 그건 쿄야의 그 행동일 거라는 생각이 머리에서 떠나질 않았다.

"있을 수 없어."

"네?"

아키우치는 마미야에게로 고개를 돌렸다.

그는 "있을 수 없어."라고 한 번 더 말하고는 가느다란 눈웃음을 지었다.

"그렇잖아. 아무리 티셔츠 색깔이 같아도 진짜 주인이 바로 옆에 있는데 다른 사람을 주인이라고 착각할 리가 없잖아. 게다가 착각을 하려 해도 요스케와 토모에 군은 덩치가 전혀 틀리고 말이야."

"그렇······지요."

지극히 간단한 이유였다. 아키우치의 가슴에는 그 순간 안도감이 몰려왔다.

쿄야는 요스케의 사고에는 아무런 관계가 없었던 거다. 자신이 지나치게 생각한 거였다.

"저기, 제가 특별히 친구를 의심했다거나 그런 건 아니에요. 요스케의 사고가 누구의 책임이라거나 그런 게 아니라, 그저 그때 쿄야의 행동이 너무 인상적이어서······."

"그야 인상에 남지. 마치 애들 같잖아."

"그 녀석 가끔 보면 정말 애 같은 짓을 하거든요."

"아, 맞다. 수박 먹을래? 싸서 어제 사왔거든. 냉장고에 시원하게 해놨지. 분명 맛도 좋을 거야."

마미야는 아키우치의 대답도 기다리지 않고 일어서더니 냉장고에서 둥근 수박을 그대로 꺼내 싱크대에서 자르기 시작했다. 수박, 수박 하면서 진짜 콧노래를 부르기 시작했다. 과연 이런 것도 남을 신경 쓰지 않고 자기방식대로 사는 거라고 하는 걸까. 마미야는 너무 독특해서 아키우치는 좀처럼 따라갈 수가 없었다.

"그래도 개의 시력이 약하다는 건 전혀 몰랐어요."

아키우치는 마미야의 등에다 대고 말했다.

"사람을 입고 있는 옷으로 판별한다는 건 처음 들었어요."

"원래 개는 사람을 외적인 특징의 조합으로 기억하는 경우가 많아."

싱크대에 서 있는 마미야의 목소리만 들렸다. 수박을 자르는 식칼 소리는 꽤 익숙한 것 같았다. 오래 혼자 산 탓이겠지.

"예를 들어 양복을 입고 모자를 쓴 사람에게 뭔가 나쁜 일을 당한 적이 있는 개는 전혀 다른 인물이 양복과 모자를 걸치고 있어도 무서워하거든. 우산을 쓴 머리가 긴 사람에게 차인 경험이 있으면 같은 조건을 갖춘 상대에겐 가까이 가지 않는 경우가 많아. 개는 특징의 조합을 기억하고 있다가 다음번에 같은 조합을 보면 반사적으로 그 기억을 떠올리거든."

"특징의 조합이라……."

아키우치는 아직도 쿄야를 생각하고 있었다. 보라색 티셔츠와 로드케이스.

그 조합에 오비가 반응했을 가능성은.

"아냐, 그런 건 아니겠지."

아키우치는 금방 결론을 내렸다. 그날 항구에 요스케와 오비가 왔을 때도 쿄야는 로드케이스를 가지고 있었는데, 오비는 아무 반응도 보이지 않았다.

"아직도 뭐 문제가 있어?"

마미야가 쟁반에 수박을 담아왔다. 아키우치는 아니라며 고개를 흔들고는 생각을 바꾸었다. 이제 쿄야와 연결시켜 생각하는 건 그만두자. 생각해도 끝이 없고 또 쿄야에게도 미안한 일이다.

수박을 한 조각 먹어보니 놀랄 정도로 싱싱하고 달콤한 과육이 느껴졌다. 뭔가 고를 때의 비법이라도 있는 걸까.

"참 아키우치, 솔로몬의 반지라고 알아?"

수박을 먹으면서 마미야가 갑자기 물었다. 입 주위가 과즙으로 끈적거렸다.

"아뇨, 처음 들어요."

"그렇지?"

서걱하고 마미야는 붉은 과육을 베어 문다.

"솔로몬은 다비드의 외동아들인데, 아버지의 뒤를 이어서 고대 이스라엘의 왕이 된 사람이야. 그런데 구약성서에 이런 게 적혀 있거든. '솔로몬왕은 마법의 반지를 끼고 동물이나 새, 물고기와 이야기했다.'고 말이야."

"그 왕은 동물과 대화할 수 있었던 거예요?"

"그래, 가능했던 거야. 갖고 싶지? 그런 반지."

풋. 쟁반에 씨를 뱉는다.

"우리는 말하자면 솔로몬의 반지를 개발하기 위해 매일 노력하고 있어. 햄스터에 호르몬제를 먹여보거나 밤을 새워가며 멕시코독도마뱀의 움직임을 관찰하면서. 전 세계의 동물학자가 매일 그러고 있지. 하지만 안타깝게도 솔로몬의 반지는 여전히 개발되지 못했어."

다 먹은 수박껍질을 쟁반에 모은 마미야는 작게 코로 숨을 쉬었다.

"그 반지만 있으면 간단히 답이 나오는 건데."

아키우치는 상상해보았다. 자신이 솔로몬의 반지를 끼고 오비에게 물어보는 거다. 너는 그때 왜 갑자기 달린 거야? 오비는 대답한다. 그게 그때 ……가 ……해서.

"아, 안 되겠다."

마미야의 목소리에 아키우치는 현실로 되돌아왔다.

"생각해보니 반지가 있어도 안 되겠어. 그게 제일 중요한 오비를 못 찾고 있으니까."

"아, 그렇군요."

당사자인 오비가 없는 이상 대화고 뭐고 있을 수 없었다.

"여기 오비가 있으면 여러 가지 실험을 해서 확인해볼 수도 있는데……."

"시이자키 선생님 말씀으로는 지금 경찰이랑 동물보호단체가 오비를 찾고 있다고 하던데요."

"그래? 찾아서 어떻게 한대?"

"그게 거기까지는……."

"보호소에서 처분하려는 건가."

갑작스런 말에 아키우치는 놀랐다. 하지만 방금 이즈모각에서 본 쿄코의 모습을 떠올렸다.

— 저도 찾아볼게요.

아키우치가 그렇게 제안했을 때 그녀는 곤란한 듯 시선을 외면했다.

아들을 트럭 앞까지 끌고 가 죽여버린 애완견. 과연 찾는다 하더라도 다시 기른다는 건 생각하기 어렵다. 심정적으로 불가능한 일이 아닐까. 아키우치는 개를 기른 적도 아들이 있었던 것도 아니지만, 그 정도는 상상할 수 있다.

어쩌면 쿄코는 정말로 오비를 처분할 생각일지도 몰랐다.

"마미야 선생님은 그런 걸 어떻게 생각하세요?"

"그런 거라니?"

"그러니까 그게 만약 시이자키 선생님이 오비를 처분할 생각이라면."

마미야는 옆에 있던 화장지로 입 주위를 닦더니 천장을 올려다보았다.

"음, 그야 나도 여러 가지 생각은 있지만 아무래도 사태가 사태니까, 만약 시이자키 선생님이 오비를 처분할 생각을 하고 있다고 해도 그건 어쩔 수 없는 일일지 몰라. 요스케 가족들의 심정을 그대로 다 이해하는 것이 불가능한 이상 내게 의견을 말할 권리는 없어."

"하지만 그러면 오비가 너무 불쌍하다고 할까, 설마 일부러 요스케가 사고를 당하도록 한 건 아닐 테니까요."

"그건 그렇지."

마미야는 귀 뒤를 긁으며 말했다.

"분명히 답은 그렇게 단순하지가 않아. 나도 매일매일 동물에 대해 생각하지만 소나 돼지를 구워 먹는 것과 실험을 위해 동물을 죽이는 것의 차이를 아직도 모르겠거든. 주인이 개를 처분하는 것과 중국에서 개고기를 먹는 것이 어떻게 다른지도 모르겠어. 약품을 주사해서 죽이는 것과 목을 쳐서 죽이는 것의 차이도 말이야. '불쌍한지 어떤지에 대한 답을' 정답이라고 인정할 용기도 없고."

마미야의 말을 가슴속에서 되새기면서 아키우치도 잠시 생각해보았다.

답은 떠오르지 않았다.

어느 방에서 수도꼭지를 튼 것인지 쏴, 하고 벽 안이 울렸다.

곧 아키우치는 일어섰다. 현관 입구에서 무슨 일이 있으면 또 상의해도 될지 묻자 마미야는 기꺼운 듯 끄덕였다.

"집도 가깝고 언제든지 와."

"아, 저희 하숙집을 아세요?"

"바로 저기잖아. 오오야 씨가 집주인인 그 집이잖아. 현관 옆에 늘 자네의 그 자전거가 놓여 있는."

마미야가 집 전화번호를 알려주자 아키우치는 그걸 휴대전화에 등록했다.

마지막으로 인사를 하고 아키우치가 문을 나서려 했을 때 마미야가 "아!" 하는 소리를 냈다.

"맞다. 잊어버렸었어. 자네에게 알려주려고 생각했었는데."

"무슨 일이죠?"

"짧은 머리의 그 하즈미 치카 양 말이야."

"네."

"그 좀 시큰둥한 인상의."

"네."

"그 여학생 아마도 자넬 좋아하고 있을 거야."

아키우치의 두 눈과 입이 동시에 크게 벌어졌다.

그리고 그대로 움직이지 못했다.

"자넨 알아차리지 못했을지 몰라도 그 여학생 자네와 이야기할 때 목소리가 미묘하게 높아져. 그건 몸 안에서 여성호르몬의 분비가 높아지고 있다는 증거지. 여성호르몬에는 목소리를 높이는 효과가 있으니까."

"아니, 무슨 말씀이신지 전혀……."

"남성은 높은 목소리의 발생원에 대해 본능적으로 보호욕구를 갖게 되지. 아기들 소리 같은 거 말이야. 여성은 그걸 선천적으로 알고 있으니까, 좋아하는 상대방에게 말을 걸 때는 몸 안에서 여성호르몬이 왕성하게 분비되어 자연스레 목소리가 높아져. 그리고 그 여학생은 자네와 이야기할 때 목소리가 높아지고. 그럼 알겠지? 즉 그 여학생은 자네를 좋아한다는 거야. 간단하지? 잘 됐어, 축하해."

문 입구에서 아키우치가 멍하니 있자 마미야는 "너무 잘 됐어, 그럼."이라며 다시 한 번 기쁜 듯이 말하며 복도 한쪽 끝의 화장실로 들어가 버렸다. 문 너머로 희미한 목소리가 들렸다.

"한 가지 조언하자면 말이야. 혹시 마음을 전달할 때는 가급적이면 낮은 목소리를 내는 게 좋아. 남성호르몬의 분비 정도를 어필할 수 있으니까, 성공률이 높아져."

아키우치는 잠시 동안 현관에서 기다렸지만 마미야가 화장실에서 나오는 것 같지는 않고, 그러는 중에 조용히 콧노래도 들려오기에 어쩔 수 없이 이상하게 생긴 쥐에게 인사를 하고 문을 나섰다.

그날 밤은 마미야의 말이 빙글빙글 머릿속을 맴돌아 이불 위에 누워서도 좀처럼 잠이 오지 않았다. 어제도 많이 못 잤는데 말이다. 그가 말해준 여성호르몬 운운하던 논리는 과연 정말일까? 만약 정말이라고 해도 아키우치와 말을 할 때 치카의 목소리가 미묘하게 높아진다는 건 진짜일까? 그거야말로 정말 착각한 건 아닐까? 아키우치 자신은 지금까지 그렇게 느낀 적이 한 번도 없었다.

아키우치는 고뇌에 휩싸였다. 그것도 너무나 크게. 밤이 깊어지자 아무리 고민한들 결론 같은 건 나오지 않는다는 걸 겨우 알고서는 마미야의 이야기 따위 웃어넘기자고 마음먹었다. 그리고 천장을 향해 일부러 소리 높여 하하하하하 하고 웃었다. 다음에는 너무 웃다보니 왠지 힘들다는 표정으로 다다미를 두드려보았다. 하지만 정신을 차리고 생각해보면 또 치카의 목소리를 머릿속으로 상상하며 그 높낮이를 열심히 판단해보려고 하고 있을 뿐이었다.

8

다음 날.

이상하게 의식이 되어서 아키우치는 치카에게 말을 걸 수가 없었다. 만약 말을 걸었다가 굉장히 낮은 목소리가 돌아오면 어쩌지? 혹은 반대로 너무 높은 목소리가 돌아와 하늘 높은 줄 모르고 붕 떠오른 기분이 나중에 마미야의 여성호르몬 운운하던 말이 엉터리였다는 것이 판명나면 어쩌지? 아침 일찍 수업 중에 아키우치는 그런 것들만 생각했다. 머릿속에서는 계속 치카의 목소리가 높았다가 낮았다가를 반복하며 어렴풋이 들리고, 그러다가 수면 부족 탓에 눈꺼풀이 처지더니 얼굴이 책을 향해 천천히 내려가서는 이마가 붙기 직전에 정신을 차리고 일어나기를 몇 번이고 반복했다.

"여행지 선물가게에서 당신 같은 새를 본적이 있어."

수업이 끝나자 쿄야가 다가왔다. 한 손에는 자동차 잡지를 들고 있다.

"이쑤시개를 물고 있었지. 그거 꽤나 잘 만들어졌는데."

"내가 좀 더 잘 만들어졌어."

목제 새는 사랑 같은 건 안 하니까. 그런 문장을 떠올리고는 꽤나 시적이라고 아키우치는 스스로 감탄했지만 물론 실제로 입에 담지는 않았다.

"있잖아, 쿄야, 동물을 죽이는 건 역시 좋지 않은 일이지?"

어제의 마미야와의 대화를 떠올리고 아키우치는 별 뜻 없이 물었다.

"뭐야 맘마미야한테 상담하러 가서 그런 이야기라도 나온 거야?"

"어라, 내가 마미야 선생님에게 상담하러 간다는 이야기 했었나?"

"당신이 어떤 일을 할지 정도는 다 알아."

대단한 감이다.

"그래, 어제 마미야 선생님 방에서 그런 이야기를 했어. 지금 경찰이랑 동물보호단체가 오비를 찾고 있다는 것 같은데, 아무래도 시이자키 선생님이 오비를 찾으면 처분해버릴 생각인 것 같아. 그런 거 너는 어떻게 생각해?"

"아무 생각 없어."

역시나. 본심이 어떤지는 제쳐두고 쿄야는 그런 말밖에 안 하겠지 하는 예상은 하고 있었다.

"그건 그렇고 그 견공이 왜 달렸는지 이유는 좀 알았어?"

"아니, 그게 결국은 알 수가 없었어. 개는 의외로 눈이 안 좋다거나 개가 달리는 계기는 여러 경우가 있다거나, 이것저것 알려주긴 했지만 결국 별로 도움이 되진 않았어."

쿄야의 이름을 들먹여가며 상담한 것에 대해서는 일부러 말하지 않았다. 본인이 들으면 기분이 좋지는 않을 테니까.

"오비를 찾으면 여러 가지 실험을 통해 확인해보는 것도 가능하다고 하시던데."

"처분 안 당하면 말이지."

"그런 얘기하지 말라니까."

그렇게 말하긴 했지만 쿄야의 말이 맞았다. 모르는 사이에 오비가 발견되고 바로 처분당해 버린다면 그걸로 모두 끝이다.

"만약 시이자키 선생님이 오비를 처분한다면 일이 어떤 식으로 전개될까? 먼저 경찰이나 동물보호단체가 오비를 찾겠지. 시이자키 선생님께 찾았다는 연락이 갈 거고, 그때 선생님이 처분을 의뢰한다면 바로 죽는 건가?"

"그 자리에서 바로 죽이지는 않겠지."

"그럼 언제 죽는 거야?"

"내가 알 리 없잖아."

"도서관에라도 가서 좀 알아볼까. 그거에 대해서."

이 대학의 도서관은 꽤 넓었다. 동물관련 책도 많이 있고, 인터넷도 사용할 수 있다. 하지만 누군가가 그렇게 말하는 걸 들었을 뿐 실제로 가본적은 한 번도 없지만.

"도서관? 당신이?"

"그 얼굴, 아, 안 되겠다. 나 오늘 아르바이트가 있었네."

쿄야는 그럼 그렇지 하는 표정이었다.

'아니 잠깐, 아르바이트라면.'

그때 아키우치는 문득 어떤 아이디어가 떠올랐다.

아르바이트하는 곳 배달원 친구들에게 오비에 관해서 알려주면 어떨까? ACT 배달 영역은 히라즈카시 일대를 완벽히 커버하고 있다. 즉 언제나 시내를 배달원이 자전거로 돌아다닌다는 거다. 만약 오비를 발견하면 자신에게 연락을 주도록 부탁하는 것도 하나의 방법이 아닐까? 만약 경찰이나 동물보호단체보다 먼저 자신들이 오비를 찾을 수 있다면 모르는 사이에 오비가 죽는 일도 없을 거다. 그래 없다.

"좋았어! 얼른 사장님께 말씀드려봐야지."

그 아이디어를 생각했을 뿐인데 왠지 오비를 다 찾은 것 같아 아키우치의 마음은 날아갈 것 같았다.

"뭔지 모르겠지만 열심히 해라."

전혀 마음이 담기지 않은 목소리로 그렇게 말하고는 쿄야가 자리를 뜨려고 했을 때 히로코가 멀리서 말을 걸었다.

"쿄야, 주스 사오려는데 뭐 필요해?"

"우유, 메이지 우유."

히로코는 알겠다고 고개를 끄덕이고는 웃으며 강의실을 나갔다. 지금의 히로코의 목소리는 본래보다도 비교적 조금 높은 것 같은데…… 저것도 여성호르몬의 영향인가.

"참 그렇지, 히로코하고 화해는 했어?"

"그런 거 안 했어. 애당초 사이가 나빠진 것도 아니고 하니까."

"그렇구나……."

치카는 두 사람을 걱정하고 있었지만 역시 그건 착각이었던 것이다.

"나 저번에 하즈미에게 들었는데, 최근에 히로코가 너하고 데이트할 때 하즈미를 부른다며?"

이야기 도중에 쿄야가 눈을 다른 곳으로 돌렸다.

"뭐 늘 그런 건 아니지만, 가끔은 그래."

"왜 그럴까? 데이트할 때 보통은 둘만 있고 싶은 거잖아?"

"그런 건 히로코한테 물어보면 될 것 같은데."

"못 물어봐. 왜냐면 이것도 하즈미한테 살짝 들은 이야기니까."

사실은 그렇게 '살짝' 들은 이야기도 아니었는데, 그 말 자체는 조금 자극적이었다.

"히로코하고는 매일 데이트해?"

"딱히 매일은 아니야. 오늘도 안 하고, 난 집에서 F1모듈러 원 FIA(국제자동차연맹)가 규정하는 세계 최고의 자동차경주대회 DVD를 볼 거니까."

"여자친구보다도 F1이란 거냐? 근데 너 면허도 없으면서 정말 차를 좋아하는구나."

"당신도 여자랑 사겨본 적도 없으면서 하즈미 치카를 좋아하잖아."

아키우치가 뭔가 말을 하기도 전에 쿄야는 차 잡지를 말아 들고는 강의실 뒤쪽으로 가버렸다.

오후, 그날 마지막 수업이 끝났을 때 아키우치는 마음을 굳게 먹고 치카에게 다가갔다. 아르바이트하러 가기 전에 확실히 확인해두고 싶었기 때문이다. 예의 그 목소리의 높낮이에 관해서 말이다. 오비 건으로 굉장한 아이디어를 생각한 이후로 아키우치는 뭔지 잘 모르겠지만 모든 걸 다 해낼 수 있을 거 같은 기분이었다. 지금의 자신이라면 뭐든지 가능하다. 그런 기분이었다.

"하즈미, 벌써 가는 거야?"

아키우치가 말을 걸자 책을 가방에 넣던 치카는 돌아보며 "웅"이라고만 답했다. 단지 한 마디만 가지고는 목소리가 높은지 낮은지 알 수 없어서 그대로 좀 더 기다려보았지만 이어지는 말은 없었다.

"그렇구나. 집에 가는구나."

"왜 그래?"

치카의 말이 늘어났다. 하지만 늘어났다고 해도 비교대상 없이는 목소리의 높이 따위 판단이 되지 않았다. 그래서 아키우치는 한 가지 꾀를 냈다. 비교대상을 부르면 된다.

"쿄야, 잠깐 괜찮아?"

아키우치는 마침 강의실을 나서려던 쿄야에게 말을 걸었다. 쿄야는 돌아보더니 귀찮은 듯한 얼굴로 다가왔다.

"그럼 내일 봐."

치카가 가방을 닫더니 어깨에 걸쳤다.

"아, 그게."

치카는 그대로 걸어가 버린다.

"뭐 볼일이라도 있어?"

그러고는 안 좋은 타이밍에 쿄야가 다가왔다. 치카의 등은 이미 강의실을 나서려고 하고 있었다. 아키우치는 아무 말도 못했다. 쿄야는 미심쩍은 듯 아키우치의 시선을 좇는다. 거기서 치카의 모습을 발견하고는 쿄야는 그녀를 불렀다.

"치카, 신발 끈 풀렸어."

치카는 강의실 출구에 서서 자신의 발쪽을 쳐다봤다. 그때까지 아키우치는 알아차리지 못했지만 하얀 운동화의 한쪽 끈이 바닥에 끌리고 있었다. 치카는 앉아서 다시 묶고는 쿄야를 돌아보며 감사 인사를 전했다.

"고마워."

쿄야는 아무래도 좋은 듯 느릿느릿 손을 흔들었다. 치카의 모습은 그대로 복도로 사라졌다. 아키우치는 꼼짝 않고 굳어 있었다. 지금 치카가 말한 '고마워'가 아무리 생각해도 아까 자신에게 말한 '응'이나 '왜 그래?'보다 높았기 때문이다. 단순히 쿄야와의 거리가 멀었기 때문인가. 혹은 쿄야가 신발 끈이 풀어진 걸 알려줘서 고마워서 그런가. 아니면 설마 지금 치카 안에서 여성호르몬 분비가 활발해져서? 치카의 여성으로서의 본능이 반응한 거야?

"뭐야?"

쿄야가 이쪽을 보며 물었다. 다른 학생들은 이미 다 나가고 강의실에는 쿄야와 아키우치 둘뿐이었다.

"아니, 그게 잠깐…… 목소리를…… 들어볼까 하고……."

"어?"

"그럼 나 아르바이트 갈게."

좋지 않은 표정의 쿄야를 남겨두고 아키우치는 강의실을 나왔다. 도중에 잠깐 뒤돌아보니 쿄야는 팔짱을 끼고 아직 아키우치를 보고 있었다.

완전히 인기척이 없어진 복도를 지나 계단을 내려간다. 아까들은 '고마워'의 목소리가 높았던 건 분명 특별한 이유가 있어서 그런 건 아닐 거다. 애당초 마미야의 논리 자체도 사실인지 어떤지 의심스러우니까 신경 쓸 필요 없다. 그런 것만 계속 생각하며 학교 캠퍼스 뒤쪽의 자전거 주차장으로 향했는데, 거기에는 히로코가 있었다.

"어, 아키우치. 지금 아르바이트 가는 거야?"

연노랑의 자전거에 열쇠를 풀던 히로코는 아키우치를 보고는 왠지 조금 의외라는 표정이었다.

"응, 아르바이트. 왜?"

"아니, 그냥."

시선을 피한 히로코는 자전거를 뒤로 뺐다. 아키우치는 로드 레이서 옆에 앉아서 체인락을 뺐다.

"히로코, 오늘은 쿄야랑 안 만나지?"

"응, 쿄야가 뭘 사러 간다고 하더라고. 치카랑 밥이라도 먹으러 갈까 했는데 치카도 일이 있는 것 같아서 그냥 혼자 집에 가려고."

"아, 하즈미도 일이 있었구나."

아키우치의 말에 히로코는 일순 침묵했다. 그러고는 계속 아키우치의 얼굴을 보면서 장난치듯 웃으며 말했다.

"사실 난 아키우치가 치카한테 만나자고 한 줄 알았지. 그 있잖아, 왜 고백타임처럼 사람들 없는 데서."

"그러지 않았다니까."

아키우치는 얼굴과 손을 동시에 흔들었다.

"음, 왜 그렇게 생각했어?"

"그야 치카한테 무슨 일이 있는지 물어봐도 알려주지 않으니까. 이상하게 시선도 피하고 해서 혹시나 한 거야. 뭐가 있겠구나 싶어서. 그래서 난 드디어 아키우치가 행동개시한 줄 알고⋯⋯."

그건 발상이 너무 빨리 튄 건 아닌지.

"조금 아쉽네. 그래도 뭐, 아르바이트 열심히 해."

어깨 위로 손을 흔들더니 히로코는 자전거를 타고 갔다.

로드레이서의 페달을 밟으며 아키우치는 힘차게 주차장을 뒤로 했다. 속도를 올리면서 한 바퀴 학부동을 둘러보는데 한 구석에 사람 그림자가 언뜻 보이는 듯했다. 정면 현관을 나오려고 한 누군가가 재빨리 몸을 숨긴 것이다. 분명히 아키우치의 모습을 보고 숨은 것 같았다.

순간 로드레이서를 멈추고 그쪽으로 목을 빼본다. 정면 현
관 문 그늘로 누군가의 등이 조금 보였다. 하얀 티셔츠. 그 티
셔츠가 조용히 움직이고 신체가 이쪽을 향하려고 한다. 짧은
머리카락이 천천히 돌더니 서서히 옆얼굴이 보이는데……. 아
키우치는 재빨리 자신의 얼굴을 정면으로 돌렸다. 핸들을 잡
고 로드레이서를 발진시켜 캠퍼스 문으로 똑바로 달렸다. 왜
그렇게 했는지는 스스로도 몰랐다. 다만 그렇게 하지 않으면
안 될 것 같았다. 아키우치는 한 번도 돌아보지 않았다.

방금은 치카였다.

자신을 보고 숨은 건 치카였다.

아키우치는 페달을 돌렸다. 미지근한 바람이 얼굴을 어루만
졌다. 모르는 학생 커플의 옆을 지났을 때,

'음…….'

머릿속에 일순의 공백이 찾아왔다. 그리고 다음 순간,

'어라…….'

그 공백으로 요즘 며칠 동안 들어왔던 몇 개의 단어가 단숨
에 밀려왔다.

— 통화 중이었잖아, 계속.

히로코가 쿄야에게 전화를 했을 때 쿄야는 누군가와 통화
중이었다.

— 아, 아버지였어.

쿄야가 그렇게 답할 때까지 순간적으로 잠시 공백이 있었음

을 기억하고 있다. 분명히 수신이력에는 고향집 전화번호가 있었다지만 그 전화는 정말 짧았을 수도 있다. 그리고 그 전에 혹은 다음에 쿄야는 누군가에게 전화를 걸었을지 모른다. 히로코는 쿄야의 휴대전화 발신이력까지는 확인하지 않았다.

히로코는 쿄야에게 전화를 걸어도 안 받기에 치카에게도 걸었다고 했다.

— 나도 통화 중이어서.

— 하즈미는 누구랑 통화했어?

치카는 아키우치의 얼굴을 보려고 하지 않았다.

— 그냥 아는 사람.

마치 무언가를 감추는 듯한 그 짧은 대답.

— 치카가 그런 타입이잖아? 그래서 나랑 사귀고 나서는 이번엔 치카를 좋아하는 거지. 왠지 모르게 알 것 같았어.

아키우치에게도 그 기분은 이해가 되었다.

— 최근에 히로코가 좀 이상해.

장례식 전날 밤에 들렀다가 돌아오는 길에 치카는 히로코를 걱정했다.

— 내가 쿄야 이야기를 하면 갑자기 화제를 바꾸려고 하거나, 또 그런가 하면 쿄야의 좋은 점을 나한테 열심히 이야기하거나.

히로코는 알고 있었던 게 아닐까.

세 사람 사이에 무슨 일이 일어나고 있는지.

— 그 대신 손에 넣고 싶은 상대는 무슨 수를 써서든 넣고

말지.

교야가 아키우치에게 했던 그 이상한 말.

그리고 방금 전에,

— 교야는 뭘 사러간다고 했어.

히로코는 그렇게 말했다. 하지만 지금 생각해보면 교야의 말과 모순되지 않나.

— 집에서 F1 DVD를 볼 거니까.

교야는 아키우치와 히로코 중 누군가에게는 거짓말을 한 거였다.

혹은 둘 모두에게.

— 그야 치카가 무슨 일인지 물어도 알려주지 않으니까.

— 이상하게 시선도 피하고 하니까 뭔가 있구나 했지.

치카도 히로코에게 뭔가를 감추고 있다.

아까 아키우치가 강의실을 나왔을 때 남아있던 건 교야 한 명이었다.

치카는 학부동의 현관 입구에서 아키우치를 보고 숨었다.

아키우치는 두 손의 브레이크 바를 힘주어 쥐었다. 앞뒤의 타이어에 락이 걸려 아스팔트가 요란한 소리를 냈다. 주위 학생들의 시선이 집중된다. 로드레이서는 정지한다. 아키우치도 정지한다. 귀 옆으로 천천히 땀이 흐른다. 답답함을 느끼고 아키우치는 크게 공기를 들이마신다. 하지만 그것을 뱉어낸 후에도 답답함이 가시지 않았다.

'말도 안 돼.'

등 뒤를 돌아보았다.

하지만 그것이 진짜인지 아닌지를 확인하러 갈 용기는 아키우치에게는 없었다.

생각하지 말자. 그렇게 결심했다.

자신이 평정심을 유지할 수 있는 방법은 그것뿐인 것 같았다.

ACT의 사무소에 도착하자 아키우치는 라커룸의 구석에 있는 계단을 올라가 2층 복도로 갔다. 사장실로 다가가 기침을 한 번 하고 문을 노크했다. 여기 오는 건 정말 오랜만이다. 2년 전에 채용면접과 며칠 후에 실시된 업무내용 설명회, 아쿠츠와 얼굴을 마주하는 건 이번으로 겨우 세 번째이다. 히로시 같은 그 목소리는 매일 듣고 있지만 말이다.

"어서 오세요. 누구……? 문은 열렸는데……."

뭔가 이상하게 끊기면서 아쿠츠의 목소리가 문 너머로 들렸다.

"실례하겠습니다."

방에 들어서자 정면에 높은 파티션이 세워져 있었다. 아쿠츠의 데스크는 그 반대편에 있다.

"어어, 이 목소리는 세이로군."

아쿠츠의 목소리에 맞춰 파티션 위 끝에 큰 역기가 보였다 사라졌다를 반복했다.

"지금 근육 트레이닝 중이라 상반신 누드니까…… 거기서 이야기할래?"

아쿠츠는 원래 자전거 경주선수였다. 은퇴한 지금도 상반신을 단련하며 상하 균형을 맞추려는 건가. 파티션 너머로 체취가 느껴지는 것 같았다.

"아니, 사실은 부탁이 있어서요."

"뭐든지…… 말해봐…… 후우."

먼저 아키우치는 요스케의 사고에 대해 아쿠츠에게 간단히 이야기했다. 아쿠츠는 트레이닝을 계속하면서 이야기를 들어주었다.

"이십……구. 사암 십!"

탕 하고 바닥에 역기를 내려놓는 소리. 잠시 숨을 고르는 듯했다.

"그랬군. 사고에 대해서는 신문에서 봤는데, 그 남자애랑 아는 사이였구나. 그거 참 안타까운 일이지."

"네, 그래서 부탁이라는 건요……."

아키우치는 아쿠츠에게 오비의 일을 설명했다. 사고 현장에서 달아났다는 것. 지금 경찰과 동물보호단체가 찾고 있지만 아직 발견되지 않았다는 것.

"그래서 저, 배달하면서 오비를 찾아볼까 해서요. 물론 일에 지장이 없는 범위 내에서."

"음, 그건 뭐 상관없지 않을까?"

"그…… 그렇죠? 가능하면 다른 아르바이트생에게도 좀 협력해달라고 할 생각입니다. 제 담당구역만 찾는다고 발견된다는 보장은 없으니."

"과연, 다 같이 합동해서 하겠다는 거지. 하지만 세이, 그 개를 찾아서 어떻게 할 생각이야?"

"어떻게 할지는 사실 아직 생각하지 못했지만……. 일단 경찰이나 동물보호단체가 먼저 찾으면 주인이 처분을 의뢰할 것 같은 분위기라……."

"아, 그런 거군."

아쿠츠는 알겠다는 듯 목소리로 답했다.

"그전에 찾아내겠다는 뜻인가. 좋아, 알겠어. 그럼 내가 다른 친구들에게도 설명해놓지. 오늘부터 당장 시작해보자고."

"오늘부터 괜찮습니까?"

생각 외로 너무나 쉽게 승낙해주니 왠지 김이 새는 기분도 조금은 들었다. 그리고 다음 순간 천천히 감사의 마음이 끓어올랐다. 지금 당장이라도 파티션 뒤로 가서 누드의 육체에 안기고 싶은 기분이었다.

"감사합니다. 정말 감사합니다."

"아니, 뭘 그런 걸 가지고. 그런데 그 개 말이야, 뭔가 특징이라도 있어?"

"붉은 끈이 아마 목에 달려 있지 않을까 싶은데요……."

"끈?"

"개 줄이요."

"붉은 개 줄이라, 알았어."

파티션 위로 다시 역기가 모습을 드러냈다.

그날 아르바이트 중에 아키우치는 열심히 오비를 찾았다. 짐을 배달하고 있을 때는 주위를 살펴보았고, 빈 시간에는 근처를 돌아다녔다. 하지만 오비의 모습은 눈에 띄지 않았다. 아쿠츠에게서 다른 배달원들이 오비를 찾았다는 연락도 없었다.

"애당초 그렇게 쉽게 찾을 수 있을 거라고 기대는 안 했지만……"

사실 그렇게 생각하긴 했지만 아키우치는 중얼거리며 상점가 구석에 로드레이서를 세웠다. 지갑에서 동전을 꺼내 밝게 불이 들어온 자판기에 집어넣는다. 두드리듯 스포츠음료 버튼을 누르자 자판기도 화가 난 듯 상품을 출구로 떨어뜨렸다.

손목시계를 보니 저녁 7시가 지났다.

등 뒤를 트럭이 지나간다.

치카와 쿄야는 그 후로 어떻게 되었을까?

"생각하지 말자. 생각하지 말자."

아키우치는 머리를 흔들고는 자판기 입구에 손을 넣었다. 마침 그 타이밍에 호주머니의 휴대전화가 울렸다. 서둘러 음료수를 꺼내드느라 손등이 입구 끝에 쓸렸다.

"아 따가워, 예, 아키우칩니다."

"세이, 굿 뉴스야."

아쿠츠의 전화였다.

"벨트를 찾았어!"

"벨트_{일본어로 '오비'에는 따르는 뜻이 있는 데서 나온 아쿠츠의 말장난}요?"

"아, 말을 잘못 했네. 오비 말이야 오비. 하하하하!"

"정말이세요?"

"정말이지 그럼!"

아쿠츠가 기분이 좋아서 설명하는 바에 따르면 오비 발견의 전말은 이러했다. 오비는 시내 종합병원에 서류를 배달하러 간 아르바이트생이 발견했다고 한다. 그가 발견한 건 실로 동물보호단체에 포획되려는 찰나의 오비였다. 병원의 화단 안에서 목에 붉은 끈을 맨 개 한 마리가 여러 명의 직원들에게 둘러싸여 짖고 있는 것을 퀵 배달 아르바이트생이 우연히 보게 되었다고 했다. 그는 그때 아쿠츠에게 들었던 개 이야기를 떠올렸다. 혹시나 싶어 개 목을 잡고 있는 직원에게 물어보니 역시나 교통사고 현장에서 도망간 개라는 거였다. 그래서 그는 동물보호단체의 직원에게 잠시 그대로 기다려달라고 부탁하고, 아쿠츠에게 연락한 것이었다.

"그러니까 지금 그 병원의 화단에서 다들 뭐가 뭔지 모른 채 그냥 서서 기다리고 있는 상태라는군."

"어느 병원이죠?"

"사가미노 의과대학 부속병원이야."

그날 요스케가 실려 간 병원이다.

"일단 어떻게 할 거지?"

"그게, 저, 어……."

망설이던 아키우치는 대답했다.

"의논할 만한 분이 있으니까 잠깐 상의 좀 해보고요."

* * *

"그래서 그 자리에서 전화를 한 거군. 맘마미야한테."

등을 소파에 기댄 쿄야는 내려다보는 듯이 아키우치를 보고 있었다. 히로코와 치카는 각각 입을 닫은 채 가만히 유리 탁자 위만 바라보았다.

"맞아, 마미야 선생님께 전화했어. 그리고 선생님은 댁에 계셨어."

그치지 않는 빗소리가 가게를 둘러싸고 있었다.

젖은 티셔츠가 몸에 달라붙어 몸이 차가웠다. 귀 옆으로 뚝하고 물방울이 떨어졌다. 아키우치는 그것을 수건으로 닦고 말을 이었다.

"내가 사장님한테 들은 오비의 이야기를 전하자 마미야 선생님은 곧장 시이자키 선생님께 전화를 해서 사정을 설명해 주셨어."

그리고 마미야는 쿄코의 의사를 확실히 확인했다. 오비를 어떻게 할 생각인지.

"시이자키 선생님은 역시 오비를 처분하실 생각이었나 봐. 괴롭지만 자신은 그렇게 할 수밖에 없다고 하셨대. 그래서 마미야 선생님이 제안을 했어. 잠시 동안 오비를 자신에게 맡겨 주면 안 되겠냐고."

쿄코는 그에 대해 반대는 하지 않았다. 마미야는 전화를 끊고 집에 있던 빈 우리를 손에 들고, 오비를 찾았다는 병원으로 달려갔다.

"그래서 견공을 병원에서 자신의 동물천국으로 데려왔다는 거군?"

"그렇지."

쿄야는 어깨를 으쓱해 보이더니 어두운 창밖으로 얼굴을 돌렸다.

"하지만 시이자키 선생님도 참 너무하지. 사랑스런 애완견을 처분하려고 생각하시다니."

"잔혹하다고 생각해?"

"그럼, 너무 하지."

쿄야는 입술을 비죽거렸다.

"기르던 개를 죽이려고 해서?"

"지금 하던 얘기가 그거잖아."

"너 시이자키 선생님의 기분을 생각해본 적 있어?"

쿄야는 아키우치를 바라보았다.

"무슨 뜻이야?"

아키우치는 다시금 물었다.

"시이자키 선생님뿐만 아니지. 다른 사람의 마음을 생각해 본 적이 있어? 진지하게 진심으로 누군가의 기분을 생각해본 적 있어?"

점차 아키우치의 어조가 강해졌다. 쿄야는 무표정하게 아키우치를 바라보며 "있어."라고 답했다.

"나는 언제든 사람의 마음을 소중히 생각해. 당신한테는 그렇게 안 보일지 모르지만."

"안 보여. 전혀 그렇게 보이지 않아. 만약 네가 남의 기분을 소중히 한다면 어떻게 그런 짓을 할 수 있어? 어째서?"

"아키우치."

히로코의 목소리가 아키우치의 말을 끊었다.

"이제 그 이야기는 그만 해."

억양이 없는 담담한 어투였으나, 아키우치를 향한 히로코의 두 눈에는 애절한 탄원이 담겨 있었다.

아키우치는 치카에게로 시선을 옮겼다. 치카는 아키우치의 얼굴을 보고는 슬픈 표정으로 작게 끄덕였다.

"알았어."

창 전체가 새하얗게 빛나고 그 직후에 굉장한 천둥번개가 귀를 덮쳤다.

"아⋯⋯."

천둥번개가 사라진 후 갑자기 입을 연 건 치카였다.

치카는 허공의 한 곳을 바라보며 표정이 굳어 있었다. 아키우치는 그 시선을 따라가 보았다. 아무것도 없다. 기묘한 마음으로 다시금 치카의 얼굴을 보았다. 치카는 어디를 보고 있는 것도 아닌 듯한 얼굴로, 그저 허공만 보고 있었다. 그때 아키우치는 처음으로 깨달았다.

소리였다.

소리의 발생원은 아무래도 텔레비전인 것 같았다. 카운터 너머에 놓여 있던 그 구형 텔레비전. 아키우치 일행이 앉은 테이블 석에서는 안 보였지만, 어느샌가 다시 주인이 스위치를 켠 듯했다. 그 텔레비전은 고장 나서 음성은 들리지 않았는데, 고쳐진 것일까.

'저 집에서 사이좋게 살며……'

'2층 바로 앞에 보이는 저 방이……'

'현관 옆에 개집……'

'딱 집을 그대로 축소시킨 듯한……'

아무도 입을 열지 않았다.

주인은 여전히 홀로 스툴의자에 앉아 있다. 가슴 쪽에서 무언가를 만지작거리고 있는 것 같아 아키우치는 눈을 가늘게 뜨고 그걸 보았다.

모형이다. 비뚤어진 원통형을 한 건물의 모형. 아마도 어떤 탑인 것 같지만 마치 건설도중에 공사를 그만둔 것처럼 위쪽이 어중간하게 잘려 있었다.

그것이 무슨 모형이었는지 아키우치는 알 것 같았다. 본 기억이 있는 듯했다.

아, 그렇지.

아키우치는 드디어 떠올렸다.

저건 바벨탑이다.

제 3 장

1

"자, 어서 와."

아르바이트를 끝내고 쿠라이시소우로 달려온 아키우치에게
마미야는 문 입구에서 차례대로 설명해주었다. 마미야가 사가
미노 의과대학 부속병원의 직원에게서 들은 이야기에 따르면
오비는 요스케가 사고를 당한 날 이후로 계속 병원 화단에 앉
아 있었다고 한다. 요스케의 사고현장에서 사라진 개의 이야
기 따위는 알지 못한 병원 직원들은 오비를 그냥 길을 잃은 개
라 생각하고 지금까지 방치해두었는데, 만약 환자를 물기라도
하면 큰일이라고 생각해 오늘에야 비로소 동물보호단체에 연
락을 했다는 거다.

"그래서 달려온 동물보호단체 직원들이 오비를 잡으려고 했는데, 그때 막 자네가 일하는 아르바이트처의 배달원이 보게 된 거라는군."

"그 후로 오비는 어떻게 되었나요?"

"잠시 동안 내가 맡기로 했어. 안에 있어."

마미야는 몸을 반으로 숙여 아키우치를 방으로 들였다. 아키우치가 서둘러 거실에 발을 들이는데 벽 쪽에서 쿵하고 큰 소리가 들렸다. 사각의 우리 안에서 약간은 지저분해진 오비가 몸을 웅크리고는 아키우치를 올려다보고 있다. 앞발이 둘 다 너무나 떨고 있다는 것을 알 수 있었다. 그 붉은 끈은 우리 옆에 놓여 있다.

"겁을 먹은 건가요?"

아키우치가 다가가자 오비는 더욱 몸을 움츠리고는 머리를 낮췄다. 코에서는 높고 쉬어버린 소리가 새어나왔다. 마지막으로 보았을 때와 꽤나 달라졌다. 깨끗했던 갈색 털은 군데군데 빠져있고, 분홍색의 피부가 드러나 있었다. 그리고 굉장히 야윈 것 같았다. 그날 이후 아무것도 먹지 않은 것일까. 우리 안에 알루미늄으로 만든 먹이 접시가 놓여 있고 개밥 같은 것이 담겨져 있었지만, 보기엔 입을 댄 것 같지 않았다.

"겁을 먹었다기보다 혼란스러워하고 있는 게 아닐까. 어쨌거나 갑자기 모르는 사람들에게 잡혔고, 게다가 또 새로운 사람이 나타나서 이런 낯선 방에 데려왔으니 말이야."

마미야는 다다미 위에 책상다리를 하고 앉아서는 더벅머리를 긁으며 오비를 바라보았다.

"이 방에 익숙해질 때까지 우리에 넣어둘 생각이야. 갑자기 풀어주면 오히려 더 혼란스러워질 테니까."

"그런 건가요?"

"그런 거지. 아 따가워라."

마미야는 산발한 머리에서 오른손을 꺼내 얼굴을 찌푸리며 검지손가락을 보았다. 손가락 끝이 왠지 붉게 부어 있다.

"왜 그런 거죠? 그 손가락?"

"응? 그냥 아무것도 아니야. 그것보다도 오비의 우리, 앞으로는 어떡하나. 지금 들어가 있는 건 멕시코독도마뱀이 들어 있던 데라 조금 좁아서 말이야."

"어라, 그러고 보니 C모양의 도마뱀은 어떻게 됐죠?"

아키우치는 방의 정중앙에 있는 둥근 탁자를 보았다. 다 먹은 인스턴트라면 봉지. 식초 병. 끝이 누렇게 된 나무젓가락. 불고기 소스가 한 병. 그 그로테스크한 생물의 모습은 어디에도 없다.

"C모양 도마뱀이라니?"

"그거요. 흰색하고 갈색의 큰 거요."

마미야는 이제야 알겠다는 듯 끄덕이고는 오비의 우리 안을 턱으로 가리켰다.

"저기 있잖아."

"있다고요?"

마미야의 시선 끝에는 오비의 밥그릇이 있었다. 갈색 사료 같은 것이 담긴 알루미늄 접시.

아키우치는 절규했다.

머릿속에 어젯밤 여기서 나눈 마미야와의 대화가 되살아났다.

— 이 도마뱀 키우는 거예요?

아키우치가 그렇게 물었을 때,

— 아니, 자료용으로 잠깐 빌린 것뿐이야.

마미야는 그런 식으로 대답하지 않았었나.

"자료용…… 사료용일본어로 자료와 사료의 발음이 시료로 같음."

아키우치는 침을 삼켰다.

"사료용……."

어찌된 일인가. 자신이 잘못 들었던 건가.

"선생님 어떻게 하신 거예요?"

"어떻게라니?"

"도마뱀이요. 어떻게 조리하신 거냐고요?"

"조리 같은 건 안 했는데. 날 거야. 먹기 좋게 잘게 썰어줬을 뿐인데."

"잘게……."

"멕시코독도마뱀의 혈액과 근육에는 흥분을 억제하는 성분이 들어 있어. 하지만 불을 가하면 그 성분은 금방 분해되어버리지. 그러니까 생으로. 실은 이 오른손 그때 당한 거야. 좌우 모두 독니를 제대로 잘랐다고 생각했는데 왼쪽만 남아 있었나 봐. 아, 따가워라."

마미야는 부풀어 오른 손가락 끝을 후후 불었다. 그리고 흘끗 눈을 들어 아키우치를 보았다.

"너도 먹을래? 냉장고에 아직 조금 남아 있는데."

"사양합니다."

"흥분이 가라앉는대도."

"절대로 그렇게 생각 안 합니다."

"믿었어?"

"예?"

"내 얘길 믿은 거야?"

마미야는 아키우치를 좀 더 자세히 보려는 듯 상체를 빼더니 "단순하네."라며 감탄하듯 말했다.

"도마뱀 고기 따위를 애완견이 먹을 리 없잖아. 그건 이미 볼일이 끝나서 연구소에 반납했지."

말을 한 후 마미야는 가슴에 있는 십자가를 쥐고 눈을 감았다. 중얼중얼 뭔가를 낮게 속삭였다. 아무래도 거짓말을 한 걸 하느님께 사죄하고 있는 것 같았는데, 그렇다고 할 것 같으면 이건 분명 사죄할 상대가 잘못 되었다.

"그 손가락 정말 어떻게 된 거예요?"

아키우치는 한숨 섞인 목소리로 물었다.

"아, 이건 말이야. '지푸라기 백만장자'를 실천해본 거야. 낮에 대학에서 등에가 한 마리 날고 있는 걸 봤거든. 그래서 나한테도 뭐 좋은 일이 생기지 않을까 하고."

"전혀 무슨 말씀인지 모르겠는데요."

"'지푸라기 백만장자' 이야기 몰라? 길거리에서 주운 한 줄기의 볏짚으로 가난한 사내가 백만장자가 되었다는 이야기."

"압니다."

"그 가난한 사람 처음에는 볏짚 끝에 등에를 묶어두잖아? 그래서 나도 따라 해봤어. 화단을 정리하던 아주머니의 밀짚모자에서 짚을 하나 얻어서 그 끝에 등에를 묶으려고 했지. 근데 안 되더라고, 참."

마미야는 떫은 표정을 지으며 고개를 옆으로 저었다.

"전혀 잘 안 되더라고. 볏짚 끝에 등에를 묶는다는 건 불가능했어. 그 이야기 아마 거짓말인 거 같아."

마미야는 의기양양하게 이를 드러내고 웃었다.

"당연하잖아요?"

오비가 움직이는 기척이 느껴졌다. 살펴보니 오비는 우리의 사각 울타리를 따라 빙빙 돌고 있었다. 몇 번이고 계속해서. 그러는 도중에 갑자기 배를 땅바닥에 납작대고는 자신의 앞발을 핥기 시작했다. 잠시 동안 보고 있었지만 아무리 시간이 지나도 오비는 앞발 핥기를 멈추지 않았다.

"같은 장소를 빙빙 돌고, 자신의 앞발을 핥는다. 이거 전형적인 스트레스 증상이군."

마미야는 탄식하더니 무릎을 벅벅 긁었다.

"낯선 장소에 끌려왔기 때문일까요?"

"아니, 여기가 낯선 장소라는 것 자체가 문제는 아니고, 아마 여기 오게 되면서 주인을 못 만나게 되었다고 느끼고 있는 거 같아. 그게 마음에 큰 스트레스를 주는 거지."

"주인을 못 만나게 된 게요?"

그 이유가 아키우치에겐 잘 이해가 되지 않았다.

"하지만 선생님, 요스케는 벌써 며칠도 더 전에……."

"개는 그런 거 몰라."

마미야는 가슴츠레한 눈으로 아키우치를 쳐다봤다.

"왜 오비가 병원의 화단에 앉아 있었다고 생각해?"

"아마 요스케가 그 병원에 실려 갔기 때문 아닐까요?"

"그래, 그럼 어째서 요스케가 그 병원에 있다는 걸 알았을까?"

"요스케의 냄새를 뒤쫓아갔나……."

"아무리 개라도 그렇게 대단한 후각은 없어. 게다가 요스케는 구급차로 실려 갔으니까."

"그럼……. 음……."

대답이 막히자 마미야가 설명했다.

"아마도 오비는 사고가 일어난 그날 요스케가 실린 구급차를 쫓아간 거 같아. 사고 직후에 오비는 사람과 차에 둘러싸인

상태에서 패닉 상태가 되어 그곳에서 도망갔지. 하지만 주인인 요스케가 걱정이 되어서 다시 현장으로 돌아왔어. 이건 애완견으로서는 극히 자연스런 행동이야. 그리고 현장에 돌아와 보니 요스케의 몸이 구급차에 실리는 게 보였어."

"아, 과연. 그래서 오비는 달리는 구급차를 따라갔다?"

"그렇지 않을까 싶어. 물론 많은 사람들이 오비가 달리는 모습을 봤겠지만, 아무도 그렇게 신경을 쓰지 않았을 거야. 그냥 어느 집 개가 도망가나보다 그 정도였겠지. 오비는 병원에 도착하고 나서 화단의 그늘에 앉아서 요스케를 기다렸어. 들어간 건 당연히 나오는 거라고만 생각하고. 오비는 병원이 어떤 곳인지도 모를 뿐더러, 거기서 나오지 않는다는 것이 어떤 의미를 가지는지도 물론 몰라. 요스케가 상처를 입었다는 것도 이해할 수 없고, 만약 많이 다쳤다면 그 상처를 입은 사람이 이 세상에서 사라져버릴 가능성이 있다는 것도 모르지. 그래서 오비는 계속 그곳에서 기다렸던 거야."

말을 멈춘 마미야는 오비를 바라보았다.

그랬던 것인가. 오비는 병원의 화단에서 요스케를 기다렸던 것이다. 요스케가 건물에서 나오는 것에 대해 조금의 의심도 품지 않고.

"오비는 잡종이지만 시바견일본의 대표적인 고유 견종. 한국의 진돗개와 유사한 외모로도 알려져 있음이 좀 섞인 것 같아. 털도 그렇고 다리나 허리 모양, 쫑긋 선 귀, 말린 꼬리. 아마도 4분의 1 정도는 섞이지 않았을까."

듣고 보니 오비는 시바견을 닮았다.

"그러고 보니 시바견은 주인을 잘 따른다는 이야기를 들어본 것 같아요."

"어쨌거나 오비를 새로운 장소나 파트너에게 익숙해지게 한다는 건 그리 쉬운 일이 아니겠어. 큰일이야."

그는 팔짱을 끼고 힘들겠다는 표정으로 말했다.

야위어서 털이 빠진 오비를 바라보는 동안 아키우치는 뭐라 말할 수 없는 기분이 들었다. 오비는 우리 안에서 여전히 자신의 앞발을 핥고 있다. 집요하게. 몇 번이고. 아키우치는 일어나 말을 걸면서 조용히 우리로 다가가 보았다.

"자, 괜찮아. 걱정할 것 없어."

오비는 금방 몸을 움츠리고는 불안한 듯 킁킁거리더니 우리 안으로 뒷걸음질쳤다.

"동물에게 인간의 말로 말을 걸어도 소용없어."

"그렇겠죠?"

"사인으로 말을 해야지."

"사인이요?"

"그래 사인, 바디랭귀지. 구체적으로는 이렇게 말이야."

그렇게 말하고 마미야는 다다미 위에서 갑자기 네 발 짐승 자세를 취했다.

"정면에서 다가가면 개는 상당히 경계하지. 상대의 얼굴이 높은 위치에 있으면 더 그래. 그러니 개의 경계심을 풀어주고 싶을 때는 이렇게 자세를 낮추고 옆에서 다가가야 해."

기면서 손발을 움직여 마미야는 천천히 오비의 옆으로 이동했다.

"그리고 엉덩이를 보여주는 거지. 개는 엉덩이의 냄새를 맡음으로서 상대의 성별이나 성격을 판단하거든. 개하고 친하게 지내려면 먼저 엉덩이부터야."

마미야는 몸을 이동시켰다. 천천히 오랜 시간을 들여서 전신을 180도 회전시킨다. 그러자 오비는 마미야의 엉덩이에 관심이 생긴 듯 우리의 옆면에 코를 가져다대고 청바지 표면을 킁킁거리며 냄새를 맡기 시작했다.

"그리고 한층 더 상대를 안정시키고 싶을 때는 이렇게 하지."

마미야는 네 발로 기면서 턱을 바닥에 납작대고는 무기력한 듯 크게 하품을 했다. 그 모습을 오비는 계속 지켜보고 있다. 마미야는 몇 번인가 하품을 더 한 후 아키우치에게 얼굴을 돌리고는 말했다.

"이건 커밍 시그널이라는 바디랭귀지야."

"이거요? 어떤?"

"이거 말이야. 이 의욕이 없는 듯한 태도 모두. 힘을 빼거나 하품을 하거나."

마미야는 작은 소리로 설명했다.

"개의 조상인 늑대는 컷 오프 시그널, 즉 '단절의 신호' 라는 바디랭귀지를 가지고 있었는데, 이건 쓸데없는 다툼을 피하고 무리의 안정을 이루기 위해 다른 늑대의 공격성을 단절시키는 사인이야. 상대방에게서 그 사인을 본 늑대는 본능적으로 공격행동을 중지하지. 개도 그에 가까운 바디랭귀지를 가지고 있는데 그게 바로 이 커밍 시그널이야. 공포나 긴장에 휩싸였을 때 개는 일부러 이렇게 무기력한 태도를 취하지. 그렇게 함으로써 상대방의 기분과 자신의 기분도 안정시키고 상황의 혼란을 피하는 거지. 이런 태도를 취하고 있는 동안 자신도 안정되고 상대방도 공격을 중지하는 거야."

"아, 과연 그렇군요."

"봐, 이 태도. 너무나도 '나는 당신과 싸울 생각이 없습니다.'라는 듯이 보이지 않아?"

"예, 확실히 그래 보이네요."

마미야의 경우 폐인같이도 보이지만.

"이런 사인이 없으면 개도 늑대도 싸움이 날 때마다 어느 한쪽이 치명상을 입을 때까지 계속 싸우게 돼. 이건 종이 살아남기 위해 발명된 사인인 셈이지. 꽃발게의 가위처럼 말이야."

"꽃발게라……."

"그래, 꽃발게. 한쪽 가위가 큰 그 게. 그것들도 수컷끼리 싸움을 할 때는 물리적인 공격을 하지 않고 서로 가위의 크기를 비교하지? 그리고 가위가 큰 쪽이 이기고, 진 쪽은 순순히 물러서."

마미야는 두 손의 손가락을 가위 모양으로 움직였다.

"사람보다도 개나 늑대, 또는 꽃발게가 훨씬 영리하지. 서로 상처주지 않는 분쟁의 해결방법을 알고 있으니까."

그렇게 말한 후 또 크게 하품을 한다.

"하지만 선생님, 커밍 시그널은 알겠지만 인간이 그런 걸 하면 개가 이해하나요?"

"물론 가능하지. 인간도 동물인 걸. 인간과 동물을 구별한다는 건 차와 마실 걸 구별하는 거와 같아. 인간에게 실례지."

이윽고 오비가 움직이기 시작했다. 마미야의 엉덩이에 대고 킁킁거리는 걸 그만두고는 잠시 멍하게 앉아 있는가 싶더니 사료가 담긴 그릇에 코를 가져갔다. 아키우치는 숨을 죽이고 그 움직임을 지켜보았다. 날름, 혀를 내밀더니 오비가 사료의 표면을 핥았다. 그리고 조심스런 태도이긴 했지만 드디어 개밥을 먹기 시작했다.

"선생님! 밥을 먹었어요."

아키우치는 작은 소리로 속삭였다.

"어, 정말?"

우리를 돌아본 마미야의 눈은 가슴츠레했다. 목소리도 좀 느려졌다. 설마 무기력한 태도를 연기하는 중에 정말 무기력해지기라도 한 걸까.

"아, 왠지 피곤하네. 슬슬 잘까."

설마 했더니 역시나였다.

"냉장고에 보리차가 있으니까 괜찮으면 마셔. 나는 잘 테니까. 대충 편하게 있어."

"아, 그건 괜찮지만 집에 갈 때는요?"

"현관문은 고장 났으니까 안 잠가도 돼. 잠그려고 해도 안 되지만. 하하."

마미야는 장롱에서 이불을 꺼내 바닥에 깔더니 그 위에 느릿느릿 드러누웠다. 보고 있는 동안에도 티셔츠의 가슴부분이 호흡에 맞춰서 규칙적으로 아래위로 움직였다. 농담처럼 정말 잠이 금방 들었다.

"아, 맞다. 선생님."

아키우치는 묻고 싶었던 것이 있었음을 떠올리고는 마미야의 어깨를 흔들었다. 마미야는 눈을 떴지만 거의 흰자위밖에 없었다.

"아, 음. 아키우치 여태 있었어? 이제 슬슬 가보는 게……."

"아직 5초 정도밖에 안 지났어요. 선생님, 어제 이야기 말인데요. 왜 그 목소리의 높이 이야기."

"아, 그거……."

"저는 아무리 들어도 하즈미의 목소리가 높다는 생각이 안 드는데요."

"그러니까 '미묘하게'라고 했잖아. 보통 사람들은 몰라."

그렇게 말하고 마미야는 다시 잠이 들었다.

"보통 사람은 모른다……."

역시 마미야는 보통이 아니라는 건가. 겉모습뿐만 아니라 청각까지도 인간과는 멀리 떨어진 사람일지도 모른다.

치카의 얼굴이 떠오른다. 이어서 쿄야의 얼굴도. 심호흡을 하자 두 사람의 얼굴은 조금 희미해졌다. 생각해서는 안 돼. 생각하지 말자.

우리 쪽으로 눈을 돌렸다. 오비는 지금은 맛있게 개밥을 먹고 있었다.

2

다음 날 아키우치는 아침 일찍 쿄야, 치카, 히로코에게 오비의 일을 이야기했다. 쿄야는 별달리 관심이 없는 것 같았지만 치카와 히로코는 오비를 찾은 걸 굉장히 기뻐했다.

"오비, 마미야 선생님을 보고 깜짝 놀랐겠지? 이렇게 생겼으니."

히로코는 두 손으로 자신의 머리 주위에 생각할 수 없을 만큼 큰 원을 그려보았다.

"하지만 나도 설마 그렇게 빨리 찾게 될 줄은 몰랐어. 마음먹고 아르바이트하는 데 사장님께 상의하길 잘했어."

아키우치는 아무렇지 않은 듯 자신의 공로를 강조하며 치카의 표정을 살폈다. 치카는 아키우치의 눈을 보고는 방긋이 웃었다. 그건 그녀 치고는 매우 드문 상당히 여성스러운 미소인 것 같았다. 한 마리의 개를 위해 최선을 다하다니, 이 사람 좀 특이하다. 순수한 다정함. 인정이 많은 걸까. 정말로 믿을 수 있는 건 의외로 이런 남성일지 몰라. 치카의 미소는 아키우치에게 분명히 그렇게 말하고 있었다. 그것만으로도 아키우치는 쿄야에 대한 의심 따윈 아무래도 좋았다. 아니 사실은 아무래도 괜찮은 건 아니었지만, 적어도 자신도 어쩌면 대등하게 쿄야와 경쟁할 수 있지 않을까 싶은 생각이 든 것이다.

그리고 그것이 꼭 아키우치의 착각만은 아니었다는 것이 이틀 후의 토요일에 증명되었다.

토요일 점심때를 넘긴 무렵.

하숙집 방에서 아키우치가 멍하니 텔레비전을 보고 있는데 전화가 울렸다. 엄마였다.

"잠깐 너 저번에 내가 남긴 메시지 못 들었니? 전화 달라고 그렇게 녹음했건만."

"응? 아, 추석 이야기요?"

그랬다. 완전히 깜빡했다.

"죄송해요. 여러 가지로 좀 바빠서 전화를 못했어요. 아마 집엔 갈 수 있을 거예요."

"아마라니 그게 뭐니? 안 올지도 모른다는 거니?"

"갈 거 같아요."

"같다니?"

"갈게요."

"아, 그래? 그럼 아빠한테도 그렇게 말해둘게. 그런데 너 인터넷에 대해 잘 아니? 아빠가 손님한테서 컴퓨터를 받았는데 테츠코광이란 거 괜찮니?"

"테프코예요. 테츠코'창가의 토토'의 저자이자 토크쇼 진행자로 유명한 쿠로야나기 테츠코라는 인물을 생각해볼 때 느리면 느렸지 절대 빠를 리 없다는 뜻임가 광속일 리 없잖아요."

"아 테프코? 괜찮으면 그걸로 해도 되는데. 근데 그 브로바이더 어때?"

"프로바이더통신망 접속 서비스 제공자요. 뭐 그냥 괜찮지 않아요? 요금도 싼 것 같고."

"그래? 네가 그렇게 말하면 그걸로 해야지. 아빠가 컴퓨터로 DVD를 보고 싶다고 하셔. 그래서 DVD를 재생하는 드라이브? 드라이브라고 하는 건 맞니?"

"맞아요. 드라이브라고 쓰시면 돼요."

"아 그래, 근데 그걸 살 생각인 것 같은데 손님이 권해준 기종이 있거든. 너한테 어떤지 물어보라고 하네, 아빠가."

"나도 그런 거 잘은 모르는데, 어디 거예요 만든 데가?"

"잠깐만 아빠가 메모를 어디다 뒀더라……. 아, 있다. 제조사가 아, 에로데이터?"

"에로데이터요?"

"응, 아빠 메모지에 그렇게 적혀 있어. 이상한 제조사네 이거."

"그거 아마 IO데이터_{일본어의 가타가나로 'エ'는 '에', 'ロ'는 '로'로 읽는다.} 아키우치의 엄마는 영문 IO를 일본어 エロ로 착각하고 에로데이터라고 한 것임일 거 같은데요."

"응? 어머나 그러네. 호호호. 이건 I하고 O다 얘. 나 왜 이런 다니."

"유명한 데니까 괜찮지 않을까 싶은데요."

"너 대충 이야기하는 건 아니겠지? 아빠가 잘 물어보라고 하셨으니까. 아, 미안 끊는다."

"네?"

"기하라 씨야, 기하라 씨. 내가 좋아하는 요리 뚝딱 프로그램이 시작했잖니. 끊어."

엄마는 정말로 전화를 끊었다.

"참, 뭐야."

아키우치는 한숨과 함께 수화기를 놓고, 텔레비전을 보았다. 아무래도 엄마와 자신이 같은 채널을 보고 있었던 듯 화면에는 엄마가 좋아서 죽고 못 사는 기하라 뭐시기라는 사람의 요리프로그램이 시작하고 있었다. 이 통통한 요리연구가는 아무리 빈말이라도 잘생겼다고 할 수는 없었지만 언변이 뛰어나 주부들 사이에 인기가 대단하다. 약간 굵은 은테의 안경이 트레이드마크로 올해 설날에 귀성했을 때 아키우치의 아버지도 비슷한 걸 쓰고 있었는데, 그건 엄마가 사서 들이민 것일지도 몰랐다.

아키우치는 다다미 위에서 뒹굴며 두 팔을 베개 삼아 천장을 바라보았다. 방은 여전히 후덥지근하다.

오늘 아르바이트가 3시부터라 그때까지는 딱히 할 일이 없었다.

쿄야한테 전화라도 해볼까. 아키우치는 그렇게 생각했지만 금방 그 생각을 머릿속에서 지워버렸다.

어제도 그제도 아키우치는 대학에서 몇 번이나 쿄야에게 치카의 일을 물으려고 했다. 하지만 아무리 해도 할 수 없었다. 아키우치의 행동이 이상하다는 걸 눈치챈 것인지 쿄야는 두 번 정도 무슨 일이 있는지 물어왔다. 그 표정은 평소와 전혀 다르지 않은 것 같았다. 그래서 아키우치는 웃으며 고개를 저었다. 아무 일도 없어. 나는 똑같아. 그런데 너야말로 어때? 최근에 뭔가 달라진 거 있지 않아? 그런 식으로 되물어볼 대담함이 자신에게 있었다면.

골목길을 큰 차가 빠져나간 듯 복도에서 오로나민C의 병이 나뒹굴며 소리를 냈다.

"오비가 잘 지내는지 보고 올까."

마미야는 아파트에 있을까.

갑작스런 방문에 또 기도 중이었다거나 하면 미안하니까. 아키우치는 옆에 있던 휴대전화를 들어 '마미야 선생님'의 전화번호를 찾았다. 발신버튼에 엄지손가락을 올린다. 그때 순간 수신음이 울렸다. 아키우치의 엄지손가락은 그대로 발신버튼을 눌렀고 수신음은 사라졌다. 무슨 일이 일어난 것인지 바로는 알지 못했다. 화면을 보니 전화는 통화상태가 되어 있다. 아키우치가 마미야에게 전화하려고 했을 때 마침 누군가가 자신에게 전화를 한 것 같았다. 그리고 아키우치가 발신버튼을 눌렀기 때문에 갑자기 통화상태가 되버린 것일 거다. 화면에는 '통화 중'이라는 문자와 통화시간이 표시되고 3초, 4초, 그리고 지금 통화상태가 된 상대방의 이름이 표시되어 있다. 그 이름을 본 아키우치는 "아!" 하고 소리를 질렀다. 뭐지? 대체 무슨 일이지?

다다미 위에 자세를 고쳐 앉는다.

"여……보세요?"

목소리가 반 정도 뒤집혔다. 꼬리뼈 주변의 근육이 수축하는 것을 느끼면서 아키우치는 전화기를 귀에 가져다댄다.

"응? 세이?"

통화 상대는 치카였다.

"순식간에 연결이 되어서 깜짝 놀랐어."'

"아니, 잠깐 지금, 전화를 걸려고 했는데, 전화가 와서 엄지손가락이…… 손가락이……."

"아, 그럴 때가 가끔 있지."

"그래, 가끔 있어."

"지금 괜찮아?"

아키우치는 "괜찮아, 괜찮지, 그럼." 이라며 테츠코처럼 빛의 속도로 대답했다.

"왜? 무슨 일이야?"

"사실은 잠깐 세이에게 하고 싶은 이야기가 있어서."

사실은, 잠깐 세이에게 하고 싶은 이야기가 있어서 — 아키우치의 머릿속에서 대사가 그대로 복창된다. 글자 그대로만 가지고는 아키우치를 순간적으로 극도의 기대와 흥분으로 몰아갔을 대사였다. 하지만 아키우치의 어투는 그것을 제지했다.

"뭔가 심각한 것 같네."

"응, 뭐."

아키우치는 생각했다. 어쩌면 앞으로 치카가 할 이야기는 쿄야에 대한 것이 아닐까. 그렇다면 그 나름대로 자신에게도 좋은 찬스일지 모른다. 치카의 이야기를 들으면 사실을 확실히 할 수 있다. 그리고 적어도 이렇게 애매모호한 상황에서 벗어날 수 있다.

"괜찮아. 나라도 괜찮다면 들어줄게."

아키우치는 전화기를 귀에 댄 채 등을 똑바로 펴고 이야기를 들을 자세를 취했다. 하지만 치카는 전화로 이야기하기 어렵다고 했다.

"가능하면 어디서 만났으면 하는데……."

가능하면 어디서 만났으면 하는데……. 말의 마지막 부분이 하는데, 하는데, 하는데라는 것처럼 아키우치의 머릿속에서 울렸다. 이번에는 그 말만으로도 아키우치를 극도의 기대와 흥분으로 몰아가기에 충분한 대사였다. 동요를 숨기면서 아키우치는 아르바이트가 시작되는 3시 전까지는 시간이 있다는 걸 빠르게 설명하고 지금 당장 니콜, 니콜라스에서 만나는 건 어떻겠냐고 제안했다.

"알겠어. 30분 정도면 돼?"

"응, 좋아."

아키우치는 전화를 끊었다. 그 순간 꼬리뼈가 근육의 수축에서 해방되었다. 엉덩이부터 먼저 다다미 속으로 녹아들어가는 것 같았다.

하숙집에서 나콜라스까지는 자전거로 10분 정도의 거리지만 아키우치는 가만히 있지 못하고 금방 방을 뛰쳐나갔다.

지붕에 앉은 플라스틱으로 만든 거대한 산타클로스가 보였다. '니콜라스'는 '성 니콜라스'를 뜻하는 걸로 원래 산타클로스의 모델이 된 실존인물이라고 한다. 가게 안의 메뉴 뒤에 분명 그렇게 적혀 있었다.

주차장을 빠져나가 구석에 로드레이서를 세우고 손목시계를 본다. 치카와 전화를 끊은 지 아직 7분밖에 지나지 않았다. 티셔츠의 목 부분을 당겨서 얼굴의 땀을 닦는다. 약속 시간까지 아직 23분이나 있지만, 어쩌면 치카도 빨리 올지 모른다. 아키우치는 안절부절못하면서 손으로 머리 모양을 조금 정리하고, 반바지의 지퍼는 제대로 잠겼는지 확인했다.

"어……."

바로 옆에 서 있는 낡은 장보기용 자전거에 문득 시선이 갔다. 어디선가 본 적이 있는 자전거다. 뒷바퀴의 진흙 옆으로 시선을 옮기자 거기에는 주소와 전화번호, 그리고 마미야 미치오라는 이름이 매직으로 적혀 있었다.

점심이라도 먹으러 왔나.

아키우치는 가게로 이어지는 계단 쪽을 보았다. 그러자 마침 계단 쪽에서 마미야의 모습이 보였다. 가게를 나오는 것 같았다. 아키우치는 말을 걸려고 했지만 그에 이어 등장한 두 사람의 모습을 보고는 망설였다.

쿄야와 히로코였다.

재빨리 생각한다. 얘들이 왜 마미야와 함께 있는 것일까. 셋이서 같이 식사라도 한 걸까. 지독히도 부자연스러운 조합이다. 게다가 저 분위기는 뭐지. 뭔가 어색한 듯한 마미야. 그 뒤에서 둘 다 말이 없는 쿄야와 히로코. 두 사람의 얼굴에는 분노의 표정이 어려 있었다. 아니, 조급함일까. 어느 쪽이든 기분은 최악인 듯 보였다. 쿄야와 히로코는 싸우기라도 한 걸까. 조금 신경이 쓰인다. 어쩌면 치카 이야기를 한 것일지도 모른다. 하지만 지금 여기서 잘못 관여하면 자신과 치카의 만남에 지장이 생길 가능성도 있다. 아키우치는 뇌리에 이런 풍경이 떠올랐다. "두 사람 다 어쩐 일이야?" 아키우치가 두 사람에게 말을 건다. 쿄야와 히로코가 말한다. "아키우치, 좀 들어봐." "내 얘기도 좀 들어.""아니, 내 말부터 먼저.""아니, 내가 먼저야."
"어라, 치카가 왔네.""마침 잘 됐어. 치카도 내 얘기 좀 들어봐."
"아니, 내 이야기 먼저." — 안 돼. 동물적인 직감이 아키우치
에게 숨으라고 명령했다. 그리고 정신을 차려보니 아키우치는
콘크리트 기둥 뒤에 재빨리 몸을 숨기고 있었다.

충계참에서 마미야의 모습을 발견하고 고작 몇 초 후의 일
이었다. 기둥 끝에 얼굴을 밀착시키고 세 사람의 행동을 지켜
보고 있다. 계단을 내려온 세 사람은 이쪽을 향해 다가왔다.
그때까지 알아차리지 못했지만 자전거 주차장의 구석에 푸조
수입자전거와 연노랑의 귀여운 자전거가 나란히 서 있었다. 쿄
야와 히로코 거다. 두 사람은 주차장까지 오더니 아무 말 없이
각각의 자전거에 탔다.

"자, 그럼 둘 다 차 조심하고."

마미야가 두 사람에게 말했다. 쿄야는 대답도 않는다. 히로
코는 머리카락을 목 옆으로 붙이듯 손으로 누르고 작게 끄덕
였다. 그리고 두 사람은 그대로 주차장을 나섰다. 마미야는 머
리를 긁적이며 둘을 배웅했다. 쿄야와 히로코는 보도로 나서
자 놀랍게도 서로 아무 말도 않고 오른쪽 왼쪽으로 나뉘어서
사라졌다.

"근데 왜 숨었나?"

마미야가 갑자기 이쪽을 돌아보았기 때문에 아키우치는 깜
짝 놀랐다. 기둥 뒤에서 살짝 얼굴을 내밀었다.

"눈치채셨어요?"

마미야는 "간단한 추리지."라며 어깨를 으쓱해보였다.

"네 누 핸들 자전거가 여기 서 있어. 그리고 지금 나온 가게 안에는 자네가 없었지. 게다가 네가 거기 기둥 뒤로 숨는 게 계단에서 보였어."

"추리가 아니잖아요?"

아키우치는 끼어들어 변명했다.

"아니, 처음에는 층계참에서 선생님을 보고는 인사를 하려고 했어요. 뒤에 쿄야와 히로코가 나오는 걸 못 보고."

"그런데 그 두 사람을 보고는 왜 숨었지?"

"뭐랄까. 그냥 왠지 두 사람 다 굉장히 분위기가 안 좋은 거 같아서."

"얽히기 싫었다?"

마미야는 능글맞게 웃었다.

"그런 건 아니에요."

사실은 그랬지만.

"그건 그렇고 선생님은 왜 저 둘이랑 같이 계셨어요?"

"우연이지. 내가 밥을 먹으러 왔더니 마침 뒷자리에 둘이 앉더라고. 말을 걸까 했는데 그 두 사람 꽤나 심각한 이야기를 시작해서, 돌아보지도 못하고 말이지. 참 힘들었어. 자리에서 일어나려고 해도 그러지도 못하고 뭐 그런 식이었어."

등 뒤를 신경 쓰며 좀처럼 일어나지 못하고 있는 동작을 마미야는 실제로 연기해 보였다.

"어쩔 수 없으니까 계속 홀짝홀짝 물만 마셨어. 그러다 틈을 봐서 재빨리 계산대로 갔더니 그 두 사람도 같은 타이밍에 계산을 했다 이 말씀."

"결국 계산대에서 들킨 셈이네요."

"그래, 물론 그때 처음 두 사람이 있는 걸 알았다는 듯이 굴었지만. '어? 토모에 군이랑 마키사카 양이네!' 라면서."

마미야가 몸동작을 섞어가며 재현하려고 한 연기는 정말 어설펐다. 쿄야도 히로코도 분명히 연기라는 걸 알았을 거다.

"그래서 그 애들이랑 같이 가게를 나온 거지. 내가 산 건 아니지만."

"그 두 사람 대체 무슨 이야기를 하던가요? 심각한 이야기라는 게."

마미야는 "글쎄"라며 고개를 갸웃거렸다.

"거의 안 들렸어. 가게 안은 와자지껄했고 두 사람은 정말 낮은 목소리로 말했거든. 하지만 '사실을 이야기해.' '이야기하고 있잖아.' 같은 대화였지. 아, 그리고 '내 쪽이 그런 마음이 안 들어.' 라든가 그런 소리도 했지 아마. 무슨 이야기였을까?"

꽤나 들었네. 과연 인간과는 차원이 다른 청각을 가진 사람이다.

"그런 마음이 안 들어……. 내 쪽이……."

스스로 반복해본 그 말은 차가운 물처럼 아키우치의 가슴으로 들어왔다. 두 사람이 나눈 대화는 무슨 이야기였는지 누구에 관한 건지 아키우치는 알았다.

"왜 그래? 아키우치."

답을 할 때까지 몇 초가 걸렸다.

"아, 아니 아무것도 아니에요."

아키우치는 억지로 머릿속에서 쿄야와 히로코의 일을 밀어내고는 마미야를 바라봤다.

"근데 선생님, 오비는 그 후로 어떻게 지내나요?"

"이제 방에는 익숙해진 것 같아서 우리에서 빼줬어. 하지만 이번엔 방에서 밖으로 나가는 걸 싫어하더라고. 동물보호단체 직원들에게 잡힐 때가 정말 무서웠나 봐."

왠지 아키우치도 알 것 같았다.

"아참, 내일 시이자키 선생님 집에 가는데 괜찮으면 올래?"

"뭐 하러 가는데요?"

"오비한테 좀 필요한 게 있어서 그걸 가지러 가려고. 어때? 갈 거야?"

왜 자신이 동행하는 건가 싶었다. 조금 이상한 기분도 들었지만 일단은 고개를 끄덕였다.

"뭐 오전 중이라면요."

내일은 오후부터 아르바이트가 있다.

"그럼 오전 중으로 하지, 응?"

마미야는 주차장 입구로 얼굴을 돌렸다. 그 시선을 따라가니 거기에는 치카의 모습이 있었다. 가게 앞 보도에서 무표정하게 이쪽을 보고 있다.

"그랬군."

한 자 한 자 끊듯이 말하며 마미야는 아키우치를 보았다. 두 눈이 자판기의 동전투입구처럼 가늘어졌다. 그리고 그는 갑자기 큰 소리를 냈다.

"아, 안 되지. 나도 이제 슬슬 학교로 가 봐야 하는데!"

그러고는 서둘러 자신의 자전거에 올라탄다. 이렇게 엉망인 연기를 할 것 같으면 아무 말 없이 사라져주는 것이 훨씬 낫다. 핸들을 쥐고 페달에 한쪽 발을 올린 마미야는 갑자기 생각났다는 듯 아키우치를 돌아보았다. 빠르게 속삭인다.

"마음을 고백할 거면 목소리는 낮게. 남성호르몬의 분비 정도를 어필하는 거야. 알겠지?"

그리고 마미야는 긴 팔다리로 장보기용 자전거를 조종하면서 주차장을 빠져나갔다. 치카와 스쳐지나가면서 그녀에게 인사를 하는 듯했다. 그때 마미야가 과연 어떤 표정을 지었는지 아키우치는 상상하는 것조차 무서웠다.

"미안, 기다렸어?"

치카가 다가왔다.

"아니 전혀. 지금 막 왔어. 마미야 선생님하고 여기서 우연히 마주쳐서 말이야. 선생님은 여기서 점심 드셨다나 봐."

아키우치는 검지손가락으로 아래를 가리켰다 위를 가리켰다 하면서 떠들었다.

"응, 마미야 선생님도 이런 데서 밥을 먹는구나."

땅속이나 나무 위에서 식재료를 구한다고라도 생각한 걸까.

"먹나 봐. 아 그리고 보니 가게에서 쿄……."

말을 하다가 멈춘다. 마미야에게서 들은 쿄야와 히로코의 일을 치카에게 이야기해야 하는 것일까? 아니 지금은 하지 말자. 아키우치는 금방 판단을 내렸다. 만약 치카가 지금부터 자신에게 쿄야의 이야기를 하려고 한다면 그 두 사람이 여기서 말다툼을 했다는 걸 알려주는 건 좋지 않다. 분명 이야기가 복잡해질 거다.

"쿄?"

"쿄코 선생님을 닮은 점원이 있다는 것 같더라고."

어렵게 대답을 하고 아키우치는 계단 쪽으로 걸음을 옮겼다.

"미안, 세이. 일부러 이렇게 불러내서."

"아니 마침 디레일러 조정이 끝나서 시간이 있었어."

"디레일러?"

"아, 로드레이서에 있는 변속기 부분을 말하는 거야."

미안, 나도 모르게 전문 용어를 써버려서. 아키우치는 그런 마음으로 대답했다. 사실은 텔레비전을 보고 있었지만.

치카가 갑자기 멈춰선 것은 가게 입구로 이어지는 계단의 층계참이었다.

"벌써 1주일 가까이 됐네."

천천히 눈을 깜빡이며 치카는 콘크리트의 끝에 손을 대고는 도로를 내려다본다.

좌우로 이어진 한쪽 일차선도로. 그 반대편에 있는 보도. 연석緣石에 꽃이 몇 송이 놓여 있다. 편지 같은 것도 보였다. 6일 전 자신들의 작은 친구는 저곳에서 사고를 당해 목숨을 잃은 것이다. 아키우치는 깜짝 놀랐다. 치카와 나란히 서서 계단을 오르면서 자신이 지금 그 사고를 완전히 잊고 있었기 때문이다. 그렇게 신경을 썼던 일인데 사고의 원인을 자신의 손으로 찾아내리라 의지를 불태웠으면서.

자신의 동네 탐정놀이 같은 행동에 아키우치는 염증이 일었다.

"그러고 보니 사고 때 하즈미랑 애들은 딱 이 계단에 있었지?"

아키우치는 치카를 보았다.

"요스케가 치이는…… 부딪히는 순간은 못 봤지?"

치카는 끄덕였다.

"쿄야가 층계참에 서 있어서 안 보였어. 나도 히로코도 아직 계단 위쪽에 있었으니까."

지금 아키우치랑 치카가 있는 층계참이 그때 딱 요스케가 트럭에 치인 순간에 쿄야가 서 있던 곳이다. 눈앞을 몇 개의 전선이 가로지르고 있다. 그날은 거기에 참새가 앉아 있었고 쿄야가 로드케이스를 소총처럼 쥐고는……. 그때 아키우치는 갑자기 이상한 기분을 느꼈다. 하지만 그 기분의 정체가 무엇인지 금방은 이해되지 않았다. 뭔가 이상한 느낌이 든다. 계속 전선을 바라보았다.

"……보인다……."

이제야 알았다.

아래쪽으로 분명히 보도가 보였던 거다. 요스케가 서 있던 위치도. 오비가 앉아 있던 위치도. 그날 사고가 일어나기 전에 쿄야는 그 모습을 전혀 보지 못한 걸까. 전선에 앉은 참새들을 보고 있었다면 어떻게 해서든 자연스레 요스케나 오비가 시야에 들어왔을 텐데.

"보여…… 뭐가?"

치카가 이상한 듯 아키우치의 시선을 쫓았다. 아키우치는 고개를 저었다.

"미안, 아무것도 아니야."

그저 쿄야는 못 본 것일 뿐이다. 분명 그럴 거다.

니콜라스 안에서 아키우치와 치카는 둥근 테이블을 사이에 두고 마주 앉았다. 여성과 일대일로 식사를 하는 건 처음 있는 경험이었다. 게다가 상대는 치카다. 의자에 어떤 느낌으로 등을 기대는 것이 좋을지, 손을 어디에 두면 될지 아키우치는 잘 몰랐다.

"쿄코 선생님을 닮은 점원은 어디에 있어?"

치카가 가게 안을 둘러본다. 아키우치는 당황해서 비슷한 사람을 찾아보았지만 애석하게도 눈에 띄지 않았다.

"아, 교대근무 때문에 바뀐 건가⋯⋯?"

대충 얼버무리고 유리잔의 물을 한 모금 마신다. 치카도 잔에 입술을 댔다.

그리고 잠시 동안은 침묵이 이어졌다. 아키우치는 치카가 무언가 이야기를 시작하기를 계속 기다렸다.

"저기, 나⋯⋯."

드디어 치카가 입을 열었을 때, 점원이 주문을 받으러 왔다. 두 사람은 각각의 음식을 주문했다. 점원이 그것을 입력하고 일일이 다시 확인하고는 테이블을 떠났다. 두 사람은 다시 침묵했다. 치카의 검은 눈동자는 쭉 허공을 향해 있었고, 그것이 가끔 똑바로 아키우치의 눈을 보았다. 유선의 팝송. 주위 손님들의 웃음소리. 어딘가 테이블에서는 아이의 재채기 소리가 들렸다. 아키우치는 유리잔의 물을 조금씩 마셨다. 그러는 사이에 물이 없어졌다. 이윽고 점원이 주문한 음식을 가지고 와 테이블 위가 조금은 풍성해졌다. 점원은 아키우치의 잔에 물을 더 따를지 말지를 행동으로 물었다. 아키우치가 끄덕이자 점원이 물을 따랐다. 포크 끝으로 햄버거를 찔렀다.

그것은 갑작스러웠다.

"요스케는 내가 죽였어."

　다음 일요일 아침, 운동화 바닥이 녹아버릴 듯한 아스팔트에 발을 내딛으며 아키우치는 마미야와 나란히 서서 작열하는 골목을 걷고 있었다. 믿을 수 없을 만큼 더웠다. 성가신 유지매미의 울음소리가 체감온도를 한층 더 높였는지도 모른다.

　"오비를 같이 데려갈까도 생각했지만 역시 밖에 나가는 걸 싫어하고, 시이자키 선생님도 오비 얼굴을 보는 건 괴로울 테니까."

　마미야는 무릎 위까지 자른 청바지와 헐렁헐렁한 티셔츠, 즉 도를 넘은 대충 입은 스타일이었다. 이건 휴일이라서가 아니라 보통 대학에서 수업을 할 때도 마미야는 비슷한 차림이다. 아무래도 업무 중과 그 외의 경우는 청바지의 길이가 달라질 뿐인 것 같았다.

　"그건 그렇고 오비가 선생님께 익숙해진 건 생각보다 빨랐네요. 좀 더 고생하는 건 아닌가 했는데."

　"철저하게 상대방과 같은 말로 이야기하면 잘 되기 마련이지. 어떤 동물이 상대라도 말이야."

　"같은 말이라는 건 저번에 보여준 개 흉내 같은 거 말인가요?"

　"그래, 아니 달라. 그건 개 흉내가 아니라 사인이야."

　말만 다를 뿐 똑같다고 생각된다.

"말이 통하면 뭐든지 가능하지. 신이 인간에게 다른 말을 주지 않았더라면 바벨탑도 완성했을 텐데."

"뭐라고요?"

"바벨탑, 몰라?"

이야기의 초점을 갑자기 바꾸는 마미야의 스타일에 아키우치는 좀체 익숙해지지가 않았다. 당황해 하는 아키우치는 신경도 쓰지 않은 채 마미야는 계속했다.

"구약성서의 '창세기'에 나오는 이야긴데, 아득히 먼 옛날에 인간은 모두 같은 말을 썼대. 어느 날 인간은 하늘까지 닿는 탑을 건설하기로 한 거야. 그게 바벨탑이지. 하지만 이게 신의 노여움을 샀단 말이야. 신은 자신을 모독하는 그 행위를 용서할 수가 없었지. 그래서 탑의 건설을 저지하려고 했어. 자, 신이 어떻게 했을 거 같아?"

"글쎄요……."

"신은 말이지. 사람들에게 각각 다른 말을 부여했어. 그러자 효과가 바로 나왔어. 인간들은 탑을 건설할 수 없게 되었고, 곧 세계 각지로 흩어졌어. 그리고 지금의 세상이 만들어졌다 이거야."

"아……."

"신은 말이 통하게 되면서 생겨나는 힘을 알고 있었던 거야. 물론 이건 인간 사이의 이야기지만, 나는 동물도 인간과 같다고 생각해. 말만 통하면 뭐든지 가능하다고. 하늘까지 닿는 탑도 쌓을 수 있지."

"아, 그런 말씀이시군요."

이런 것도 역설이라고 하나.

눈을 가늘게 뜨고 기분 좋은 듯 여름 하늘을 올려다보는 마미야를 보고 아키우치는 이 사람의 풍모는 어딘지 모르게 허수아비를 닮았다는 생각을 했다.

"신은 저지했지만 나는 보고 싶었어. 완성된 바벨탑 말이야. 하늘까지 가는 높이라니 어떤 느낌일까?"

아키우치는 멍하니 마미야의 시선을 따라갔다.

— 요스케는 내가 죽였어.

어제 니콜라스의 테이블 너머로 진지한 눈빛을 보내온 치카의 얼굴.

— 그날 다 같이 항구를 나왔을 때 내가 요스케에게 말했어.

감정을 억누른 목소리로 치카는 아키우치에게 고백했다.

— 끈을 놓지 않도록 조심해라고.

치카의 이야기는 이러했다. 요스케가 사고를 당한 그날. 치카는 항구에서 쿄야 일행과 합류했다. 잠시 제방에서 이야기를 하고 있는데, 어느 순간 오비가 갑자기 밑밥이 든 통에 코를 박더라는 거다.

— 냄새가 신경이 쓰였나 봐. 그때 오비가 갑자기 움직이는 바람에 요스케가 깜빡 끈을 놓쳐버렸어.

그러고 보니 아키우치가 항구에 있을 때도 같은 일이 있었다.

치카는 그 모습을 보고 갑자기 불안해졌다고 했다. 만약 이게 차가 달리는 도로 위라면 위험하지 않았을까. 오비가 갑자기 움직이고 요스케가 깜빡 끈을 놓친다면, 오비가 차에 치이는 건 아닐까. 그렇게 생각했단다. 그래서 항구에서 나올 때 치카는 요스케에게 오비의 끈을 놓치지 말라고 주의시킨 것이다.

— 그래서…… 요스케는 내가 죽인 거나 다름없어…….

니콜라스의 테이블에서 치카는 목에 엄청 힘을 주고 있었다. 그렇지 않으면 울어버릴 것 같았는지도 모른다.

— 만약 사고 때 요스케가 끈을 자기 팔에 감고 있지 않았더라면, 설령 오비가 갑자기 달렸다고 해도 요스케가 차도까지 끌려가는 일은 없었을 거 아냐?

분명 그럴지도 모른다. 아키우치는 속으로 끄덕였다.

하지만 금방 무언가를 떠올렸다.

— 하즈미, 잠깐 생각해봐.

잠시 자신의 머릿속을 정리한 후 아키우치는 치카에게 물어보았다.

— 요스케는 그때 바로 자기 손에 끈을 묶었어? 항구 출구에서 하즈미가 끈에 대해 주의시켰을 때 말이야.

— 잘 기억은 안 나지만 그땐 그냥 웃으면서 "괜찮아요."라고 했던 것 같아. 하지만 똑같은 일이야. 분명히 요스케는 나중에 내가 한 말을 떠올렸던 거야. 그래서 끈을 자기 손에다…….

아키우치는 최선을 다해 생각했다. 평소에는 볼 수 없을 정도로 맹렬히 머리를 굴렸다. 사고가 났을 때 분명 끈은 요스케의 오른손에 감겨 있었다. 그래서 요스케는 그런 사고를 당한 거다. 치카가 하는 말은 그런 의미에서는 맞다. 만약 요스케가 오비의 끈을 그저 쥐고만 있었다면 그런 비극은 일어나지 않았을지도 모른다. 하지만.

아키우치의 머릿속에 어떤 광경이 떠올랐다. 그건 사고 직전에 아키우치가 보도에 있는 요스케와 오비를 발견했을 때의 일이다. 오비는 보도에 앉아서 움직이려고 하지 않았다. 요스케는 그런 오비를 신경 쓰면서 뭐라 뭐라 이야기하면서 점점 끈을 세게 당겼다. 오비의 바로 옆에서…….

그랬다. 그때 요스케는 오비의 바로 옆에 있었다.

아키우치는 기세 좋게 치카를 보았다.

— 요스케가 손에 끈을 묶은 건 하즈미가 주의를 줬기 때문이 아니야.

곤혹스러운 표정의 치카에게 아키우치는 자신이 본 광경에 대해 빠르게 설명했다.

— 사고 직전에 요스케는 오비 바로 옆에 서서 끈을 당기고 있었어. 어떻게든 오비를 움직이게 하려고. 즉 그때 끈이 굉장히 짧았어.

— 응, 근데 그게…….

— 끈이 짧았다는 건 끈의 대부분이 요스케의 손에 감겨 있

었다는 거지. 하지만 그런 상태로 개를 산책시킬 리는 없잖아. 즉 요스케는 그때 끈을 자기 손에 감은 거야. 오비가 보도에서 움직이지 않게 된 그때야. 오비를 당기기 위해서. 그랬기 때문에 오비가 내달린 순간 요스케는 순간적으로 행동을 취할 수 없었던 거야. 하즈미 탓이 아니야. 끈이 요스케 손에 감겨 있었던 건 하즈미 때문이 아니야. 오비가 보도에서 움직이지 않게 된 탓이지.

— 사고 직전에 감았다…….

치카는 조용히 중얼거렸다. 그러면서 아키우치가 전하려는 말을 이해한 듯 아키우치를 바라보는 두 눈에 점차 안도의 빛이 떠오르는 것이 보였다. 하지만 그 빛은 완전해지기 직전에 다시금 흔적도 없이 사라졌다.

— 하지만 어쩌면 그렇게 되기 전에 요스케는 손에 어느 정도 끈을 감고 있었을지도 몰라. 내가 한 말 때문에.

— 음, 그건 그럴 수도…….

— 오비가 움직이지 않거나 그렇지 않았더라도 사고는 일어났을지 몰라.

아키우치는 답할 말을 찾지 못했다.

치카의 말이 맞았기 때문이다.

결국 언제 끈을 감았는지는 요스케 본인이나 그걸 본 오비밖에는 알 수 없었다.

그러고 나서는 거의 손을 대지 않은 채 식어버린 음식을 둘

다 말없이 그저 바라볼 뿐이었다.

지금, 아키우치는 생각했다. 만약 상대가 치카가 아니었다면 자신은 어제 같은 이야기를 했을까. 자신이 요스케를 죽인 원인을 만들어버렸을지도 모른다고 말하는 상대방에게 그건 아니라고 열심히 설득했을까. 만약 상대방이 평소부터 왠지 모르게 싫은 사람이었다면, 가령 상대방이 전과자였다면…….

만약 상대방이 쿄야였다면.

…….

…….

"뭔가 굉장히 어려운 걸 생각하는 거야?"

마미야의 목소리에 아키우치는 제정신을 차렸다.

"아, 아뇨 그냥."

"정말?"

"정말이에요."

"생각했지?"

"생각 안 했어요."

"자, 그럼 왜 머리가 그 모양이 됐어?"

그는 땅을 가리켰다. 아스팔트에 아키우치의 그림자가 제대로 드리워져 있었다. 머리 부분이 마치 폭탄이라도 맞은 것처럼 엉망이었다.

"선생님 그림자가 제 거에 겹쳐진 거 아닌가요?"

"아, 정말이네."

마미야와 나란히 뜨거운 골목길을 걸으며 아키우치는 그냥 물어보았다.

"선생님은 신이 있다고 생각하시죠?"

신의 존재를 믿는 인간이란 가령 지금의 아키우치처럼 뭔가 어려운 문제에 대면했을 때 대체 어떤 마음자세가 되는 걸까.

"아니, 그렇게 생각 안 해."

의외의 답이 돌아왔다. 아키우치가 무심코 얼굴을 돌리자 마미야는 희미하게 웃고는 말을 이었다.

"신이 있기를 늘 기도하는 상태에 자신의 마음을 멈춰두기로 했거든. 기독교인이든 뭐든 그게 인간에게 가장 좋은 형태가 아닐까 싶어서."

"가장 좋은 형태……요?"

잠시 동안 아키우치는 쭉 그의 말을 마음속에서 곱씹어보았다. 의미를 확실히 안 것은 아니지만 그래도 왠지 그 의견에는 찬성할 수 있을 것 같았다.

"자, 여기다."

어느새 아키우치와 마미야는 쿄코의 집 앞에 도착해 있었다. 문 너머로 붉은 삼각지붕의 집. 그 바로 앞에 그걸 그대로 축소한 듯한 개집이 보였다. 그러고 보니 자신이 마미야와 함께 여기에 오는 이유를 아직 물어보지 않았다. 뭔가 생각이 있는 걸까. 오비와 관련해서. 혹은 사고와 관련해서.

마미야가 문에 있는 인터폰을 누르자 잠시 후 쿄코의 가느다란 목소리가 들리더니, 두 사람을 집 안으로 들여 주었다.

4

며칠 만에 본 쿄코는 이즈모각에서 만났을 때보다도 훨씬 야윈 듯했다. 검은 롱스커트에 회색의 블라우스. 상복인 걸까. 집 안에는 은은하게 향냄새가 풍겼다.

쿄코가 두 사람에게 차를 내오려는 걸 마미야가 웃으며 제지했다.

"금방 갈 거니까 괜찮습니다. 아직 여러모로 바쁘실 테고."

"그래도 보리차라도 한 잔."

"괜찮다니까요, 그렇지 아키우치?"

"아, 예예."

아키우치와 마미야는 거실에 놓인 4인용 테이블을 앞에 두고 서로 옆자리에 앉았다. 테이블 위에는 사진이 든 액자가 하나 있었다. 요스케와 쿄코가 타원형 사진 안에서 웃고 있었다. 배경에는 흐릿하게 그네가 찍혀 있는 것을 보니, 어디 공원에서 찍은 걸까. 쿄코는 지금과 그리 다르지 않았지만, 요스케는 마지막으로 봤을 때보다 훨씬 어렸다. 각각이 서로에게 얼굴을 마주하고 서로의 머리를 상대 쪽으로 기댄 채 서 있다. 즐거운 공원에서의 소리가 들려올 듯한 굉장히 좋은 사진이었다.

고개를 들었다. 거실은 천장의 일부가 통풍이 되도록 되어 있고, 서랍장 맞은편으로 2층 계단이 이어져 있는 것이 보였다. 복도에는 문이 두 개. 그 한쪽에는 나무로 만든 판이 걸려 있고, 'YOSUKE'라고 목공세공의 글자가 있었다. 글자끼리의 균형이 안 좋은 건 분명 요스케 본인의 손으로 붙였기 때문일 거다. 더 이상 견딜 수가 없어서 아키우치는 곧바로 시선을 옮겼다.

방구석에 굉장히 큰 포대가 세 개 놓여 있는 걸 발견했다. 안은 보이지 않지만 포대는 각각 3중으로 되어 있는 것 같았다. 뭔가 상당히 무거운 거라도 들어 있는 걸까.

테이블 너머로 쿄코가 힘없이 걸터앉는다.

"마미야 선생님, 이번엔 오비 일로 신세를 많이 지고 있습니다……."

그녀의 목소리는 힘없이 쉬어 있었다. 대학에서 수업 중에는 맑은 목소리가 듣기 좋았는데.

"아뇨, 전혀. 신세라니요. 그런데 시이자키 선생님은 좀 어떠세요? 기운을 좀 차리셨는지?"

너무나도 직설적인 질문에 아키우치는 움찔했다.

쿄코는 엷은 미소를 띠고는 부정도 긍정도 아닌 듯한 각도로 고개를 기울였다. 잠시 동안 그녀는 그 자세에서 움직이지 않았다. 마음을 상한 게 아닌가 걱정이 되어 아키우치가 뭔가 말하려고 입을 열었을 때, 그녀가 툭하고 말했다.

"남편이 나가고, 요스케랑 오비가 없어지고……. 이 집에 혼자 남게 되었어요."

그녀는 액자를 보았다.

"전부 제 탓이지만……."

마미야가 부드러운 몸짓으로 고개를 저었다.

"그렇지 않아요. 운명이라는 건 알 수 없는 거니까."

"그럴까요?"

"그럼요. 앞일은 아무도 모르는 거죠."

두 사람이 나누는 말의 의미를 아키우치는 제대로 파악할 수가 없었다. '제 탓'이라는 건 무슨 말이지?

"그런데 시이자키 선생님, 전화로 부탁한 거 준비되셨는 지……?"

화제를 바꾸어 마미야가 물었다.

"아 네, 저기……."

쿄코는 방구석에 놓인 예의 포대 세 개를 가리켰다.

"그런데 어쩌죠? 저게 꽤 무거운데. 택시라도 부를까요?"

"아니요, 돈이 아깝죠. 직접 들고 가겠습니다. 이 친구 체력 엔 자신 있을 테니까요."

마미야는 방긋이 웃으며 아키우치를 보았다.

"아, 저 말인가요?"

"뭐야 그 표정은? 설마 자신 없는 건 아니지?"

마미야는 진심으로 놀랐다는 듯 눈을 크게 떠보였다.

"아뇨, 뭐 조금 있긴 하지만……."

"뭐야. 나 좀 놀래키지 말고."

"저 봉투에는 도그푸드가 들어 있어."

테이블 너머로 쿄코가 조심스런 표정으로 쳐다보았다.

"미리 사뒀던 건데 마미야 선생님께서 가져가 주신다고 하시니 부탁드리려고……. 사실은 제가 마미야 선생님 댁에 가져다드리려고 했는데."

"아니, 그럴 수야 없지요. 안 그래, 아키우치?"

"아, 그야 그렇……."

아키우치는 이제야 겨우 사정을 알았다. 그러니까 자신은 짐꾼으로 마미야에게 끌려온 거라는 걸.

얼마 안 지나 마미야가 일어섰다. 아키우치도 덩달아 일어났다.

"아키우치, 포대 세 개 들 수 있지?"

"네? 전부 제가 드는 건가요?"

"그야 내가 등에한테 손가락을 물렸으니……."

마미야는 슬픈 표정으로 오른손의 엄지손가락을 바라보았지만, 아무리 봐도 부풀어 오른 것도 붉은 기운도 사라져 있었다.

"뭐…… 알겠어요."

어쩔 수 없이 아키우치는 세 개의 포대를 들어올린다. 도그푸드는 모두 캔 타입에 예상했던 것보다도 훨씬 무게가 있었다. 이 상태로 염천하炎天下의 골목을 걸으라는 건가.

"정말 미안해, 아키우치 군."

"아뇨, 괜찮습……니다. 이거 혹시 오비 이불인가요?"

아키우치는 들어 올린 포대 하나를 들여다보았다. 꽉 찬 통조림 위에 갈색의 작은 담요가 정성스레 개켜져 있었다. 표면에는 오비의 것인 듯한 털이 붙어 있었다.

"맞아. 비가 오는 날 쓰는 침상이야."

"비 오는 날이요?"

"오비, 비를 무서워하거든."

쿄코가 희미하게 웃었다.

"요스케가 오비를 주워온 날 비가 왔어. 오비는 요스케를 만나기 전에 혼자서 비에 젖어서는……. 불안해하고 있었던 거 같아."

"아, 그래서 비를……."

"맞아, 무서운 거야. 비 오는 날 밖에 있는 개집에 있으면 덜덜 떨면서 겁먹은 듯 높은 소리로 계속 울었어. 나는 원래 그런 날도 집에는 들이지 말고 비에 익숙해지도록 하는 게 좋다고 생각했지만……. 요스케가 아무래도 말을 안 들어서. 그 애는 늘 오비를 집 안에 들여서 그 담요 위에서 재우곤 했어. 조용하다 싶으면 같이 자고 있는 경우도 있고. 그 담요 요스케가 용돈을 모아서 사온 거야."

말끝이 조용히 떨렸다. 그래도 쿄코는 그리운 듯 눈을 가늘게 뜨고는 담요를 바라보고 있었다.

쿄코는 아키우치와 마미야를 현관까지 배웅해줬다. 문을 나서고 돌아보자 높아진 햇살이 온몸에 비쳐서 쿄코는 지금 당장이라도 녹아 없어질 것 같았다.

빛 속에서 쿄코가 천천히 머리를 숙인다. 두 손을 앞에다 모으고 등을 곧게 세운 매우 정중한 자세였다.

"마미야 선생님, 오비를 잘 부탁드립니다."

쿄코의 눈에는 뭔가 강한 결의 같은 것이 담긴 듯 보였다. 갑자기 아키우치는 막연한 위화감에 휩싸였다. 쿄코의 눈빛. 그것이 왠지 이곳에 어울리지 않는다는 느낌이 들었던 것이다.

"아, 물론입니다. 저한테 맡겨 주십시오."

마미야도 똑같이 느낀 것인지 어딘지 모르게 당황한 듯했다.

골목으로 나와서 마미야와 나란히 쿄코의 집을 뒤로 했다. 귀에는 다시 유지매미 소리가 들려왔다.

"선생님, 뭐 좀 물어봐도 될까요?"

가슴팍에 끌어안은 포대 세 자루를 고쳐 잡으며 아키우치가 물었다.

"방금 시이자키 선생님이 하신 말씀인데요. '제 탓'이라니 무슨 말이죠?"

"응? 그런 말을 했었나?"

마미야는 너무나도 의외라는 듯 고개를 갸웃거렸지만 놀랄 만큼 어설픈 연기였다.

"말했어요. 남편분이 나가고, 요스케와 오비가 없어지고……

그게 자기 탓이라고……."

"말을 하다 보니 그렇게 말씀하신 거지."

"하지만 선생님은 그때 시이자키 선생님의 말씀을 알아들으신 것 같았는데요?"

"그런 거 아닌데."

"그래 보였는데요."

그때였다. 태양에 뜨거워진 골목의 훨씬 더 앞 아스팔트 표면에 뭔가 검은 것이 보였다. 보인 것 같았다. 정말 한순간의 일이었다. 아키우치는 검은 것이 사라진 곳을 주시하며 눈을 가늘게 떴다. 하지만 거기엔 이미 아무것도 없었다.

"선생님, 지금 저기 뭔가 보셨어요?"

"어디?"

"저기요. 저 회색 집 건너편이요."

거기는 T자형 길이었다. 지금 본 것은 누군가의 그림자였나. 누군가가 저 T자 길에서 나오려고 하다가 직전에 방향을 튼 것일까. 아키우치와 마미야를 보고.

"선생님 잠깐 이거 들고 있어보세요."

아키우치는 도그푸드가 든 세 자루의 포대를 마미야에게 맡기고는 인적 없는 골목길을 달렸다. 다리 힘에는 자신이 있다. 아키우치는 그림자가 사라진 T자 길까지 가서는 스피드를 줄이지 않고 그대로 전속력으로 모퉁이를 돌았다. 자전거를 탄 사람의 그림자가 멀리 조그맣게 보였다. 아키우치는 그 수상한 사람의 뒤를 쫓으려다가 멈춰 섰다.

"아키우치, 뭐야 갑자기……."

가는 팔로 세 자루의 포대를 안은 마미야가 비틀거리며 다가왔다. 아키우치는 미안하다며 고개를 숙인 후 다시 앞을 바라보았다. 자전거를 탄 사람은 이미 보이지 않았다.

"그래서 뭐였어? 벌레? 동물?"

"쿄야예요."

"뭐?"

"자전거를 탄 쿄야였어요."

5

쿄야에게서 아키우치의 휴대전화로 전화가 온 것은 그날 밤 10시 전의 일이었다.

"아키우치…… 어떡하지…… 저질러버렸어……."

굉장히 떨리는 목소리였다.

"뭐야? 무슨 일이야?"

"죽어버렸어……."

"응? 쿄야 너 지금 무슨 말을 하는 거야?"

"어떡하지…… 아키우치…… 죽었어……."

그러고는 통화가 끊겼다.

서둘러 다시 걸었지만 연결되지 않는다. 아무래도 쿄야는 전화기의 전원을 꺼버린 듯했다. 아키우치는 쿄야의 집에 전화를 해보려다 그가 집에 유선전화를 깔지 않았다는 걸 떠올렸다. 고민한 끝에 아키우치는 히로코에게 전화했다. 늦은 시간이고 여학생 휴대전화로 전화하는 건 처음 있는 경험이었지만 그런 걸 따지고 있을 상황이 아니었다.

"아키우치? 어쩐 일이야? 전화를 다하고."

"저기, 히로코, 이상한 질문인데…… 쿄야가 지금 어디 있는지 알아?"

히로코의 목소리가 돌아오기까지 조금 공백이 있었다.

"몰라. 왜 그러는데?"

"지금 쿄야한테서……."

말을 하던 아키우치는 다시 생각을 바꾸었다.

"아니, 잠깐 볼일이 있었는데 전화를 안 받길래. 히로코랑 같이 있나 해서."

쿄야가 대체 무엇을 했는지 모르지만, 여기서 자신이 어설프게 잘못 말해서는 안 될 것 같았다.

"사실은 나도 아까부터 쿄야한테 전화를 걸었어. 할 이야기가 있어서."

히로코의 목소리가 가라앉았다.

"하지만 전혀 받지를 않아. 걔가 무슨 생각을 하는지 요즘은 나도 모르겠어."

"집에 없을까."

"없었어."

"가봤어?"

"가봤어. 불도 꺼져 있고 자전거도 없었어."

"그래……."

히로코에게 인사를 하고 전화를 끊었다. 다시 한 번 쿄야에게 전화를 해보지만 역시 전원은 꺼진 채였다.

"무슨 일인 거야……."

그날 밤, 아키우치는 한숨도 자지 못했다. 다다미 위에서 책상다리를 하고 앉아 몇 분에 한 번씩 쿄야의 번호를 눌렀다. 하지만 한 번도 연결되지 않았다.

다음 날 아침 아키우치는 학교에서 듣고 알았다.

쿄코가 자택에서 죽었다는 걸.

경찰을 부른 건 토모에 쿄야였다.

* * *

쿄야는 아키우치를 정면에서 바라보았다.

"그 전화에 대해서는 나중에 제대로 설명했잖아."

입술만 움직이며 낮은 목소리로 말했다. 아키우치는 눈을 피하지 않고 "했지."라고 대답했다.

"네가 설명한 건 맞아. 하지만 나는 아무래도 납득이 안 됐어."

"그건 당신 마음이고. 나는 사실을 말했을 뿐이야."

쿄야가 턱에 힘을 주고 있는 걸 알 수 있었다. 자신의 감정을 억누르려고 하는 걸까. 아니면 떨리는 걸 참고 있는 걸까.

잠시 동안 침묵이 이어졌다. 빗소리. 강물 소리.

탁 하고 네 개의 커피 컵이 울렸다. 히로코의 구두 끝이 테이블 다리에 부딪힌 것 같았다. 그 작은 실수에 히로코는 놀란 듯 숨을 죽이고 겁먹은 얼굴을 들었다.

"미안……."

다시금 정적이 깔렸다.

"있잖아, 세이."

치카가 아키우치의 무릎에 살짝 손을 올렸다.

"이제 와서 그런 이야기해도 소용없어. 왜냐면 시이자키 선생님 자살이었으니까. 유서는 없었는지 몰라도 그건 자살이었잖아. 응?"

치카는 굳은 미소를 지었다.

"뭐 사실 나 역시 아무래도 상관없어."

아키우치는 크게 숨을 쉬고는 쿄야를 바라보았다.

"그날 밤 쿄야가 왜 나한테 그런 전화를 했는지 같은 건 아무래도 상관없어. 다만, 이야기의 흐름상 화제가 된 것뿐이야. 쿄야 미안해."

아키우치는 가볍게 머리를 숙였다.

"그러니까 그렇게 화내지마."

"화난 거 아니야."

"진정하라니까."

"진정하고 있어."

테이블을 둘러싼 공기가 더욱 긴장되고 있었다. 눈에 보이지 않는 섬세한 얼음 세공이 그 주위에 떠 있으면서 무언가의 계기로 산산이 부서져 내리는 것을 기다리는 것 같았다.

쿄야는 두 무릎에 팔꿈치를 올리고는 앞으로 몸을 기울인 자세에서 아키우치의 눈을 응시했다.

"그래서? 결국 어떻게 생각한다는 거야?"

"그 이야기는 이제 그만하자. 내가 잘못했어."

"마음에 걸리잖아? 그래서 굳이 화제로 삼은 거잖아?"

"마음에 걸린다고? 뭐가?"

"얼버무리지 마. 내가 죽였다고 생각하는 거야?"

"누굴?"

"장난해!"

쿄야의 목소리는 아키우치의 귀 안에서 웅웅거리다가 사라졌다.

이윽고 들려온 것은 히로코가 훌쩍이는 울음이었다. 두 손으로 얼굴을 가리고 히로코는 떨면서 얕은 호흡을 반복하고 있다. 그 호흡은 점점 빠르고 거칠어지더니 급기야 오열로 바뀌었다.

"히로코……."

치카가 히로코 쪽으로 팔을 뻗었다. 히로코는 도움을 원하는 듯 작게 떨리는 오른손을 테이블 위로 뻗었다. 치카는 그 손을 양손으로 감싸고는 꼭 쥐었다.

쿄야가 다시 입을 열었다.

"아키우치, 이것만은 말해주지. 시이자키 선생님은 자살이야. 그리고 요스케는 사고야. 그 이외의 아무것도 아니야. 무엇일 리도 없고, 나한테 책임은 없어."

쿄야의 눈은 광적으로 크게 떠져 있었다.

히로코는 테이블에 얼굴을 갖다 대고는 오열을 계속했다. 치카는 그런 친구의 손을 더 세게 쥐며 입술을 굳게 다물었다.

"책임은 없다……?"

아키우치는 조용히 쿄야의 마지막 말을 되풀이했다. 자신의 마음속에서 서서히 뜨거운 것이 올라오는 것을 느꼈다. 얼굴을 들고 천천히 말한다.

"나는 그렇게 생각하진 않는데."

아키우치의 말에 쿄야의 입언저리가 움직였다.

"잘도 떠들어대는군, 아키우치 선생."

"너 역시 사실은 그렇게 생각하고 있을 거야. 그러니까 나한테 그런 전화를 걸었지. 안 그래?"

"세이."

치카가 아키우치에게 애원했다.

"이제 그 이야기는."

"네가 죽인 거야."

아키우치는 쿄야를 똑바로 보며 말을 이었다.

"네가, 죽였어."

제 4 장

1

조교수의 자살과 그 사체를 토모에 쿄야라는 학생이 발견했다는 이야기는 아침부터 학교 내에 퍼져 있었다. 단편적으로 들은 이야기를 끼워 맞추면, 먼저 어젯밤 10시 넘어 대학 근처를 걷고 있던 몇 명의 학생들이 쿄코의 집 앞에 구급차와 경찰차가 서 있는 것을 봤다고 한다. 그들은 쿄코의 수업을 들었기 때문에 호기심이 생겨 그쪽으로 다가가 보았다. 그러자 거기에 쿄야가 서 있었다고 했다. 쿄야는 제복을 입은 경찰과 이야기를 하고 있었단다. 경찰의 목소리가 커서 굳이 들으려고 하지 않아도 무슨 일이 일어났는지는 쉽게 알 수 있었단다. 쿄코가 자택에서 목을 매고 죽어 있는 걸 우연히 방문한 쿄야가 발견해 경찰에 신고했다.

"그 녀석 혹시 경찰서에 있나? 취조 같은 걸 받고 있을지도 몰라."

1교시 강의가 시작하기 전에 아키우치와 치카, 히로코는 강의실 구석에 모여 있었다. 쿄야는 학교에도 오지 않았고, 휴대전화도 전혀 받지 않고 있었다.

"그런 일은 없을 거야."

치카가 고개를 저었다.

"학교 수업이 있는 시간에 경찰에 불려가는 일은 없어. 쿄야가 뭔가 나쁜 짓을 한 것도 아니니까."

"아, 그렇구나."

치카가 하는 말이 맞았다.

"쿄야, 집에 있을지도……."

히로코가 말했다.

"학교에 오면 다들 여러 가지 물을 게 뻔하니까. 오늘은 집에 있는 걸지도 몰라. 그런 거 귀찮아하잖아."

"분명 그 녀석이라면 그럴지도……."

아키우치는 쿄야가 걱정이었다. 만나서 직접 사정을 듣고 싶다. 어제 전화에 대해서도 알고 싶다. 이렇게 가만히 있는 건 견딜 수 없었다.

"나, 쿄야 집에 가볼게."

말이 끝나자마자 히로코가 일어서더니 몸을 틀어서 강의실 출구로 향했다.

"히로코, 가방!"

강의실 책상에 놓여 있던 히로코의 가방을 들고는 치카가 목소리를 높였다. 하지만 히로코는 들리지 않는 것인지 멈추지 않았다. 치카는 작게 한숨을 쉬더니, 재빨리 자신의 가방을 어깨에 메고는 왼쪽에는 히로코의 가방을 멨다.

"세이, 나도 갔다 올게. 대출은 안 해도 되니까. 아, 히로코 건 대출 부탁해."

"근데 목소리 들킬 텐데. 아니, 나도 갈게."

아키우치는 치카와 함께 히로코의 뒤를 쫓았다. 복도 중간에서 따라잡은 후 세 사람은 계단을 내려와 자전거 주차장에서 각각의 자전거를 타고 캠퍼스 문을 나섰다.

"근데 히로코, 왜 쿄야가 어제 시이자키 선생님 댁에 간 거야?"

푸른 시티사이클을 굴리면서 치카가 물었다. 히로코는 작게 고개를 저은 후 정면에 시선을 고정했다.

"뭔가 볼일이 있었겠지."

"볼일이라니?"

"그건 몰라. 아마 수업에서 모르는 부분이 있어서 물으러 갔거나."

"하지만 걔가 그런 스타일 아니잖아?"

그 순간 놀랄 정도로 재빨리 히로코가 치카를 보았다.

"어떻게 그런 걸 알아?"

바람을 맞은 머리카락 사이로 엿보이는 눈에서 무언가 적의 같은 것을 느끼고 아키우치는 비틀거렸다. 그녀가 치카에게 이런 태도를 보이는 건 자신이 아는 한 처음이었다.

"내가 그렇게 말했으면, 그럴 수도 있는 거잖아. 나는 쿄야랑 사귀고 가장 걔에 대해 잘 아니까."

"응, 그야 그렇지만."

"대충 넘겨짚지 마."

말의 마지막 부분이 감정을 억누르는 듯 목 안에서 사라졌다. 히로코는 다시 얼굴을 앞으로 돌렸다. 치카도 그 이상 아무 말도 않고 정면을 향했다.

산뜻한 분위기의 현관홀을 빠져나가 아키우치 일행은 맨션의 엘리베이터에 탔다. 쿄야의 방은 3층에 있다.

인터폰을 누른 건 히로코였다.

"아, 없어."

쿄야의 목소리는 들리지 않았다.

"히로코, 주차장에 자전거가 있는지 보고 올게. 어디 갈 때 걔 늘 자전거 타지?"

히로코는 치카의 말이 들리지 않은 것처럼 발밑에 시선을 고정한 채 가만히 있었다.

"히로코?"

치카가 얼굴을 들여다보자 그녀는 아래를 쳐다보며 낮게 대답했다.

"그렇지…… 늘 자전거지."

이상한 대답이었다. 도대체 어떻게 된 걸까.

세 사람은 다시금 엘리베이터를 타고 1층까지 내려갔다. 주차장을 보니 푸조사의 수입자전거는 거기 있었다.

"그럼 그 녀석 걸어서 나갔다는 거야?"

"아니면 누군가의 차 또는 택시나……."

치카의 말에 바로 히로코가 불안한 목소리로 말했다.

"쿄야……. 어디로 간 걸까."

"아마 잠깐 뭐 사러 간 거겠지. 금방 돌아올 거야."

치카는 히로코의 머리카락에 손을 가져다대며 부드럽게 말했다.

"잠깐 기다려보자. 그래도 안 돌아오면 그때 가서 생각하면되지."

세 사람은 맨션 앞에서 쿄야가 돌아오길 기다리기로 했다. 정면 현관 앞의 계단에 나란히 걸터앉았다. 정장을 입은 맨션에 사는 사람인 듯한 남자가 지나가며 미심쩍은 표정으로 쳐다봤기 때문에, 아키우치 일행은 계단 구석으로 이동해서 가급적이면 서로 붙어 앉았다.

치카 옆에서 히로코가 작게 훌쩍이는 소리가 들렸다. 치카가 히로코의 어깨를 손으로 감으며 살짝 당기자 히로코도 순순히 상체를 치카 쪽으로 기대었다. 히로코의 팔을 쓰다듬으면서 치카가 살짝 아키우치를 보았다. 당혹스런 표정. 분명 아키우치도 그때 똑같은 표정이었을 것이다. 히로코가 울어버린 이유를 잘 몰랐던 것이다. 쿄야의 일이 걱정된 것일까. 그렇다고 해도 울 것까지야.

아키우치는 휴대전화를 꺼내서 한 번 더 쿄야에게 걸었다. 하지만 역시 전원은 꺼져 있는 듯했다. 전화기를 호주머니에 넣기 전에 수신이력을 확인해본다. 어젯밤, 쿄야에게서 전화가 걸려온 시각은 오후 9시 52분이었다.

"쿄야한테서 전화 안 왔어?"

치카가 화면을 들여다보려고 했기에 아키우치는 서둘러 휴대폰을 닫았다.

"아니, 안 왔어."

어젯밤의 수신이력은 보이고 싶지 않았다. 전화 내용을 물으면 뭐라고 대답해야 할지 몰랐기 때문이다.

— 저질러버렸어.

그건 도대체 뭐였단 말인가. 그 전화가 온 것은 오후 9시 52분. 그리고 대학에서 들은 바에 의하면 쿄야가 쿄코의 집 앞에서 경찰에게 사정 조사를 받은 게 오후 10시 너머였다고 한다. 쿄야는 쿄코의 집에서 사체를 발견하고 아키우치에게 전화를 걸고, 바로 경찰을 부른 것일까. 아니면 먼저 110_{한국의 119처럼 일본에서} _{경찰로 긴급 신고되는 전화번호}에 연락을 하고 경찰이 도착할 때까지의 사이에 아키우치에게 전화를 한 것일까. '저질러버렸어.'라는 말의 의미는 대체 무엇이었나. 애당초 쿄야는 무엇을 하러 쿄코의 집에 간 거지?

"시이자키 선생님 어째서 자살을 한 걸까?"

한 손으로 히로코의 어깨를 안은 채 치카는 청바지의 무릎으로 시선을 떨어뜨렸다.

"아마도…… 요스케의 사고 때문에 괴로웠던 게 아닐까."

아키우치는 그렇게 말했지만 본심은 아니었다. 쿄야에게서 걸려온 그 전화 한 통이 아무리 해도 머리에서 떠나지 않는 거였다.

— 어떡하지…… 아키우치…… 죽었어.

쿄코는 자살이 아닐지도 모른다. 그런 생각이 드는 건 어쩔 수 없었다. 상상하고 싶지 않지만 그 전화의 내용으로 봐서 쿄야가 쿄코의 죽음에 관계되었을 가능성이 있다.

아니, 잠깐만.

"그러고 보니……."

아키우치는 저도 모르게 말이 튀어나왔다.

"어제 오전에 내가 마미야 선생님과 시이자키 선생님 댁에 갔어. 오비의 도그푸드랑 담요를 가지러. 우리가 현관을 나왔을 때 시이자키 선생님의 모습, 뭔가 조금 이상했어."

그때 쿄코는 마미야와 아키우치에게 깊이 고개를 숙이고 이런 말을 했다.

— 마미야 선생님, 오비를 잘 부탁드립니다.

애완견을 동료에게 맡기는 거니까 물론 그 말 자체는 이상할 것도 없었다. 하지만 그 말을 할 때의 쿄코의 눈. 강한 결의 같은 것이 담긴 눈. 아키우치는 위화감을 느낀 걸 기억하고 있었다.

"그럼 시이자키 선생님 그때 이미 자살을 생각하셨다는 거야?"

"지금 생각해보면 그랬을지도 몰라. 오비가 일단 마미야 선생님 댁에서 안정을 찾았겠다, 이제 더 이상 마음에 걸리는 건 없다고 생각해서."

"그래서 그날 밤에?"

"그래, 타이밍적으로 봤을 때……아."

그때 길 끝에서 한 대의 검은 세단이 다가오는 것이 보였다. 천천히 주행해온 그 고급차는 완만한 원을 그리면서 차체를 돌리고는 아키우치 일행 앞에서 소리도 내지 않고 정차한다. 아키우치는 일어섰다. 치카도 히로코도 조금 늦게 일어섰다.

"뭐 하고 있었어? 그런데 나란히 앉아서?"

창을 내리고 얼굴을 보인 것은 쿄야였다.

"쿄야, 너 어디……."

말을 하는데 뒷좌석 안쪽에 앉아 있던 남자가 쿄야에게 뭔가를 말했다. 누구지? 딱 쿄야의 그림자 쪽에 있어서 얼굴은 잘 보이지 않는다. 쿄야는 남자를 돌아보며 두세 마디 짧은 대화를 나눈다. 운전석에서는 또 한 사람의 중년의 남자가 핸들을 쥐고 있었다.

이윽고 쿄야가 문을 열고 나왔다. 안쪽에 앉아 있던 남자는 운전석의 남자를 향해 가볍게 턱을 당겨 사인을 한다. 상대방은 고개를 끄덕이고는 말없이 세단을 발진시켰다. 세단은 멀어지고 곧 모퉁이 쪽으로 사라졌다.

"쿄야, 너 어디 있었어? 히로코가 걱정했잖아."

"아버지랑 이야기 좀 하고 왔어."

쿄야는 세단이 지나간 방향을 시선으로 가리켰다.

"경찰이 연락한 것 같더라고. 야밤에 시코쿠에서 날아왔어. 운전수도 불쌍하게 참……. 아마 밤을 샜겠지."

"지금 그분이 아버지셨어? 아버지도 걱정하셨지?"

"응, 상당히 걱정하셨어."

쿄야는 콧바람을 내쉬더니 "회사 일을 말이지."라고 덧붙였다.

"자기 회사를 물려줄 생각인 아들이 이상한 일에 휘말린 건 아닌가 싶었나 봐. 내가 어제부터 휴대전화 전원을 꺼뒀으니까, 더 바보 같은 상상만 커져가지고는……."

손가락으로 눈 위를 만지면서 쿄야는 크게 숨을 쉬었다.

"뭐 사정을 설명하고 오해는 풀었지만. 그 대신 내가 대학을 그만둔다고 하니까 이번엔 얼굴을 붉히고 또 화를 내는 거지. 대학도 안 나온 인간에게 회사는 못 물려준다나. 물려받을 생각 따윈 없다고 옛날부터 그렇게 말했는데. 정말 바본가 봐."

말을 끊고 쿄야는 미간에 주름이 잡히도록 하품을 한다. 아키우치는 쿄야의 얼굴을 잠시 보고는 뒤돌아 치카와 히로코를 보았다. 둘 다 멍하니 쿄야를 보고 있었다.

아키우치는 쿄야에게로 얼굴을 돌렸다.

"그만둔다고?"

"아, 나 학교 그만둘 거야."

쿄야는 아무것도 아닌 듯 대답했다.

"쿄야, 무슨 일이야? 왜 학교를 그만두는 거야?"

히로코가 애원하듯 한 손으로 쿄야의 셔츠를 붙잡는다. 쿄야는 그 손을 가볍게 쥐고는 살짝 떼어냈다.

"귀찮아진 것뿐이야."

"귀찮아졌다니. 그래도……"

"아키우치, 잠깐 시간 있어?"

"나? 있지만, 너 히로코랑."

"당신이랑 이야기하고 싶어."

말을 한 후 쿄야는 히로코와 치카를 바라보았다.

"두 사람에겐 미안하지만 좀 비켜줄래? 아키우치와 꼭 해야 할 이야기가 있어."

히로코는 멍하니 쿄야의 얼굴을 바라보고 있었다. 치카는 히로코의 어깨를 잡고는 쿄야에게 시선을 고정하고 있었다. 찌르는 듯한 시선이라는 건 이런 걸 말하는 거겠지.

똑바로 상대방을 바라본 채로 치카가 쿄야에게 한 걸음 다가갔다. 어쩌면 뭔가 일을 치르는 건 아닌가 하고 아키우치가 순간 등을 긴장시켰을 때, 히로코가 치카의 셔츠를 잡아당겼다.

"치카, 됐어."

치카는 돌아보고는 입술을 다문 채 히로코를 보았다.

"쿄야가 아키우치랑 할 이야기가 있다고 하니까, 됐어. 난 나중에 천천히 이야기하면 돼. 응?"

치카는 아무 말도 하지 않고 다시 쿄야를 보았다.

"허락이 떨어졌으니, 갈까 아키우치?"

쿄야는 빙글 등을 돌리고 빠른 걸음으로 맨션에서 멀어졌다.

"쿄야 잠, 잠깐."

서둘러 불렀지만 쿄야는 멈춰 서지 않는다.

"가도 돼."

시선을 쿄야의 등에 고정한 채 치카가 꼼짝도 않고 담담히 입술만 움직였다.

"그 대신 나중에 나한테 전화해."

그 대신 나중에 나한테 전화해, 이렇게 머릿속에서 복창하고 있을 때가 아니었다. 이번만큼은. 아키우치는 빨리 끄덕이고는 옆에 세워둔 로드레이서의 스탠드를 차올리고는 핸들을 잡고 서둘러 쿄야를 뒤쫓았다. 딱 쿄야를 따라잡으려는 그 직전에 등 뒤에서 히로코의 우는 소리가 들려왔다. 그 울음소리가 금방 우물거리는 소리로 바뀐 건 손으로 얼굴을 감쌌기 때문일까. 아니면 치카의 가슴에 얼굴을 묻었기 때문일까. 아키우치는 뒤돌아볼 수가 없었다.

2

"쿄야, 무슨 일이 있었는지 모르겠지만…… 아까는 너무하지 않아?"

"히로코에게 아무것도 설명하지 않은 거 말이야?"

"그거 말고 또 뭐가 있어?"

"당신한테는 잘 됐잖아. 덕분에 치카의 새로운 표정도 보고."

아키우치는 쿄야의 말을 무시했다.

"너, 나중에 제대로 히로코한테 설명해줘. 안 그러면 무슨 이유라 해도 너무 안됐잖아."

쿄야는 역시 아키우치의 말은 흘려듣고 감탄한 듯 말한다.

"하지만 그 눈은 정말 대단했지. 당신 절대로 치카를 화나게 하지 않는 게 좋겠더라. 그 눈빛만으로도 즉사할 테니까."

"그건 나도 그렇게 생각했지만. 그건 그렇고 어디로 갈 셈이야?"

"당신네 하숙집."

"우리 집? 왜?"

"남들이 안 들었으면 하는 이야기니까. 그렇다고 밖에서 하기엔 덥고. 아, 휴대전화 전원 꺼둬. 히로코가 걸지도 모르니까."

"걸면 곤란한 거야?"

"이야기를 방해받고 싶지 않아."

시키는 대로 아키우치는 휴대전화의 전원을 껐다.

쿄야가 아키우치에게 할 이야기라는 건 아마도 어젯밤의 전화에 관한 것일 거다. 그 이외는 생각하기 어렵다. 하지만 그렇다고 한다면 쿄야의 태도가 평소와 별반 다르지 않아 보이는 것이 조금 의외였다. 그 전화가 대체 뭐였는지, 아키우치는 점점 더 모를 것 같았다. 아키우치가 생각하는 만큼 중요한 의미를 가지는 건 아니었던 걸까. 아니면 역시 그 전화는 뭔가 무서운 의미가 있는데, 단지 쿄야는 평정을 가장하고 있는 것뿐일까.

아키우치는 빨리 쿄야의 이야기를 듣고 싶어 안달이었지만 먼저 질문을 하는 건 망설여졌다. 하숙집에 도착해 쿄야가 먼저 말을 꺼내기 전까지 기다려볼 작정이었다.

"그건 그렇고 치카, 결국 당신한테 보고했어?"

쿄야가 갑자기 뜻 모를 질문을 했다.

"보고?"

아키우치의 얼굴을 본 쿄야는 몰랐냐는 표정을 지었다.

"그래? 안 했나 보네."

"뭐를?"

"이거…… 이야기하지 말라고 하던데."

갑자기 낮아진 쿄야의 목소리에 아키우치는 불길한 예감이 들었다.

"며칠 전쯤에 강의실에서 당신이 집에 가려던 나를 불러 세웠을 때의 일, 기억나?"

"혹시…… 하즈미의 운동화 끈이 풀렸다고 했던, 그때 말이야?"

"그래, 그때."

떠올리고 싶지 않은 일을 떠올리게 되었다. 지금까지 가급적이면 생각하지 않으려고 해왔건만.

"기억하는데 왜?"

쿄야 쪽을 보지 않고 아키우치는 답했다. 쿄야 역시 아키우치는 쳐다보지 않고 물었다.

"그러고 나서 치카가 어디서 뭘 했는지 알아?"

아키우치는 바로 "몰라."라고 답했다. 그리고 잠시 망설인 후에 단호히 이었다.

"나를 보고 숨은 건 알고 있지만. 하즈미가 말이야."

갑자기 쿄야가 얼굴을 이쪽으로 돌렸다.

"그랬어? 숨었구나."

"숨었어. 학부동 현관 입구에서."

쿄야는 작게 웃으며 이상한 소리를 했다.

"역시 귀여운 구석이 있구나, 치카도."

"무슨 뜻이야?"

"걔가 그래 보여도 꽤 부끄럼을 타는 애야. 분명 자기가 어디에 가는지 당신이 아는 게 부끄러웠던 거겠지. 그래서 숨으려고 한 거야."

"하즈미가 어딜 갔는데?"

쿄야는 어슬렁어슬렁 걸으면서 '도서관'이라는 의외의 답을 내놓았다.

"도서관?"

"그래, 그날 네가 견공에 대해 심히 신경을 썼잖아? 경찰이니 동물보호단체한테 붙잡히면 어떻게 되는 걸까 하고. 그 이야기를 내가 수업 시간 중간에 치카한테 했어. 별 생각 없이 웃자고 말이야. 뭘 알아보러 도서관에 간다니 그런 생각은 좋지만, 역시 아키우치답게 아르바이트가 있어서."

"너 쓸데없는 소릴⋯⋯."

"그랬더니 걔가 계속 생각하더니 이런 소릴 하잖아."

쿄야는 아키우치를 보면서 치카의 쿨한 말투를 흉내 내며 말했다.

"내가 알아볼게. 세이 혼자 고생시킬 수는 없잖아."

아키우치는 자기도 모르게 걸음을 멈췄다. 그러고는 입을 반쯤 벌린 채 쿄야를 보았다. 쿄야는 싱긋 웃더니 대사의 마지막 부분만을 아까보다도 훨씬 감정을 실어서 두 눈을 깜빡거리며 반복했다.

"고생시킬 수는 없잖아." 깜빡깜빡.

"아, 그럼 결국⋯⋯ 그러니까 하즈미가 나 대신 도서관에 가서 동물에 대한 처분이니 뭐니 그런 걸 알아봤다는 거야? 요는?"

"요는 그렇다는 거지."

진지한 얼굴로 돌아온 쿄야가 끄덕였다.

"다만 당신한텐 얘기 말라고 하더라. 부끄러워서겠지."

"그런데 왜 부끄러워?"

"둔한 저는 모르겠네요."

말하면서 쿄야는 다시 흐느적거리며 골목길을 걸었다. 아키우치도 잠시 늦었지만 따라간다.

"어쨌거나 그런 거야. 근데 결국 그날 밤이 되기 전에 오비는 찾았고 맘마미야네 아파트에서 돌보게 됐잖아? 그러니까 불쌍하게도 기껏 치카가 도서관에서 조사한 동물의 처분이니 뭐니 하는 정보는 전부 무용지물이 된 거야. 뭘 어디까지 조사했는지는 나도 모르지만."

"그런 걸……"

치카가 해준 거야? 아키우치는 전혀 눈치채지 못했었다. 치카가 아무 말도 안 했으니 당연했다. 아키우치는 그저 자신이 학부동에서 나온 후 쿄야와 치카가 몰래 만난 걸로만 생각했다. 그렇다면 그건 완전한 착각이었던 거다. 아니, 잠깐.

그렇다면 왜 쿄야는 거짓말을 한 거지? 왜 아키우치에게는 집에서 F1 DVD를 본다고 하고서는 히로코에겐 뭘 사러 간다고 한 거란 말인가.

"쿄야, 너 말이지, 그날 F1 DVD를 본다고 했었지?"

"아, 그렇게 말한 것도 같네."

"히로코한테도 똑같이 말했어? 오늘 뭐할 거냐는 이야기를 할 때."

"말한 것 같은데…… 뭐 어쩌면 DVD를 사러 간다고 했을 수도 있고. 어느 쪽이든 똑같잖아."

"똑같지 않아……."

그랬던 건가.

온몸에서 힘이 빠져나갔다.

"왜 똑같지 않은데?"

"아니, 그게 좀 여러 가지로……."

쿄야는 이상한 듯 아키우치를 보았지만 고맙게도 그 이상은 묻지 않았다.

"일단 말해두겠지만 치카한테 고맙다거나 그런 말은 하지 마. 나, 나 쿄야한테 들었는데 고, 고, 고마워. 라는 식으로 말이야. 어디까지나 나는 비밀을 지켜달라는 소릴 들었으니까."

"알아. 하지만 네 입이 의외로 가벼워서 다행이네."

덕분에 가슴의 답답증이 하나 풀렸다.

쿄야는 "늘 가벼운 건 아니야."라며 얼굴을 위로 들었다.

"당신도 이제 더 못 만날 거니까. 잊어버리기 전에 알려주려고 말이지."

"아, 그렇지. 그 이야길 묻는 걸 깜빡했네. 너 진짜 학교를 그만두는……."

"아키우치?"

갑자기 누군가 불렀다.

옆길로 얼굴을 돌리자 놀랍게도 거기에는 마미야가 있었다.

이제 보니 아키우치와 쿄야는 하숙집 근처까지 와 있었다.

"아, 역시 아키우치네."

마미야는 아키우치를 보고는 웃고, 그리고 쿄야에게로 시선을 옮긴 후 그 웃음을 거두었다.

"그리고 토모에 군도 함께네."

쿄야는 가볍게 목례를 했다.

마미야는 조심스러운 듯 쿄야 쪽으로 다가갔다.

"토모에 군, 학생들한테서 이야기는 들었어. 어젯밤에 고생했지?"

"아뇨, 딱히."

쿄야는 담담한 목소리로 답했다.

"오늘은 수업에는 안 오는 거야?"

"뭐, 여러 가지로 좀 피곤해서요."

마미야는 걱정스러운 듯 쿄야의 얼굴을 바라보았다. 두 사람은 거의 키가 비슷했지만 머리카락 때문에 마미야가 더 커 보였다.

"아, 그러고 보니 왜 아키우치는 이런 데 있어? 수업은?"

"아, 죄송해요. 쿄야가 걱정돼서 아무래도 그냥 공부를 하고 있을 수가 없어서. 그런데 선생님이야말로 왜 이런 시간에 여기서 어슬렁거리고 계신 거예요?"

"어슬렁거리고 있는 건 아니지. 월요일 오전에는 수업이 연달아 있는 게 아니란 말이지. 지금 잠깐 집에 들렀던 것뿐이야. 사실은 오비가 그 있잖아, 받아온 도그푸드를 너무 많이 먹어서 오늘 아침부터 배탈이 난 것 같아서. 이렇게 시간이 날 때 상태가 어떤지 안 봐둬서 나중에 퇴근하고 집에 돌아왔을 때 마룻바닥이 엉망진창이 되는 것도 싫고."

그건 한 번쯤 확인해두는 것이 좋은 건 맞았다.

"아, 괜찮으면 너희도 올래? 보리차라도 한 잔 대접할 테니까. 시원하니 맛있어."

"아니 저희는……."

아키우치는 경계했다. 저번에 교묘한 말로 도그푸드를 운반하게 한 것처럼 이번에는 우리 청소를 시키려는 생각이 분명하다.

"동물천국에 들를 상황이 아니야. 어서 가자."

쿄야가 재촉했다.

"동물천국이라니, 그런 표현은 실례지."

아키우치는 마미야의 얼굴을 보았지만 마미야는 분명히 자랑스러운 얼굴을 하고 있었다.

"저기, 저희 일단 보리차는 됐습니다. 다음에 들를게요."

머리를 숙이고 아키우치가 하숙집 쪽으로 걸음을 옮기려고 했다. 하지만 마미야가 불러 세웠다.

"잠깐 이야기 좀 할 수 없을까?"

그 얼굴은 쿄야 쪽을 향하고 있었다.

"토모에 군, 대학을 그만둘 생각인 거지?"

그 말에 쿄야는 신기한 듯한 표정으로 마미야를 보았다. 아키우치 역시 신기했다.

"선생님, 어째서 그런 걸 다 아세요?"

"그야 방금 자네가 말했잖아. 너 정말 학교를 그만 어쩌고 저쩌고 말이야."

놀라운 청력이다.

"집에 사정이 있거나 한 거야?"

마미야는 쿄야를 보며 살피듯 물었다.

"아뇨, 그런 건……."

"괜찮다면 이야기해줄 수 있어? 학교를 그만두는 이유. 왜냐면 학교 즐겁거든. 저번에도 아주머니의 밀짚모자에서 지푸라기를 한 올……."

쿄야는 성가시다는 표정을 감추려고도 않고 한숨으로 말을 끊었다.

"선생님과는 관계없는 일이에요."

"혹시 시이자키 선생님 일 때문이야?"

쿄야가 얼른 고개를 들었다. 마미야는 빨리 입을 닫았다. 서로 시선을 마주하고는 침묵한다.

지금 마미야는 쿄야의 자살을 말한 것일까. 하지만 왜 그게 쿄야가 대학을 그만두는 것으로 이어지는 거지?

　"뭔가 알고 계시는 건가요?"

　쿄야의 눈매가 주의 깊게 바뀌었다.

　"아니, 나는 뭐…… 딱히."

　마미야는 시선을 떨어뜨리고는 목을 긁었다. 분명히 거짓말을 하고 있다.

　"알고 계시군요?"

　쿄야는 마미야에게 한발 다가간다. 마미야는 뒤로 물러서며 발끝으로 시선을 이리저리 옮겼다.

　잠시 후 쿄야가 갑자기 '아키우치' 하고 불렀다.

　"선생님 집에 갈까?"

　의외의 제안이었다.

3

　"미안해들. 현관이 좁아서. 먼저 들어가 줄래?"

　화장판化粧板, 기재(基材)로서의 판의 표면을 종이·헝겊·비닐시트·금속판 등을 붙인 것이 들뜬 얇은 문을 열고 마미야는 아키우치와 쿄야를 방으로 안내했다. 현관 콘크리트에 한 발짝 들어선 순간 쿄야가 여기 온 걸 지독히 후회하는 걸 알 수 있었다.

　"뭐야 이건?"

"이거? 어느 거? 이 능구렁이?"

마미야는 신발장 위에 있는 유리로 된 수조로 얼굴을 돌렸다. 안에는 붉고 검은 최악의 색 조합을 한 뱀이 몸을 서리고 있었다. 쿄야는 "전부요."라고 낮게 말하고는 그 머리가 큰 쥐가 들어있는 우리 옆에서 신발을 벗고는 벌레 바구니가 무수히 늘어서 있는 복도로 들어섰다.

"지렁이까지 키우는 거야……?"

벌레 바구니 하나를 보고는 중얼거리는 쿄야에게 마미야는 친절한 말투로 "발 없는 도롱뇽이야."라고 알려주었다. 게다가 생태에 대해서도 짧게 설명했지만, 쿄야는 서둘러 거실로 들어간다.

"토모에 군은 동물을 별로 안 좋아하나?"

마미야와 아키우치도 복도를 빠져나왔다.

"오비, 오랜만이다."

거실에 들어서자 아키우치는 구석에 앉아 있던 오비에게 먼저 말을 걸었다. 오비는 놀라지도 않고 경계도 않은 채 앞발을 모으고는 한 번 꼬리를 흔들어 인사에 답했다. 요전번에 봤을 때보다도 온몸에 전체적으로 꽤 살이 올랐다. 군데군데 빠졌던 털도 원래대로 돌아가고 있는 것 같았다. 그 모습에 아키우치는 안심했다. 잘 보니 오비가 앉아 있는 건 쿄코의 집에서 가져온 갈색 담요 위였다. 비를 무서워하는 오비를 위해 요스케가 용돈으로 사왔다는 그 작은 침상이었다.

방 안을 둘러보았지만 아무래도 마미야가 걱정했던 오비의 엉망진창 사건은 없었던 것 같고, 다다미는 전체적으로 무사했다.

"어서 앉아. 자, 둘 다 앉아."

마미야는 부엌에서 행주를 가지고 오더니 공중에서 한 번 흔들어보이고는 탁자 위를 정말 대충 닦았다. 깨끗하게 하는 것보다도 행주로 닦고 있다는 것에 만족하는 듯했다. 마미야는 부엌으로 돌아가 기지개를 켜고는 싱크대 위를 이리저리 뒤졌다.

"손님용, 손님용으로……."

마미야가 싱크대 위 구석에서 꺼내온 것은 사각의 종이상자로 안에는 유리잔 세트가 있었다. 마미야는 그것 세 개를 순식간에 물로 헹구더니 '보리차, 보리차'를 중얼거리며 냉장고를 열었다. 어째서 아키우치가 왔을 때는 계량비커고 쿄야는 유리잔이란 말인가.

마미야가 세 개의 잔에 보리차를 따랐다. 세 사람은 각각 보리차를 한 모금 마시고 나서는 슬쩍 다른 두 사람의 얼굴로 시선을 던졌다. 아키우치는 먼저 마미야나 쿄야가 뭔가를 말할 줄 알았으나, 어찌된 일인지 둘 다 입을 열려고 하지 않는다. 잠시 침묵이 이어졌기 때문에 어쩔 수 없이 아키우치가 스타트를 끊었다.

"쿄야, 괜찮으면 어젯밤 일에 대해 이야기해줄래? 시이자키 선생님의 자살 말이야. 아무래도 마음에 걸려서……."

물론 더욱 신경이 쓰이는 건 그 전화였지만, 지금은 마미야가 있어서 구체적으로 입에 담기는 주저되었다.

쿄야는 바로 대답을 하지 않고 고개를 떨군 채 책상다리를 한 아키우치의 다리 쪽에 계속 시선을 고정했다. 무언가를 곰곰이 생각하는 듯했다. 상대가 입을 열 때까지 기다려야 할 것인가, 아니면 재촉해야 할 것인가 아키우치가 고민하고 있는 사이 쿄야가 드디어 고개를 들었다. 그 얼굴에는 놀란 듯한 표정이 어려 있었다.

"당신 다리털 상당히 굵다."

이 녀석은 어째서 이런 걸까.

"다리털은 됐으니까 어제 일을 알려달라니까. 시이자키 선생님 일 말이야."

한 번 더 채근하자 쿄야는 이번에는 순순히 대답했다.

"학교에서 들었을 거 아냐? 시이자키 선생님이 자택에서 목을 맸다. 그걸 우연히 집에 들른 내가 발견했어. 딱히 뭐 더 설명할 것도 없어. 선생님이 죽은 건 아마 요스케의 사고로 인한 충격 때문이겠지."

"선생님은 어떤 식으로 목을 매셨어?"

"어떤 식으로라……."

쿄야는 천장을 바라보더니 머릿속으로 기억을 떠올리는 듯한 표정을 지었다.

"바람이 통하는 거실의 2층 복도 책장에 줄을 묶었지 아마. 분명 스스로 목에 줄을 감고 거기서 뛰어내린 걸 거야."

"유서는?"

"없었어. 일단 바닥이나 탁자 위를 보긴 했지만."

"근데 너 왜 그런 시간에 시이자키 선생님 댁에는 간 거야?"

"보고 싶었으니까."

그 말투가 너무나도 자연스러웠기 때문에 그 내용이 이상하다는 것을 알아차리기까지 몇 초나 걸렸다.

"보고 싶었다고? 시이자키 선생님을?"

"그래, 방에 혼자 있으니 갑자기 보고 싶어지는 거야. 그래서 집에 갔어. 물론 경찰에는 학교 일로 집을 방문했다는 식으로 설명했지만 말이야. 나 시이자키 선생님 댁에 가서 현관에서 인터폰을 눌렀는데도 안 나오시길래 열쇠로 열고 안에 들어가 봤어. 그랬더니 이미 죽어 있었어."

"열쇠로 열고……?"

"아, 그건 아무한테도 말하지 마. 경찰에는 현관 열쇠는 처음부터 잠겨 있지 않았다고 말했으니까. 내가 왜 열쇠를 가지고 있었는지 설명해야 하는 게 번거로워서 말이야."

아키우치의 머리에서는 아까부터 어떤 애매모호한 생각이 드라이아이스의 흰 연기처럼 조용히 퍼지고 있었다. 그리고 그 생각은 서서히 구체적인 형태로 바뀌더니 이윽고 의문으로 바뀌었다가 마지막에는 확신이 되었다. 쿄야의 얼굴을 보았다. 쿄야는 무표정한 얼굴로 보리차 잔을 바라보고 있었다. 마미야에게로 시선을 옮겼다. 마미야는 어딘지 모르게 슬픈 눈빛으로 쿄야를 보고 있었다.

마미야는 알고 있었던 걸까.

쿄코에게서 들었던 걸까.

"나중에 다른 데서 들으면 곤란하니까 미리 얘기해두려고."

쿄야가 아키우치를 보았다.

"나, 시이자키 선생님과 관계가 있었어. 1년 정도 전부터."

그 말투는 비밀을 털어놓는다기보다도 그저 단지 상대방이 모르는 사실을 설명하는 듯이 담담했다.

"처음에 장난처럼 다가갔더니 너무 차가운 얼굴로 화를 내서 말이지, 그래서 열이 받으니까 그 후로도 몇 번인가 또 그랬어. 그랬더니 점점 태도가 부드러워지더라고. 한번 술을 마시러 가서 키스를 했더니 그 다음은 의외로 쉽게 마지막까지 갔어."

그리고 쿄야는 얼굴색 하나 바뀌지 않고 말을 이었다.

한번 남녀관계를 맺은 쿄야와 쿄코는 낮에 두 사람만의 비는 시간이 겹칠 때면 쿄코의 집에서 만나 서로 몸을 섞었다고 한다.

"그 사람, 언제나 어딘가 차가운 감정이 없는 듯한 얼굴이었지? 가면이라도 쓰고 있는 것처럼. 난 그런 사람을 보면 그 가면을 벗겨주고 싶거든."

"저기, 토모에 군……."

마미야가 뭔가 말을 하려고 했지만 쿄야는 쳐다보지도 않은 채 계속했다.

"억압되어 있는 걸 모두 분출시켜주고 싶거든. 나체가 되어 땀을 내고, 쿄야가 너무 좋아라든가 그런 말을 하게 하고 싶어."

아키우치는 아무 말도 못했다. 눈앞의 친구가 갑자기 전철에서 스쳐 지나는 처음 만나는 사람처럼 느껴졌다.

"무슨 짓을 한 거야…… 너."

겨우 입에서 나온 말은 그것뿐이었다. 쿄야는 아무 대답도 않고 마미야를 보았다.

"선생님은 알고 계셨던 거 같네요. 아까부터 쭉 보면."

마미야는 조금 턱을 당겨 끄덕였다. 쿄야와 시선을 마주치려고 하지 않는다.

"한번 시이자키 선생님한테서 상담을 받은 적이 있어. 물론 그때 선생님은 '어떤 남학생'이라는 표현을 쓰셨지만."

쿄야는 웃는 것인지 조바심을 낸 것인지 모를 듯한 한숨을 쉬었다.

"그 사람 뭔지는 모르겠지만 꽤나 마미야 선생님을 신용했나 보군요. 이야기를 할 때 자주 선생님 이름을 말하곤 했죠. 그런데 선생님, 그 '어떤 남학생'이 왜 저라고 생각하신 거죠?"

"그야 어제 시이자키 선생님 집 근처에서 우리를 보고 돌아간데다…… 밤 10시에 자택에서 사체를 발견했다고 하니까……

그렇지."

"아, 뭐예요. 제가 돌아가는 걸 본 거예요?"

"내가 봤어."

아키우치는 끼어들어 말했지만 쿄야는 그다지 관심이 없는 듯 "그래?"라고 말했을 뿐, 다시 마미야를 보았다.

"마미야 선생님은 뭐라고 하셨어요? 그 사람이 상담을 해왔을 때?"

"답 같은 건 할 수가 없었어. 난."

마미야는 어깨를 늘어뜨린 채 다다미를 응시했다.

"아마도 그러니까 시이자키 선생님은 나한테 상담을 한 게 아닐까. 내가 그러니까…… 남녀에 대해 잘 모르는 건 교원들 사이에서는 꽤 유명하니까. 분명 그때의 시이자키 선생님은 동물에게 말을 거는 듯한 감각이었을 거야. 조금 취하기도 했었고."

"혼잣말 같은 거 말인가요?"

"그런 느낌이었을지도 모르지."

"쿄야, 혹시 시이자키 선생님이 남편분하고 이혼했다는 게……."

아키우치가 말을 하는 도중에 쿄야가 고개를 옆으로 저었다.

"그건 나하고는 관계없어. 그 사람이 직접 분명히 말했어. 남편과의 이혼 원인은 단순한 성격 차이였다고 말이야."

"그래……."

그것만으로도 조금은 구원받을 수 있을 거 같았다.

"얼마 전에 화장장에서 그 사람 만났을 때 내 이야기를 했지? 요스케의 사고현장에 나도 있었다고."

"어? 응, 했어. 시이자키 선생님 상당히 놀란 표정이셨어."

"그랬겠지. 나 사고가 있던 날 밤에 그 사람한테 전화했었어. 어떻게든 힘이 되어주고 싶어서. 처음에는 멍한 상태였지만 차차 이야기하는 사이 안정을 찾아가더라. 나 그때 가급적이면 사고 이야기 자체는 하지 않으려고 했어. 또다시 무너져 내리는 건 아닌가 싶어서. 그래서 내가 사고현장에 있었다는 것도 일부러 말하지 않았어."

"아, 그래서……."

그래서 쿄코는 쿄야가 사고현장에 있었다는 걸 아키우치에게서 듣고는 그렇게 놀란 거였나. 전날 밤에 전화로 이야기했을 때 쿄야가 그 말을 하지 않았기 때문에.

"당신이 그 사람을 만나러 고별식에 간다고 했을 때, 백 퍼센트 당신 입에서 내 이야기가 나오겠구나 싶었어. 하지만 굳이 막지는 않았어. 막을 이유도 금방 떠오르지 않았고. '지금 가도 선생님께 폐가 될 뿐이다.'라거나 '오후 수업에 늦을 거야.'라는 걸 내가 이야기하는 것도 이상하잖아?"

그야 타인을 신경 쓰는 듯한 그런 말들이 쿄야의 입에서 나온다면 조금 부자연스러운 건 사실이다.

"하지만 그건 실수였어. 역시 가지 말라고 했어야 했어. 나중에 전화가 와서 굉장히 추궁을 당했거든. 왜 사고현장에 있었던 걸 숨겼냐고. 딱히 숨긴 것도 아닌데 말이야."

쿄야는 허무한 듯 허공을 보았다. 그러고는 자신의 가슴에 묻어두었던 감정을 한순간에 방기放棄하듯 크게 한숨을 쉬었다.

아키우치는 떠올렸다.

— 있지, 쿄야. 동물을 죽이는 건 역시 좋지 않은 거지?

— 맘마미야한테 상담했더니 그런 이야기라도 나온 거야?

— 어? 내가 마미야 선생님 댁에 갔다는 이야기했었나?

— 당신이 할 만한 일은 대충 다 알아.

그건 감 따위는 아니었을 거다. 쿄코가 쿄야에게 아키우치와 했던 이즈모각에서의 대화를 말한 것이다. 아키우치가 마미야에게 상담하러 간다고 한 것을.

"저기, 토모에 군."

마미야가 머뭇머뭇 입을 열었다.

"이거 말을 해도 될지 어떨지 모르겠지만……."

쿄야는 재빨리 마미야를 보았다. 무서울 정도로 공격적인 눈초리였다. 마미야는 총이 들이대진 것 마냥 두 손을 올리고는 작게 목을 옆으로 저었다.

"미안, 아무것도 아니야."

쿄야는 마미야에게서 시선을 떼고 다시금 다다미를 내려다보았다.

"뭐, 어쨌든 그렇게 된 거야. 어젯밤에 나 그 사람을 만나러

갔다가 사체를 발견한 거니까. 그 사람과의 관계를 일단 당신한테 고백해두려고."

"무슨 뜻이야?"

"그러니까 어쩌면 나중에 당신이 나와 그 사람의 관계를 다른 누군가에게서 듣는다면, 그 사람의 자살에 내가 뭔가 관계되어 있을지도 모른다고 의심할 가능성이 있을 테니까."

"아……."

분명 의심했을지도 몰랐다.

"그럼 성가셔지니까."

하지만.

"누군가라니 그게 누군데? 너랑 시이자키 선생님의 관계를 아는 사람이 또 있어?"

"아니, 그런 건 아니야. 가령 학생들 중에 내가 그 집에 자주 드나드는 걸 본 사람이 있을지도 모르잖아?"

쿄야가 하는 말은 이해 못할 건 아니었다. 하지만 납득하기는 어려웠다. 어젯밤의 전화 건이 있기 때문이다.

"너, 시이자키 선생님의 자살과는 정말 아무 관계없는 거야?"

"없다고 했잖아."

"그럼 그건 뭐야?"

"그거라니?"

아키우치는 망설였다. 어젯밤의 전화 내용을 여기서 이야기하면 안 되는 걸까?

"그 있잖아. 전화."

일부러 말을 적게 쓰며 반응을 보이자, 쿄야는 일순 이상하다는 듯한 표정을 지었지만 금방 '아' 라며 끄덕였다.

"전화했지, 당신한테. 그것도 설명을 해야지."

"그건 뭐였어?"

"어제 전화에서 내가 저질러버렸어, 라는 식으로 말했지? 그거 그 사람이 자살한 것을 발견하고 혼란스러웠던 거야. 그래서 이상하게 말이 나왔어. 나중에 생각해보니 과연 그런 표현은 좋지 않았구나 싶었어. 마치 내가 그 사람을 죽인 것처럼 들렸을 테니까."

굉장히 그렇게 들렸다.

"만약 당신이 오해하면 곤란하니까 여기서 확실히 설명해두려고."

"어떻게 설명할 건데?"

"뭐 요는 저질러버렸다의 주어는 내가 아니라 그 사람이었다는 거야."

정말일까. 아키우치는 속으로 고개를 갸웃거렸다. 정말로 쿄야는 쿄코의 죽음과 무관한 것일까.

"그랬군."

결국 아키우치는 친구의 말을 믿기로 했다.

보리차를 한 모금 마시자, 그것이 신호인양 다른 두 사람도 각자 잔을 입에 댔다.

히로코의 얼굴이 머리에 떠올랐다.

아키우치는 슬펐다. 쿄야는 비뚤어진데다, 배려라는 것도 모르는 남자다. 하지만 그런 짓만큼은 절대로 하지 않을 거라 생각했던 거다. 누군가의 마음을 심하게 배신하는 일만큼은. 근거는 없지만 지금까지 아키우치는 그렇게 생각해왔다.

왠지 모르게 자신도 배신당한 기분이었다. 마음대로 상대방을 믿었으니 말도 안 되는 억지일지도 모르지만.

"너 히로코랑은 어떻게 할 거야?"

"끝낼 거야."

"불쌍하다는 생각은 전혀 안 해?"

쿄야는 잠시 답을 찾듯 침묵하고는 아키우치의 얼굴을 바라보았지만 결국 고개를 숙였다.

"히로코한테는 미안하다고 생각해. 계속 그렇게 생각했어."

미안하다고 생각하면서 왜 그런 짓을 한 거야. 쿄야의 마음이 아키우치에겐 잘 이해되지 않았다.

"시이자키 선생님을 만나러 갈 때 히로코한테는 뭐라고 했어? 너 공강 시간에 시이자키 선생님 댁에 자주 갔다며?"

아키우치가 묻자, 지금까지 아무런 망설임도 없이 이야기를 계속해온 쿄야의 얼굴에 처음으로 곤란한 기색이 비쳤다. 시선을 떨군 채로 쿄야는 대답했다.

"병원에 간다고 했어."

어? 아키우치는 저도 모르게 고개를 들이밀었다. 히로코는 그런 변명 따위를 믿었던 걸까.

"하지만 네가 병원에 무슨 일이 있어서? 왜 히로코가 그런 말도 안 되는 거짓말을……."

"거짓말처럼 안 들렸으니까 그랬겠지."

쿄야는 그렇게 말했지만 납득이 되지 않았다. 다시 이야기를 하려고 하다가 문득 어떤 가능성을 떠올리고는 친구를 다시 바라보았다.

"쿄야, 너 설마."

조금 망설였지만 물어보았다.

"어디…… 안 좋기라도 한 거야?"

그것을 히로코만이 알고 있었던 건 아닐까. 그래서 병원에 간다는 변명을 그녀는 의심 없이 받아들인 것이 아닐까. 아키우치는 그런 생각이 들었다.

하지만 쿄야는 바보 같다는 듯 고개를 저었다.

"덕분에 예전부터 건강체 그 자체야."

정말 짧은 몇 초간이었지만 걱정해서 손해 봤다. 쿄야가 병일 리가 없다. 감기에 걸린 것을 본 기억조차 없었다.

"그럼 왜 히로코는 그런 이유를 믿은 건데?"

"참 끈질기다. 이제 됐을 텐데. 어쨌든 나는 안과에 간다고 했어. 히로코는 그걸 믿고……."

쿄야는 굳은 표정으로 아키우치를 보았다.

아키우치 역시 친구의 얼굴을 계속 응시했다.

"안과?"

쿄야는 대답하지 않는다.

"안과라니 뭐야?"

이번에도 쿄야는 아키우치의 질문을 무시했다. 아키우치는 여전히 쿄야의 얼굴에서 눈을 떼지 않았다. 마미야도 팔짱을 끼고 상체를 내밀어 쿄야을 보았다. 두 사람은 가만히 오래도록 그렇게 있었다. 쿄야는 굳게 입을 다물고 미동도 않은 채 두 사람의 시선을 받고 있었지만, 이윽고 작게 혀를 차더니 길게 한숨을 쉬며 한 손으로 자신의 이마를 천천히 문질렀다.

"뭐 어차피 이젠 당신하고도 볼 일이 없을 테니까."

결심한 듯 얼굴을 든다. 그리고 갑자기 쿄야는 이상한 행동을 했다. 두 손을 휙 튕기나 했더니 아키우치의 오른쪽 눈 옆을 두 손으로 감싼 것이었다. 마치 망원경처럼 말이다.

"왼쪽 눈 감아볼래?"

"뭐?"

뭔지는 잘 모르겠지만 일단 아키우치는 시키는 대로 했다. 왼쪽 눈을 감았다. 남은 오른쪽 눈은 쿄야가 손바닥으로 시야의 바깥쪽을 막고 있어서 정면밖에 보이지 않는다.

쿄야는 담담한 말투로 말했다.

"이런 느낌이야. 왼쪽이 거의 안 보이고 오른쪽도 시야가 좁아. 게다가 안구를 움직이면 눈구석이 따끔거리면서 아프지."

"아……."

"저, 혹시 시신경염인가 뭔가 그런 거니?"

마미야가 작은 목소리로 묻는다. 쿄야는 끄덕거리고는 정확한 병명을 대답했다.

"특발성시신경염이에요."

"그게 뭔데? 그게 뭐예요?"

두 사람을 번갈아 바라보며 묻자 쿄야가 귀찮은 듯 아키우치의 얼굴에서 손을 떼고는 설명했다.

"어렸을 때 걸렸어. 그런 병에. 그게 지금까지도 안 나았어."

전혀 몰랐다.

"일상생활에 지장이 있는 건 아니니까. 옛날부터 내 눈은 이런 거다 생각하고 그렇게 신경 쓰지 않았어. 당신도 지금에 와서 다리털이 많은 것쯤 아무렇지 않잖아?"

"어렸을 때부터 많지는 않았어. 아니 지금도 그렇게 많진 않아. 너……."

"어디 볼까. 아, 자세히 보니 그렇지 않은 거 같네."

쿄야는 일부러 화제를 바꾸려고 했다. 아키우치는 그걸 잘 알 수 있었다.

"너, 정말 신경 안 쓰는 거야?"

"다리털을? 내가?"

친구의 연기가 너무 아프게 느껴져 아키우치는 오히려 확실히 대답했다.

"눈 말이야."

"그러니까 신경 안 쓴다고 했잖아. 낚시도 할 수 있고, 텔레비전도 보고 책 읽는 데도 문제없어. 구기 스포츠는 좀 그렇지만 옛날부터 운동회 릴레이에서는 주인공이었고 말이야. 아, 대학에 들어와서 주위 녀석들이 운전면허증을 따면서……."

쿄야의 두 눈에 아주 한 순간 어두운 기색이 비쳤지만 금방 사라졌다. 그러고는 다시 가벼운 말투로 이었다.

"어쨌든 그렇다는 거야. 대단한 병은 아니고. 네 눈하고 별로 다르지도 않아."

차 잡지를 쿄야는 자주 들고 다녔다. 흥미로운 듯. 하지만 또 한편으로는 별반 흥미가 없다는 듯이. 그의 방에는 컬렉션 케이스에 수많은 미니카가 진열되어 있었다. 쿄야는 그걸 아키우치에게 얼마나 자랑했던가.

아키우치는 떠올린다. 쿄야가 가끔씩 보이는 그 행동. 상대방을 똑바로 바라보는 그것. 그건 이 병 때문이었을까. 시야가 좁고 안구를 움직이면 아프니까 어쩔 수 없이 얼굴 자체를 상대방 쪽으로 향하게 했던 걸까. 아키우치가 던진 5백 엔짜리 동전을 제대로 받지 못한 것도 니콜라스의 층계참에 섰을 때 바로 맞은편에 있는 요스케와 오비를 알아차리지 못한 것도…….

그리고 어쩌면 히로코라는 애인이 있으면서도 쿄코와 관계를 맺은 것도 병의 고통이 원인이 된 걸지도 모른다. 그것을 짧은 말로 묻자 쿄야는 작게 콧숨을 쉬며 웃었다.

"글쎄. 어떨까?"

그리고 얼굴이 조금 일그러졌다.

"어느 쪽이건 간에 이유는 될 수 없겠지."

그건 분명히 그럴 것이다. 눈의 병과 히로코를 배신한 것 간에는 아무런 관계도 없을 것이다. 하지만……

"너……. 말을 하지 그랬어. 그런 중요한 걸."

아키우치 안에서 쿄야를 나무라는 마음이 갑자기 올라왔다.

"말하면 어차피 신경을 쓸 거잖아."

"깜깜해? 왼쪽 눈과 오른쪽 눈 바깥쪽은?"

"아니 완전히 깜깜한 건 아니야. 빛이 없으니까 어두울 것도 없어. 아무것도 없는 것 같은 느낌이야. 눈을 감아도 어두워지지 않으니까, 처음에는 좀처럼 잠을 못 잤어."

"그 병은 안 낫는 거야?"

쿄야는 '글쎄'라며 가볍게 고개를 갸웃거리고는 입술 끝으로 웃었다.

"고향 집에 있을 때 봐주던 의사도 여기서 다니고 있는 데 의사도 나중에는 반드시 나을 거라고 말은 하는데, 어떨지는 모르지. 조금 좋아졌다가 또 나빠졌다가…… 결국 그런 식으로 벌써 10년이니까."

지금도 병원에 다니고 있었던 거다. 거의 매일 얼굴을 마주하면서 전혀 알아차리지 못했다.

"히로코만 알고 있었던 거야?"

"알고 있었어. 사귀기 시작했을 때 내 방에서 안과 약을 보는 바람에. 속이는 것도 오히려 성가신 일이고 해서 이야기했어. 그래서 걔는 내가 시이자키 선생님 댁에 갈 때의 이유를 의심하지 않았어. 실제로 비는 시간에 병원에 가서 약만 받아오기도 했고."

그때 갑자기 마미야가 살짝 한 손을 뻗어 아키우치와 쿄야의 대화를 중단시켰다. 아키우치와 쿄야는 동시에 마미야의 얼굴을 본다. 마미야는 입부분에 힘을 주고는 손가락을 하나 얼굴 앞에 세워 보이더니 방 구석으로 시선을 보냈다. 시선 끝에는 오비가 있다. 오비는 담요 위에서 일어나 귀를 쫑긋 세우고는 코를 씰룩씰룩 움직였다. 눈은 계속 현관 쪽을 주시하고 있다.

마미야가 일어섰다. 발소리도 내지 않고 방을 나서더니 복도를 지나 현관 입구 쪽에 선다. 문의 손잡이를 잡고는 단숨에 돌려서 열자,

'탕' 하는 소리와 "아!"라는 소리가 동시에 들렸다.

문 앞에서 서 있던 건 히로코였다. 오비가 히로코를 향해 계속해서 짖기 시작한다. 히로코는 문 앞에서 뒷걸음질쳤다. 오비가 금방 짖는 것을 멈춘다. 히로코는 등을 돌리고는 달리기 시작한다. 발소리가 점점 복도에서 멀어지더니 계단을 내려간다.

"기다려!"

무엇을 생각할 틈도 없이 아키우치는 현관을 튀어나갔다.

4

골목길을 좌우로 살펴보았지만 히로코의 모습은 어디에도 없었다. 마미야와 쿄야도 아파트 바깥 계단을 달려 내려온다. 아키우치는 어림짐작으로 하나의 골목길을 골라 달렸다.

도대체 히로코는 언제부터 문 앞에 서 있는 것일까. 자신들이 나눈 이야기를 들어버린 것일까.

'들었겠지……'

그렇지 않다면 그 자리에서 달아날 이유가 없다.

아키우치는 처음으로 마미야의 집을 찾았을 때를 떠올렸다. 문 밖에 서 있던 아키우치의 귀에 방 안에서 마미야가 중얼거리는 소리가 들렸다. 혼자서 하느님께 기도하는 소리가 들렸을 정도다. 세 사람이 이야기하는 소리가 안 들렸을 리 없다.

"세이."

갑자기 이름을 불린 아키우치는 앞으로 꼬꾸라지면서 멈춰 섰다.

돌아보자 방금 막 지나온 골목길 모퉁이에 치카가 있었다. 그곳은 작은 선술집의 주차장으로 술병을 실은 경트럭 한 대가 서 있다. 비어 있는 주차공간의 차 세우는 곳에 히로코가 쪼그리고 앉아 있었다. 두 손으로 자신의 얼굴을 감싸고는 그녀는 계속 바닥만 보고 있었다. 머리카락이 얼굴을 가리고 있어 표정은 보이지 않는다. 아키우치는 뭐라고 해야 할지 모른 채 아무 말도 없이 머뭇머뭇 두 사람에게 다가갔다.

"무슨 일이 있었던 거야?"

질책하듯 치카가 물었다.

"아니, 무슨 일이라니. 그……."

아키우치의 말이 끝나기도 전에 치카가 빠르게 말했다.

"쿄야 일이 아무래도 신경이 쓰인다면서 히로코가 몇 번이나 두 사람의 휴대전화에 전화를 했어. 하지만 아무도 안 받아서."

"아, 우리 둘 다 전원을 꺼두고……."

"히로코가 세이네 하숙집까지 가본다고 하길래 내가 말렸어. 쿄야랑 이야기가 끝나면 전화 달라고 내가 부탁했었지? 그래서 그 전화를 기다리는 게 낫다고."

하지만 히로코는 듣지 않았다는 거다.

"그런데 우리가 마미야 선생님 댁에 있는 건 어떻게 알았어?"

"세이 자전거가 있었으니까."

치카는 설명해주었다. 아파트 밑에서 아키우치의 로드레이서를 발견한 두 사람은 옆에 있던 우체통을 보았다고 한다. 그러자 마미야의 이름이 적혀 있길래 그곳이 조교수가 사는 아파트라는 것을 알았다. 어떻게 할 것인지 고민하고 있는데 히로코가 혼자 계단을 올라갔다고 한다.

"히로코가 계속 안 내려오길래 걱정이 되어서 어떤지 보러 가려고 했더니, 갑자기 계단을 뛰어 내려와서는……."

그대로 히로코는 골목길을 뛰어가 버렸고 치카는 영문도 모른 채 그 뒤를 따라가다 여기서 겨우 따라잡았다는 거였다.

"무슨 일이 있었어? 히로코는 전혀 이야기를 안 해. 나도 어떻게 해야 좋을지."

"아니, 그게 좀……"

제대로 설명할 자신이 없었다. 정면에서 자신을 바라보는 치카의 시선이 따갑다. 겨드랑이에서 땀이 났다. 하지만 말은 나오지 않는다. 이제 더 이상 자신이 이 시선을 견딜 수 없다고 생각했을 때, 발소리가 들렸다. 치카의 시선이 천천히 움직이더니 아키우치의 등 뒤에 고정되었다.

"무서운 얼굴이네."

쿄야였다.

"히로코, 우리 이야기 들었대?"

"아니, 몰라."

아키우치는 대답하면서 자연스레 한 발 옆으로 물러섰다. 교대하듯이 쿄야가 치카 앞에 섰다. 치카의 등 뒤에서 앉아 있는 히로코는 쿄야가 왔는데도 얼굴을 들지 않았다.

"들은 것 같네. 저 모습을 보니까."

마치 남의 일 얘기하는 듯했다. 반대로 치카는 마치 자신의 일인 듯 진지한 목소리로 말했다.

"쿄야, 말해봐."

"말해도 무의미할 거야. 이제 더 어떻게 되는 것도 아니고,

어차피 결론은 바뀌지 않는 거잖아."

애당초 딱딱했던 치카의 표정이 더욱 굳어졌다.

"결론이라니?"

"히로코와 헤어지는 거지."

"이유는?"

"내 여자관계."

한 대 칠지도 모른다고 아키우치는 생각했다. 치카는 이 자리에서 쿄야를 날려버릴지도 모른다. 쿄야 역시 그걸 예상한 것인지 만세를 하는 듯한 자세로 두 손을 올려보였다. 그건 참아달라는 의사 표시겠지만, 아무리 봐도 상대방을 놀리는 것으로밖에 안 보였다. 그때 치카의 등 뒤에서 히로코가 일어섰다. 히로코는 쿄야의 이름을 작게 불렀다. 그녀의 얼굴에 눈물 자국이 없다는 것이 아키우치에겐 의외였다.

쿄야는 치카의 옆을 지나 히로코에게 다가갔다.

히로코는 쿄야의 얼굴을 올려다본다. 쿄야는 계속 시선을 받고 있다. 히로코가 천천히 왼팔을 들더니 손바닥을 어깨 위치에서 딱 멈췄다. 그 행동이 무엇을 의미하는 것인지 아키우치는 몰랐다. 그리고 그걸 알았을 때는 짧고 마른 소리와 함께 쿄야의 머리가 왼쪽으로 돌아가 있었다.

뺨을 때린 것이 아니었다. 마음먹고 힘껏 머리를 때린 것 같았다.

아키우치는 저도 모르게 자기 얼굴을 어루만졌다.

맞은 쿄야는 땅에 시선을 떨어뜨린 채 잠시 입을 다물었다.

"너 정말 착하구나."

무슨 뜻이지? 더욱 강렬한 공격이어도 괜찮았다는 건가. 하지만 지금의 한 발도 상당한 속도와 무게감이 있었다.

"오른손으로 갑자기 때려도 되었을 텐데."

쿄야의 말에 히로코는 말없이 작게 고개를 저었다.

그제야 아키우치는 알았다. 히로코는 쿄야의 왼쪽 눈이 안 보인다는 걸 알고 있다. 그래서 그녀는 상대방이 피하려고 하면 그럴 수 있도록 왼손으로 게다가 때리기 직전에 한 번 손을 멈춘 후에 때린 것이다.

"나, 간다."

갑자기 쿄야는 그렇게 말하고는 아키우치 일행에게 등을 돌리고는 걷기 시작했다.

"너 잠깐, 히로코……."

쫓아가려는 아키우치의 팔을 히로코가 잡았다.

"이제 됐어."

"그래도 이대로는."

"괜찮다니까."

두 손으로 잡은 아키우치의 팔을 히로코는 자기 쪽으로 끌어당겼다. 그녀의 명치 부근에 손등이 닿자 따뜻했다. 이 팔을 대체 어떻게 할 생각인가 싶어 아키우치는 히로코의 얼굴을 본다. 그녀는 딱히 어떻게 할 생각도 없는 것 같았다. 그저 세게 아키우치의 팔을 안은 채 아무것도 없는 장소에 시선을 고정하고 있다. 그리고 울음을 터뜨렸다. 왜 이런 타이밍에 우는 건지 아키우치에겐 이해가 안 됐다. 팔을 안긴 채 몸도 제대로 움직이지 못하고 두 다리를 벌린 상태로 선 채 아키우치는 그저 눈만 깜빡거리며 히로코의 떨리는 어깨를 내려다보고 있었다.

그렇게 한참을 히로코는 울었다. 흐느낄 때마다 야윈 목이 슬픈 소리를 내며 목 아래 쇄골이 솟아올랐다. 가슴에 파묻힌 아키우치의 팔은 도중에 잊힌 듯 어느샌가 그녀와 아키우치의 몸 사이에서 흔들거리고 있었다.

치카는 히로코의 옆에서 가면처럼 무표정한 얼굴이었다. 두 사람 앞에서 아키우치는 무엇을 어떻게 해야 할지 모른 채, 그저 멍하니 서 있었다. 가끔씩 지나가는 행인들이 흥미로운 듯 세 사람의 얼굴을 들여다보고 갔다.

히로코가 두 손으로 얼굴을 감싸고 먹먹한 목소리로 말했다.

"아키우치, 이제 가."

확인차 아키우치는 치카 쪽을 보았다. 그녀는 아키우치를 향해 작게 턱을 끄덕였다. 아키우치는 천천히 그곳을 떠난다. 갈 때 한 번 돌아보니 치카가 자신을 보고 입술을 작게 움직였다. 전화할게, 라고 움직인 것 같았다. 아키우치는 끄덕이고는 곤혹스러움과 피로감으로 터벅터벅 온 길을 되돌아갔다.

5

아파트 앞에서는 마미야가 스트레스를 받은 동물처럼 빙글 빙글 원을 그리며 돌고 있었다. 히로코나 아키우치, 쿄야가 어디로 갔는지 몰라서 혼자 어쩔 줄 몰라 했던 것 같다. 아키우치는 마미야에게 상황을 간단히 설명하면서 같이 방으로 돌아갔다.

"마키사카 양, 어디까지 들었대?"

마미야는 엉덩방아를 찧듯 급히 다다미에 앉았다. 오비가 가까이 와서 그 손끝을 핥았다. 아키우치도 앉는다.

"확실히는 몰라요, 하지만 아마 중요한 부분은 전부 다가 아닐지."

"그래……."

마미야는 슬픈 듯이 오비의 귀 뒤를 긁어주었다.

"선생님껜 정말 죄송했어요. 이렇게 폐를 끼치고."

"아니야. 사과는 내가 해야지. 내가 자네랑 토모에 군을 이 방으로 데려오지만 않았어도 마키사카 양이 이야기를 듣는 일은 없었을 텐데."

"저희 하숙집에 갔어도 분명히 똑같았을 거예요. 제 방 입구가 종이로 발려 있어서 오히려 그쪽이 더 소리가 잘 샜을지도 몰라요."

마미야는 애매하게 고개를 끄덕였다.

"그런데 토모에 군은 어디로 갔어?"

"모르겠어요. 혼자 어디로 가버렸어요."

아키우치는 휴대전화를 꺼내서 쿄야의 번호로 전화를 걸어보았다. 대충 예상은 했지만 상대방의 전화는 전원이 꺼진 채였다.

"선생님, 쿄야의 병, 특 무슨 염이라고 하는 건 어떤 거예요?"

"특발성시신경염. '특발성'이라는 건 '원인을 모른다'는 의미의 의학용어야. 안구의 구석에 있는 시신경이 무언가의 원인으로 염증을 일으켜서 시력에 여러 가지 장애가 생기지. 젊은 사람들에게 많다고 하더군."

"낫는 건가요? 의사는 그렇게 말했다고 하는데."

"음, 자연치유되는 경향이 있는 병이니까 의사는 '낫는다'고 표현했는지 몰라도……."

마미야는 눈을 올려 떴다.

"실제로는 낫지 않는 경우도 있지."

"그래요……."

아키우치는 항구에서 쿄야와 나눈 대화를 떠올렸다. 쿄야가 운전면허증을 가지고 있지 않다는 이야기를 듣고 아키우치는 히죽거렸던 걸 기억하고 있다.

— 왠지 기분이 좋은 거 같다?

— 아니, 너한테도 뭐랄까 빈틈이 있구나 싶어서.

그때 쿄야는 일순 눈을 감는 듯하더니 허무한 웃음을 지었다.

— 빈틈은 누구한테나 있어.

쥐구멍이라도 있으면 들어가고 싶다는 건 분명 이런 걸 이야기하는 걸 거다. 하지만.

— 어느 쪽이든 이유는 될 수 없겠지.

이 방에서 쿄야가 스스로 내뱉은 그 말은 실로 그대로였다. 아키우치는 아까의 히로코를 떠올렸다. 그녀는 갑자기 아키우치의 팔을 잡고는 울기 시작했다. 그건 분명 따뜻한 거였다면 뭐든지 좋았지 않았을까.

"선생님, 시이자키 선생님이 이혼한 건 정말로 쿄야가 원인이 아니었을까요?"

아키우치는 물어보았다. 쿄야가 있을 때 별로 깊이 묻지 못했던 부분이다.

잠시 동안 마미야는 생각했다.

"이건 토모에 군 본인도 모르는 건데 말이지."

그렇게 부연설명을 곁들인 후 마미야는 아키우치에게 정말 어이없는 이야기를 했다.

"실은 시이자키 선생님이 나한테 토모에 군의 일을 털어놓았을 때, 이런 이야기를 했어."

그건 어느 비가 많이 온 평일 낮의 일이었다고 했다. 쿄야가 쿄코의 집에 있을 때 어디 있을 법한 일인가, 쿄코의 남편이 퇴근해 집에 돌아왔단다. 남편은 시외의 수지가공공장에서 일을 하고 있었는데 낙뢰로 공장의 기계가 멈춰서 당일 복구가 안 되어 일찍 퇴근을 했다고. 남편은 현관에서 집으로 들어가 복도를 지나 침실로 향했다.

그리고 벌거벗은 두 사람을 발견했다.

"최악이네요……."

"맞아, 최악이지. 다만 이 남편이, 정말 죄송하게도 이름은 잊어버렸는데 그 남편은 침실로 뛰어 들어가 화를 내거나 토모에 군을 때리거나 하지 않았다고 해."

"그럼 어떻게 했죠?"

"아무것도 하지 않았대."

"그게 어떻게 된 거죠?"

"순서대로 말하면 남편은 퇴근했을 때 담 안쪽에 밖에서는 안 보이도록 해놓은 것 같은 한 대의 낯선 자전거가 있는 걸 발견했어. 그리고 현관에는 남성용으로 보이는 우산과 신발이 있었어. 그러니까……."

수상하게 생각하면서 남편은 집으로 들어갔고 소리가 나는 침실을 들여다보았다고 한다. 그러자 침대 위에 아내와 젊은 남자가 있었다. 두 사람은 남편이 돌아왔다는 걸 눈치채지 못한 것 같았다. 운이 좋은 건지 아닌 건지 분명 그날 내린 엄청난 빗소리 때문에 남편의 인기척이 안 느껴진 걸 거다.

남편은 그대로 조용히 집을 나왔다.

소심한 사람이었던 것 같다. 아니, 겁이 났던 것뿐일까. 누군가를 뺏은 적도 빼앗긴 적도 또 같이 잠을 잔 일 자체가 없는 아키우치에게는 그 부분의 감정은 좀처럼 상상이 잘 되지 않았다.

"밤이 되어서 남편은 집으로 돌아갔어. 그리고 자신이 본 걸 시이자키 선생님에게 설명하고 이야기를 했대."

"냉정하게요?"

"처음에는 그랬던 거 같아. 시이자키 선생님을 너무 깊이 사랑해서인지…… 나는 그런 감정은 잘 모르지만 말이야."

마미야는 콧등을 슥슥 문질렀다.

"남편은 이야기를 하고 만약 낮에 자신이 본 것이 그녀의 한 번의 실수였다고 한다면 용서할 생각이었나 봐. 하지만 시이자키 선생님은 모든 걸 솔직하게 말해버리고 말았어. 이번 뿐만이 아니라고 분명히 말했다는군."

"왜 또 그렇게……."

"시이자키 선생님 말씀으로는 원래 계속 부부관계가 좋지 않았다고 하셨어. 토모에 군과 만나기 훨씬 전부터 말이야. 사토루 씨, 아 그래 이제 이름이 기억나네. 사토루 씨가 남편 분 성함이야. 사토루 씨 사실 결혼할 당시에는 현내 고등학교에서 국어 선생님이었는데, 수업도 생활지도도 잘 못하셨다나 봐. 결혼해서 1년 정도 만에 일을 그만두고는 수지가공공장에서 일을 하기 시작했대. 사토루 씨, 이 일로 시이자키 선생님께 빚진 느낌이 있었는지 그때 이후로 집에서는 거의 말을 안 했다는군."

마미야는 또 코를 문질렀다.

"그래서 시이자키 선생님은 사토루 씨에게 토모에 군과의 일을 추궁 당했을 때 거짓말이나 변명을 하려고 하지 않았어. 솔직히 모든 걸 이야기했지. 사토루 씨는 그때 처음으로 이성을 잃었어."

그야 당연한 일이다. 아무리 소심한 남편이라도 말이다.

"그때 사토루 씨 손에 잡히는 건 뭐든지, 식칼까지 들고 나와서 휘둘렀다나 봐."

"완전히 이성을 상실한 거군요."

"뭐 진짜로 찌르거나 베려고 할 생각은 없었다고 보이지만. 실제로 시이자키 선생님께 상처는 없었으니까. 요스케 군도 자기 방에 있었던 거 같고. 근데 그날 밤에 사토루 씨가 집을 나가버렸어. 그러고는 두 번 다시 돌아오지 않았지. 이틀 후에는 발신처에 비즈니스호텔의 주소가 적힌 이혼서류가 날아왔대."

"아……."

이 무슨 비극적인 이야기란 말인가.

아키우치는 팔짱을 끼고 마미야를 보았다. 마미야 역시 같은 자세를 취했다.

"쿄야 때문에 사실은 엄청난 일이 벌어졌군요."

"그랬지."

"하지만 당사자인 쿄야는 그걸 모른다?"

"그래, 몰라. 시이자키 선생님은 말하지 않았다고 하셨어. 앞으로도 절대 이야기하지 않을 작정이라고."

"하지만 왜죠? 왜 시이자키 선생님은 쿄야한테 이야기를 안 했을까요?"

"그건 분명 토모에 군의 인생을 소중히 하려는 생각에서였을 거야. 그를 배려한 거지."

"아, 그랬군요."

하지만 그런 건······.

"억지스런 배려잖아요?"

"그래······. 그 말이 맞아."

그건 그렇고 쿄야와 쿄코는 상당한 나이 차가 있다.

"시이자키 선생님은 나이가 어떻게 되셨죠?"

"글쎄······. 나보다 조금 아래였던 거 같은데."

"선생님은 어떻게 되시는데요?"

"삼십대 후반 정도지."

참고가 안 되는 대답이었다.

"그런데 선생님, 남자와 여자는 그럴 수도 있는 거군요. 자기보다 훨씬 연상의 여자를 좋아하게 되는 일도."

"뭐 확률적으로 보면 적은 경우긴 하지만. 본래 수컷이 암컷을 고를 때의 판단기준은 먼저 상대의 생식능력이 얼마나 높은 지니까."

"그런 수컷이니 암컷이니, 생식이란 말은 쓰지 마세요."

"하지만 사실이 그래. 인간의 수컷이 암컷을 볼 때는 반드시 본능적으로 상대방의 생식능력의 정도를 판단해. 잘록한 허리로 젊음이나 건강함을 판단하고 유방의 크기로 육아능력을 판단하고, 다리 선이 예쁜지 어떤지도 자세히 보지. 암컷의 다리를 형성하는 유전자는 생식기를 형성하는 유전자와 염색체 내에서 밀접하게 연관되어 있으니까."

"아……."

"그러니까 통상은 수컷들이 젊은 암컷에게 반하는 경우가 많은 거지. 결국."

"뭔지 잘 모르겠지만, 어쨌든 쿄야는 소수파의 수컷이었다는 거네요."

아키우치가 그렇게 말하자 마미야는 잠시 있다가 "아니."라며 고개를 저었다.

"아니라고 봐."

"뭐가 아니라는 거죠?"

"토모에 군은 수컷이 아니었다고 생각해."

마미야가 무슨 말을 하는 건지 아키우치에겐 잘 이해가 안 됐다.

그리고 마미야는 갑자기 입을 다물었다. 멍한 표정으로 허공을 바라보며 무언가를 생각하는 것 같았다.

"선생님?"

말을 걸어보았지만 정말 한순간 아키우치를 보았을 뿐 금방 다시 눈을 돌렸다. 이윽고 마미야는 두 손가락을 머리카락 사이로 찔러넣고는 빙글빙글 머리를 꼬기 시작했다. 잠시 그러더니 갑자기 그 두 손으로 자신의 무릎을 두드리는 듯하더니 내렸다. 그러고는 '좋아'라며 뭔가 결심한 표정으로 고개를 들었다.

"역시 이야길 해야겠어. 이대로는 토모에 군만 너무 나쁜 놈처럼 보일 테니까."

아키우치가 무슨 말인지 설명을 구하는 표정을 짓자, 마미야는 쿨럭하고 기침을 하더니 말을 이었다.

"아까 토모에 군이 한 이야기에는 사실 거짓말이 섞여 있어."

"거짓말……이라뇨? 어느 부분에요?"

"그 친구가 시이자키 선생님과 남녀관계를 맺었다는 부분."

"예?"

이제 와서 무슨 소린가 싶다.

"그러니까 말하자면."

두 눈을 거슴츠레 하게 뜬 마미야는 아키우치에게 설명했다.

"어느 비 오는 날 낮, 사토루 씨가 집에 돌아와보니 시이자키 선생님과 토모에 군이 벌거벗고 이불 속에 있었지. 그건 사실이야. 그리고 그들이 그렇게 한 게 처음이 아니라는 것도 사실이지."

"그럼……."

아키우치가 끼어들려고 하는데 마미야가 "하지만"이라며 한 손을 들어 제지했다.

"두 사람은 그건…… 하지 않았어."

"뭘요?"

"그러니까 그 있잖아."

마미야는 일부러 사레 들린 목소리로 "생식행위"라고 말했다.

"생식…… 아, 안 했다니. 그게 무슨 말이죠?"

"그건 직접 상상해봐."

"못해요. 아니 좀 더 상세하게 말씀해주세요."

아키우치가 더 가까이 다가서자 마미야는 어쩔 수 없다는 듯 한숨을 쉬고는 말을 이었다.

"아까 이야기로 말하자면 두 사람은 완전하게는 수컷과 암컷의 관계가 아니었어. 애당초 정말로 그런 관계였다면 시이자키 선생님은 동료인 나한테 상담도 안 했을 거라고 생각해."

아, 듣고 보니 그랬다.

"처음에 토모에 군이 다가왔을 때 시이자키 선생님은 그 친구가 자신에게 남녀관계를 원하는 거라고만 생각했어. 어쩌면 그 친구도 그때는 그런 생각이었을지 모르지. 시이자키 선생님은 당연히 화를 내면서 거부했지. 그야 당연히 교사와 학생이니까. 그런데도 토모에 군은 몇 번이고 계속 다가왔대. 그러는 사이에 시이자키 선생님은 토모에 군에게서 이상한 점을 발견했지."

"이상한 점이라니?"

"보통 수컷이 암컷을 원할 때와는 다른 뭐랄까……."

마미야는 미간을 찌푸린 채 생각에 잠겼는데 정말 짧은 시간이었다.

"뭐 그래, 시이자키 선생님의 말을 그대로 쓰지 뭐. 선생님 말씀으로는 토모에 군은 그때 '도움을 원하는 듯한' 느낌이었대."

"도움을……."

"그래 도움을. 그런 일들이 계속되는 사이에 시이자키 선생님은 토모에 군이 너무 신경이 쓰이게 되었지. 무엇 때문에 힘든 걸까, 무엇을 고민하는 걸까 하고. 이전부터 쭉 사토루 씨와 관계가 안 좋아서 외로웠던 것도 있고, 어느 날 드디어 시이자키 선생님은 토모에 군이 다가오는 걸 받아들이게 되었어. 토모에 군을 집에 들이고 그가 옷을 …… 음, 벗기려고 해도 저항하지 않았어."

또 사레가 든 것처럼 군 후 마미야가 계속했다.

"그녀는 알몸이 되었어. 토모에 군도 마찬가지였지. 하지만 그는 의외로 아무것도 하지 않았어. 아까 말한 것처럼 어쩌면 처음에는 그럴 생각이었는지 모르지만, 결국은 아무것도 하지 못했어. 그는 단지 시이자키 선생님의 가슴에 파묻혀서 가만히 있을 뿐이었어."

아키우치는 떠올렸다.

언젠가 자신이 쿄야에게 이렇게 물었다.

— 외롭지 않아?

어렸을 때 엄마를 잃고 단 하나뿐인 육친인 아버지와 사이가 좋지 못한 쿄야가 잘도 버틴다 싶었던 거다. 그때 쿄야는 아무렇지 않은 듯 말했다.

— 전혀.

그건 역시 거짓말이었다.

아키우치에게는 알몸으로 쿄코에게 안겨 있었던 쿄야의 마음을 완전하게 이해하기란 물론 불가능했다. 이해하는 듯한 기분 정도가 고작이다. 외로웠던 거겠지라는 걸로는 분명 답도 무엇도 안 된다. 하지만 아주 조금이지만 쿄야의 심경에 공감할 수 있는 부분이 자신 안에도 있는 듯한 기분이 들었다.

"시이자키 선생님도 토모에 군과 함께 이불 속에 있으면 뭔가 안심할 수 있었대. 두 사람은 그 이후로 몇 번이고 같은 시간을 보냈지. 토모에 군은 이불 속에서 가끔 울었다지. 그럴 땐 시이자키 선생님도 우셨고."

문득 시선을 돌린 마미야의 표정은 너무도 슬퍼보였다.

"그런 것도 애정의 한 형태일지 모르지."

"하지만…… 왜 쿄야는 그런 거짓말을 한 걸까요?"

답을 알면서도 아키우치는 물어보았다. 마미야는 예상대로의 대답을 했다.

"자네가 있었으니까."

쿄야가 이 방에서 그 거짓말을 할 때 마미야가 두 번 끼어들려고 한 적이 있다.

— 저기, 토모에 군…….

— 이거 말을 해도 될지 어떨지 모르겠는데.

마미야는 눈앞에서 쿄야가 슬픈 거짓말을 계속하는 것을 듣고 있을 수가 없었을 거다. 쿄야는 그것을 첫 번째는 무시했다. 그리고 두 번째는 마미야에게 날카로운 시선을 보냈다. 무서울 정도로 공격적인 눈초리였다.

쿄야는 아키우치에게만큼은 알리고 싶지 않았던 것이다.

아키우치가 둔하고 쿄야가 어른이라는 구도는 '대학에 입학하고 얼마 안 되어서부터 형성되어 지금까지 쭉 정착되어 왔다. 쿄야는 무슨 일이 있어도 숨기려 했을 것이다. 가령 진실 대신 입에 담은 거짓으로 인해 자신이 세상에 둘도 없는 최악의 인간처럼 여겨진다 해도.

— 선생님 집에 갈까?

쿄야가 그렇게 말한 것은 골목에서 마미야가 쿄야와 쿄코의 관계를 알고 있는 듯한 표정을 보인 직후의 일이었다. 그때까지 아키우치와 둘이서 하숙집에서 이야기할 생각이었던 쿄야가 그때 갑자기 3명이서 마미야의 집으로 이동하자는 말을 꺼낸 거다. 쿄야가 일부러 여기서 마미야와 아키우치의 두 사람 앞에서 이야기를 한 것은 아마도 두 가지 의미가 있었던 거리라. 아키우치에게 거짓말을 하는 것. 그리고 동시에 그 거짓을 말

함으로써 어둠 속에 마미야의 입을 막으려는 것.

하지만 마미야는 잠자코 있을 수만은 없었다. 자신이 마미야였더라도 분명 그랬을 것이다. 아무리 그것이 쿄야의 뜻이었다고 해도 그런 거짓말을 하고 친구에게 최악의 인상을 심어주는 것을 눈앞에서 보고도 모르는 척 하는 건 아무래도 불가능했을 거다.

"선생님, 시이자키 선생님의 남편도 이 일은 알고 계셨어요? 쿄야와 시이자키 선생님이 사실은 어떤 관계였다는 걸."

"알고 있었어. 아까 말한 것처럼 시이자키 선생님은 사토루 씨가 추궁했을 때 모든 걸 사실대로 이야기했으니까."

"그렇다면……."

말을 하다가 아키우치는 입을 닫았다. 마미야가 이어서 말했다.

"사토루 씨에게는 똑같은 일이야."

그래, 분명 똑같은 일이다.

6

"쿄야는 앞으로 어떻게 할 생각인 걸까요?"

급격한 피로를 느낀 아키우치는 다다미 위에 두 다리를 폈다.

"대학도 히로코도. 뭐 본인은 대학을 그만두고 히로코와는 헤어진다고 하지만……."

"아, 그렇지. 그 마키사카 양 말인데, 좀 알려줄래?"

마미야가 아키우치를 보았다.

"아까 오비가 그녀를 보고는 짖었지. 그건 늘 있는 일이야? 밖에서 지나가다가 만났을 때라던지."

"아뇨. 그런 일 없었어요. 저번에 항구에서 만났을 때도 딱히 짖거나 하지 않았어요."

"아, 그래……."

마미야는 다다미 위로 시선을 떨어뜨렸다. 어딘지 유감스러운 표정이었다.

"그게 왜요?"

"아니, 아마 그 친구 쿄야와 시이자키 선생님의 관계를 이전부터 알고 있었던 게 아닌가 해서."

"네? 어째서 그런 생각을?"

아키우치는 다다미 위에 폈던 다리를 오므리고는 마미야 쪽으로 몸을 돌려 책상다리를 하고 앉았다.

"'부負의 강화'라는 현상 알고 있어?"

"아뇨, 처음 듣는데요."

"내 수업에서 설명한 적이 있는데."

"아마 안 들었을 거예요."

마미야가 실망스러운 듯 고개를 늘어뜨리더니 금방 다시 얼굴을 들었다.

"그럼 다시 한 번 이야기해주지."

진지한 표정으로 바뀐 마미야는 설명을 시작했다.

"예를 들어 평소에는 그렇게 짖지 않는데 우편 배달원이 오면 반드시 짖는 개가 있지. 그건 왜 그렇다고 생각해?"

아키우치는 말없이 고개를 흔들었다.

"그건 배달원이 우편물을 우편함에 넣고 금방 돌아가기 때문이야. 물론 배달원은 그게 일이지만, 개는 우연히 자신이 구역 방어본능으로 짖었을 때 그렇게 하니까 '자신이 짖어서 저 놈을 여기서 쫓아냈다'고 착각하게 되지. 그리고 만족감을 맛보게 되고. 그러니까 개는 배달원이 올 때마다 그 만족감을 원하며 짖어. 한편 배달원은 반드시 개가 짖었을 때 돌아가지. 그러면서 개는 점점 자신의 힘을 착각하게 돼. 이게 '부의 강화'라는 현상이야. 주인의 칭찬을 바라고 재주를 익히는 '정正의 강화'와 비교해서 그렇게 부르지."

"아하……."

"그리고 이 개는 자신의 구역 이외의 장소에서 동일한 상대를 만나도 딱히 짖거나 하지 않아. 그러니까 산책 중에 우편 배달원과 스쳐지나가도 짖지 않는다는 말씀."

"짖지 않는다……."

"그래서 나는 이렇게 생각해. 마키사카 양은 오비에게 있어서 우편 배달원이었던 게 아닐까 하고."

"우편 배달원……."

하는 말이 뭔지 확실하게는 이해되지 않았다. 그게 얼굴에

드러난 것인지 마미야는 금방 설명을 추가했다.

"순서대로 말하자면, 먼저 토모에 군은 시이자키 선생님 댁에서 그녀와 만날 때 자기 자전거를 어디에 뒀을까? 그건 담 안쪽의 밖에서 잘 안 보이는 곳이지. 사토루 씨도 거기서 자전거를 보고 수상히 여겨 집에 들어간 거고, 애당초 시이자키 선생님 댁은 학교 근처니까 만약 다른 학생들이 우연히 집 앞을 지나다가 토모에 군의 자전거라도 보게 되면 곤란하니까."

푸조사의 자전거는 드문 형태를 하고 있으니 쿄야를 아는 학생이라면 그의 것이란 걸 금방 알아차릴 거다.

"아까 토모에 군이 말했지만 그는 시이자키 선생님 댁에 갈 때 마키사카 양에겐 안과에 간다고 설명했다고 하지."

"네, 그렇게 말했죠."

"그런데 여기서부터는 어디까지고 내 상상인데 말이지. 분명 처음에는 마키사카 양도 그 말을 믿었을 거야. 하지만 어느 순간 문득 의문이 생긴 거지. 그리고 생각했지. 그는 정말은 어디에 가 있는 걸까. 그때 처음 상상하는 것이 다른 여자의 존재야."

"그래요?"

"그럴 거야."

마미야는 계속했다.

"마키사카 양은 생각했어. 그 다른 여성이란 대체 누구일까? 그리고 무심코 어쩌면 시이자키 선생님은 아닐까? 이건 뭐 소위 말하는 '여자의 직감'이라는 걸지도 몰라. 평소 토모에 군의 언동을 보고 그냥 시이자키 선생님을 떠올렸을 수도 있고. 그래서 마키사카 양은 어느 날 토모에 군이 안과에 간다고 하고 학교를 나섰을 때 시이자키 선생님 댁에 가보았어. 불안에 가슴을 졸이면서도."

말하는데 열중한 듯 어느새 마미야의 어조는 상당히 '어디까지나 상상'이라고는 생각할 수 없을 만큼 현장감이 살아 있었다.

"마키사카 양은 시이자키 선생님 댁까지 가자 문 안에 토모에 군의 자전거가 있는지 어떤지 확인하려고 했지. 그리고 앞쪽 골목에서 문 안을 들여다보았지. 거기에는 오비의 개집이 있어. 오비는 마키사카 양의 모습을 보자 구역 방어본능으로 짖었어. 마키사카 양은 놀라서 그 자리를 떠나지. 오비는 자신이 짖어서 구역을 지켰다고 착각하고 만족해. 마키사카 양은 역시 토모에 군이 바람을 피우는 건지 걱정이 되니까 다시 다른 날 토모에 군이 '안과에 간다'고 한 날에 시이자키 선생님 댁에 그의 자전거를 확인하러 가. 오비는 또 짖어. 마키사카 양은 금방 자리를 떴어. 오비는 만족하지. 그리고 그런 것이 몇 차례 반복되면……."

"아, 혹시 히로코가 '우편 배달원'이 되어버리는 거?"

"그렇지. 그런 거야. 마키사카 양은 시이자키 선생님 댁에 토모에 군의 자전거를 확인하러 갔을 뿐인데, 오비는 자신의 힘으로 구역을 지켰다고 착각해버리는 거지. 자, 여기서 다시 처음으로 돌아가면, 지금 오비의 구역은 이 집이지. 좀 전에 마키사카 양이 문 앞에 섰을 때 오비는 짖었지만 그녀가 조금 후퇴했을 뿐인데 금방 얌전해졌어. 그건 오비가 그녀를 싫어하거나 적으로 간주하지는 않는다는 증거야. 그러니까 오비가 그녀를 보고 짖은 건 단순한 조건반사일 가능성이 높아. 하지만 아키우치나 토모에 군이 들어왔을 때 오비는 전혀 짖지 않았어. 이는 즉 조건반사의 '조건'은 마키사카 양 개인이었다고 생각할 수 있지."

"아…… 과연."

드디어 이해할 수 있었다.

"그래서 히로코는 쿄야와 시이자키 선생님의 관계를 알고 있었던 게 아닌가 생각하신 거군요."

"뭐, 정확하지는 않더라도 말이야."

설명은 이해했지만 그걸로 완전히 명쾌해진 건 아니었다.

여전히 가슴이 무거웠다.

어려운 것을 생각하는 것이 왠지 귀찮아진 아키우치는 다다미 위에 다리를 뻗었다. 엉덩이 뒤로 양손을 찔러 넣고 천장을 응시한다. 벽을 본다. 자고 있는 오비를 흘깃 본다. 마미야에게로 시선을 되돌린다. 무엇을 생각하고 있는 걸까. 마미야도 역시 아무 말 없었다. 이제 말하기도 지친 걸까. 문득 다다미에 닿은 손바닥에 위화감이 느껴져서 보니 기억도 없는 장소에 사마귀점이 생겼다. 라고 생각했더니 쓰레기였다. 가까이에 쓰레기통이 없었기 때문에 아키우치는 그것을 탁자 위에 놓았다.

"그거 먼지벌레?"

"아니에요. 수박씹니다."

"아, 저번에 먹은 건가."

탁자 위에는 아침 조간이 대충 놓여 있었다. 위에 펼쳐져 있는 건 TV 프로그램 편성표다.

"어라……."

신문에 얼굴을 가져다 댄 아키우치는 저도 모르게 소리를 냈다.

'철저 비교. 위험한 애완견 랭킹.'

그런 글이 와이드쇼 내용소개에 실려 있었다.

"이거 아마 요스케의 사고를 말하는 걸 거예요."

"여전히 텔레비전은 초점이 빗나간 보도만 하는군."

한숨 섞인 말을 하면서도 마미야는 조금 신경이 쓰이는 듯했다.

"재미 삼아 한번 볼까?"

"그럼 조금만……."

마미야가 오래된 소형 텔레비전을 켰다. 화면 안에는 탤런트와 캐스터 등 '전문가'들이 ∩ 모양의 테이블에 앉아 무책임한 논의를 주고받고 있었다. 그래도 역시 요스케나 오비라는 이름이 나오지는 않는다.

'사실은 닥스훈트 무리들은 의외로 영맹獰猛한 구석이 있어요. 원래 토끼사냥에 사용되었으니까요.'

'아, 그래요? 얌전해 보이는데 말이죠.'

'겉보기에 속고 있는 거죠. 그게 사실은 사납고 거칠어요.'

'이야, 그건 몰랐네요. 그런데 교수님 시바견은 어떤가요? 그것도 영맹한가요?'

'시바견은 주인한테 충실하니까요. 누군가가 주인을 덮치려고 한다면 지키려고 …… 모르지 …… 예를 들어서의 이야기지만.'

전파가 안 좋은 것인지 화면이 가끔 깜빡거리면서 음성이 끊어졌다.

'그렇다고 해도 죽은 소년을 위해서도 빨리 진상이 규명되…… 하는 마음이네요.'

'그야 그렇죠. 유족들도 이대 …… 견딜 수 없을 겁니다.'

쿄코의 자살에 대해서는 언론에는 아직 알려지지 않은 걸까. 아니며 굳이 언급하지 않으려고 한 건지도 모르겠다.

이때 화면이 바뀌고 엄청 낮은 목소리의 내레이션이 깔렸다.

'사고는 갑자기 일어났다.'

내레이션이 사고가 발생한 상황을 간단히 설명하는 동안 화면이 바쁘게 바뀐다. 니콜라스 앞의 길 위가 비치고, 보도와 꽃다발이 보이더니 영맹한 눈을 한 개가 심하게 짖고 있는 씬

이 흐릿하게 잡혔다. 마지막 화면에는 '참고영상'이라는 주석이 들어 있었는데 뭐에 참고하라는 것인지 모르겠다.

얼마 지나지 않아 화면에는 먼 풍경에서 촬영된 정지영상이 나왔다. 세로로 긴 집. 붉은 삼각형 지붕.

'소년과 애완견은 저 집에서 사이좋게 살며……'

'2층 바로 앞에 보이는 저 창이……'

'현관 옆의 개집……'

'딱 집을 그대로 축소시킨 듯한……'

'기하라 씨, 작은 뼈를 발라낼 때의 비법이라도 있나요?'

마미야가 갑자기 채널을 바꿨다.

"요리 프로그램이 차라리 나을 것 같네."

"그러게요……"

화면에서는 아키우치의 어머니가 너무나 좋아하는 기하라 뭐시기라는 사람이 생선 요리를 실제로 해보이고 있었다. 조금 통통한 신체에 앞치마를 두르고 도마 위의 전갱이를 빠르게 세 토막으로 발라내고 있었다.

……

끙끙거리는 소리가 들렸다.

아키우치는 고개를 돌려 방구석을 본다. 그때까지 조용히 있던 오비가 담요 위에서 몸을 일으키고 있었다. 텔레비전을 향해 꼬리를 똑바로 세우고는 머리를 높이 들고 이를 드러낸 채……

"선생님, 오비가⋯⋯."

말을 하는 도중에 갑자기 오비는 다다미를 차고는 텔레비전을 향해 돌진했다.

"아이쿠!"

화면에 충돌하기 직전에 마미야가 오비의 몸을 안아 세웠다. 오비는 마미야의 팔 안에서 네 다리를 버둥거리며 날카로운 목소리로 계속 짖었다.

"뭐야, 왜 그래 오비!"

"선생님! 위험해요. 얼굴, 얼굴 차여요!"

하지만.

갑자기 오비는 다시 조용해졌다. 그 두 눈은 텔레비전을 향한 채였지만 얼굴은 어쩐지 이상한 듯이 멍하게 바뀌었다. 아키우치와 마미야는 얼굴을 마주 보았다. 그리고 짠 듯이 각각 텔레비전 화면으로 시선을 옮겼다.

'그리고 이 상태에서 오븐에 넣어버리는 거죠.'

'아, 그 상태에서요?'

'네. 밀가루 반죽을 빈틈없이 묻힌 전갱이를 약한 불에서 천천히 굽습니다.'

아무 별다를 것 없는 요리 프로그램.

"선생님, 지금 왜 그랬던 거죠?"

마미야는 대답을 하지 않았다.

"선생님?"

마미야는 오비를 팔에 안은 채 텔레비전 화면을 주시하고 있다. 한참을 그렇게 있었다. 이윽고 오비가 팔 안에서 괴로운 듯 몸을 움직이자 마미야는 겨우 정신을 차린 듯 오비를 다다미에 내려놓았다.

그때 아키우치의 주머니에서 휴대전화가 울렸다. 아키우치는 전화기의 화면을 확인한다. 치카의 전화였다. 그랬지, 전화를 걸기로 했었다. 아키우치는 재빨리 심호흡을 하고는 전화를 귀에 댔다.

"여보세요?"

"세이? 지금 아파트 밖에 있는데."

"아, 어디?"

"우리 집. 히로코는 방에 있어. 마실 걸 사온다고 하고 잠깐 나왔어."

굳은 목소리였다.

치카의 이야기에 따르면 그 후로 치카는 술집 주차장에서 엄청나게 운 히로코를 달래서 어찌어찌 자신의 방으로 데려갔단다. 히로코는 치카의 방에 가서도 계속 울었다고 했다.

"히로코한테 무슨 일이 있었는지 전부 들었어."

"아, 히로코 뭐라고 했어?"

조심조심 아키우치가 물었다.

치카는 아키우치에게 히로코에게서 들은 이야기를 해주었다. 역시 히로코는 마미야의 방 앞에서 안에서 하던 이야기의 거의 대부분을 들은 것 같았다.

"확신은 없는 것 같았지만 원래부터 시이자키 선생님의 일을 눈치채고 있었대. 1년 정도 전부터 공강 시간에 가끔 쿄야가 학교 밖을 나갈 때가 있어서. 히로코한테는 병원에 간다고 한 것 같은데, 히로코 어느 순간부터 그게 의심스러워서……."

그리고 히로코는 어느 날 쿄야가 대학을 나섰을 때, 결심을 하고 쿄코의 집에 가보았다고 한다. 쿄야의 자전거가 세워져 있는지 어떤지를 확인하기 위해서. 히로코는 쿄코의 집 앞에 서서 문 안쪽을 살짝 보았다. 그러자 거기에 쿄야의 자전거가 세워져 있는 것을 보았다. 하지만 오비가 짖는 바람에 금방 자리를 떴다. 그 이후로도 히로코는 강의가 비는 시간에 쿄야가 캠퍼스 밖으로 나갈 때면 쿄코의 집으로 쿄야의 자전거를 확인하러 가게 되었다. 자전거는 보일 때도 있었고 그렇지 않을 때도 있었다.

즉,

놀랍게도 마미야의 '어디까지나 상상'은 꽤나 정확했다.

진실을 아는 것이 싫어서 쿄야와 헤어져버리게 될까 무서워서 히로코는 그걸 쭉 자신 혼자만 마음에 담고 침묵했다고 한다.

"쿄야랑 함께 있을 때 히로코가 나를 부르게 된 것도 그 때문이었던 거야. 쿄야와 둘이서 있으면서 시이자키 선생님에 대해 묻고 싶은 마음을 억누를 수 없게 되었을 때, 자신의 입에서 그 말이 나오는 게 무서워서 나를 부른 것 같아."

말끝이 조금씩 떨렸다. 쿄야에 대한 분노 때문일까.

"하지만 그렇게 속이면서 사귀기에는."

역시 한계가 있었다. 그리고 엊그제 니콜라스에서 점심을 먹을 때 히로코는 드디어 참을 수가 없어서 쿄야를 추궁했다고 한다. 거기서 예의 그 말다툼이 시작된 거였다.

"쿄야는 지금 거기 있어?"

치카가 따지듯 물었다. 아키우치는 저도 모르게 전화기를 쥔 채로 고개를 절레절레 저었다.

"그 자식 아까 이후로 어디로 갔는지 전화도 안 돼."

"그래……."

잠시 치카는 침묵했다.

아키우치는 당장이라도 마미야에게 들은 이야기를 해버릴 것 같은 기분이었다. 쿄야와 쿄코는 치카나 히로코가 생각하는 그런 관계는 아니었다고. 하지만 그걸 이야기한들 달라질 건 없었다. 사토루에게 그랬던 것처럼.

"시이자키 선생님 자살 일은 쿄야와 이야기했어?"

"아, 응. 이야기했어."

"그건 쿄야랑 뭔가 관계가 있었어?"

"아니 그건 없는 것 같아. 그래서 더 그 녀석은 시이자키 선생님과의 관계를 고백하려고 한 것 같아. 그러니까 내가 나중에 누군가에게서 그 이야기를 들으면 시이자키 선생님의 자살에 쿄야가 뭔가 연관되어 있다고 생각할지도 모르니까. 뭐 선수를 쳤다고 할까. 자기가 먼저 설명해두면 내가 이리저리 쓸데없는 의심을 하지 않을 거라고 생각한 것 같지만."

"그럼 시이자키 선생님의 자살은 역시 요스케 군의 사고 충격으로?"

"아마 그렇겠지."

다시금 치카는 침묵했다. 그것이 너무 길었기 때문에 아키우치는 혹시 치카가 요스케의 사고 이야기가 나왔기 때문에 갑자기 다른 걸 떠올린 것일지도 모른다는 생각이 들었다. 그저께 상담을 받은 그 일을.

"하즈미 혹시."

과감히 물어보았다.

"또 끈에 대한 생각하고 있어?"

치카는 대답하지 않고 가만히 있었다. 하지만 그건 무언의 대답이었다.

"니콜라스에서도 이야기했지만 그건 절대로 하즈미 때문이 아니니까."

전화기를 고쳐 쥐고는 아키우치는 목소리에 힘을 실어 말했다.

"요스케가 손에 끈을 감고 있었던 건 오비가 보도에서 움직이지 않았기 때문이야."

"응, 고마워."

납득한 듯한 대답은 아니었다.

너무 긴 시간을 히로코를 혼자 두면 안 된다며 그 후 치카는 금방 전화를 끊었다. 아키우치는 크게 한숨을 쉬면서 전화를 주머니에 넣었다. 앞으로 어떻게 되는 걸까. 히로코는 회복될 수 있을까. 쿄야는 어디로 간 걸까. 치카는 요스케의 사고를 앞으로 계속 가슴에 품게 되는 건 아닐까. 모든 것에 책임을 느끼게 되는 거 아닌지. 문득 옆을 보자 마미야의 얼굴이 바로 옆에 있어서 아키우치는 저도 모르게 몸을 움츠렸다.

"끈이 뭐 어쨌다고?"

"예?"

"오비가 산책할 때 어쨌다고?"

마미야의 표정은 무서울 만큼 진지했다. 안구가 부풀어 오른 게 아닐까 싶을 정도로 크게 뜨고는 아키우치의 얼굴을 응시했다.

"아니 그게 하즈미가 요스케의 사고는 자기 탓일지도 모른다고 생각해서. 하지만 저는 그렇게 생각 안 하거든요."

"좀 더 자세히."

"그러니까 그게."

왜 이런 걸 알려고 하는지 모르겠다고 불만스레 생각하면서도 아키우치는 시키는 대로 마미야에게 사정을 상세히 설명했다. 치카가 항구를 나오며 요스케에게 끈을 놓지 말라고 주의를 준 것. 그게 사고의 원인이 된 건 아닌가 하고 그녀가 생각해버린 것. 아키우치가 그걸 부정하고 요스케가 손에 끈을 감은 건 오비가 보도에서 움직이지 않게 된 탓이라고 설명했다는 것을 말이다.

"그럼 사고 직전에 오비는 보도에 주저앉아 있었다는 거네?"

마미야는 더욱 아키우치에게 얼굴을 가져다 댔다.

"그리고 하품을 했다?"

"네. 하지만……."

"커밍 시그널이잖아!"

마미야는 갑자기 다다미에 앉더니 산발을 한 머리를 두 손으로 움켜쥐었다. 그러고는 잠시 후 갑자기 일어서더니 아키우치를 보았다.

"한 가지만 확인해주겠어? 요스케가 사고를 당했을 때 토모에 군이 니콜라스 계단의 층계참에서 로드케이스를 권총처럼 쥐고 참새를 놀래키려고 한 일 말이야."

"아, 그러죠."

"그때 그가 줄지어 앉은 참새와 '눈이 마주쳤다'고 했댔지?"

"그랬어요. 줄지어서 이쪽을 봤다고 했던가."

다시 마미야는 다다미에 주저앉았다. 시선이 허공을 주시한 채 움직이려고 하지 않는다. 무언가를 열심히 생각하는 것 같았다.

"저…… 선생님. 왜 그러시는 거죠?"

그때 아키우치는 아직 알아차리지 못했다.

마미야가 생각하고 있는 내용이 얼마나 중요한 것인지를.

모두에게 있어.

자신에게 있어.

* * *

"그때 마미야 선생님은 분명히 알아차리신 거야. 하지만 나한테는 알려주지 않았어."

거기까지 이야기하고 아키우치는 소파에 등을 기댔다. 한참을 이야기했더니 몸도 마음도 정말이지 녹초가 되어 있었다. 추운 기운이 들었다. 머리가 아팠다. 옆에 앉은 치카가 조용히 아키우치의 무릎에 손을 올렸다. 아키우치는 한숨과 함께 그 손을 쥐었다.

빗소리. 강물 소리.

"나와 참새가 눈이 마주친 거에 대해 그 이상한 사람이 물어봤다고?"

질린 것 같은 쿄야의 목소리.

"그래……. 그게 굉장히 중요한 일인 것 같았어."

"바보 같군. 새하고 눈이 마주치는 건 흔한 일이잖아. 공원에 과자를 가지고 가면 얼마든지 비둘기와 마주볼 수 있는데."

"세이, 마미야 선생님은 오비가 보도에 주저앉아 있던 것도 뭔가 중요한 것처럼 말씀하셨지?"

치카가 아키우치를 보았다.

"맞아. 하지만 역시 나는 의미를 모르겠어."

"선생님 방에서 텔레비전을 향해서 오비가 달려든 이유는?"

"그것도 몰라. 아, 제길."

아키우치는 두 손으로 머리를 감쌌다. 뇌 속에서 탕탕하고 소리가 들리는 듯했다. 뭐지, 이 심한 두통은.

"어쨌건 한 가지는 말할 수 있지."

쿄야는 소파 위에서 크게 기지개를 펴고는 상체에서 힘을 뺐다.

"여기서 이렇게 주절주절 이야기해도 결론 같은 건 안 나온다는 거지. 그리고 당신 이야기는 너무 길어."

"어쩔 수 없지. 나는 이번 일을 처음부터 순서대로 생각해보고 싶었어. 요스케의 일, 시이자키 선생님의 일, 오비의 일. 하나하나 전부 처음부터 생각해보면……."

"알겠어."

쿄야는 한 손을 젓더니 귀찮은 듯 허공을 올려다보았다. 그러고는 흘깃 옆의 히로코를 보았다. 뭔가를 확인하는 듯한 행동이었다. 히로코는 그 시선을 받고는 정면의 치카를 보았다. 마치 시선 바통 터치를 하는 것처럼 마지막으로 치카가 아키우치를 보았다.

세 사람 모두 뭔가 말을 하고 싶은 듯했다.

"뭐야……? 다들."

아키우치는 쿄야, 히로코, 치카를 순서대로 보았다.

빗소리, 강물 소리.

창문이 하얗게 빛났다. 천장의 조명이 불안하게 깜박거렸다.

"있지, 세이."

치카가 입을 열었다. 그 목소리는 왠지 매우 슬픈 것 같았다.

"세이, 있잖아……."

"됐어, 알려주지 마."

쿄야가 재빨리 막았다.

"직접 생각하게 하는 게 좋아."

"생각하게 한다고?"

아키우치는 혼란스러웠다. 자신이 무엇을 생각한다는 거지. 세 사람은 무엇을 알고 있는 걸까. 뭘 감추고 있지?

"당신한테 힌트만 주지."

두 무릎에 팔을 올린 쿄야는 성가신 표정으로 상체를 앞으로 내밀었다.

"자신이 그 이후에 무엇을 했는지 생각해봐."

톡톡 하며 차가운 물이 떨어진 것처럼 아키우치는 가슴 구석에 막연한 불안을 느꼈다.

"무슨 뜻이야?"

"그러니까 맘마미야의 아파트에서의 그 일이 있은 후 말이야. 뭘 했어?"

"딱히……. 아무것도 안 했어. 마미야 선생님은 뭘 생각하는지 알려주지도 않고, 스스로 생각해도 떠오르는 것도 없고."

"그래서?"

"그래서 일단 평범하게 학교에 가고, 아르바이트 하고……."

제 5 장

1

맹렬하게 찌는 듯한 일요일이었다.

로드레이서의 페달을 밟으면서 아키우치는 반바지 주머니에서 휴대전화를 꺼냈다. 전화기는 쳐다보지도 않고 엄지손가락으로 재다이얼 버튼을 찾아 누른다.

"어이, 수고가 많아."

아쿠츠가 기운차게 전화를 받았다.

"수고 많으십니다, 아키우칩니다. 지금 여섯 건째 종료했습니다."

"속도 좋네, 세이. 멋있어!"

"다음은 어디죠?"

"지금은 없어. 사무소로 와서 쉬라고 해도 늘 세이는 안 오지?"

"어차피 금방 또 사장님이 전화하실 거잖아요."

"하하, 그게 일이란 거지. 체념하라고."

"일단 이 근처에서 시간 좀 때우고 있겠습니다."

"그럼 의뢰 오면 전화할게."

아키우치는 전화를 끊었다.

그 후로 쿄야는 대학에 모습을 보이지 않았다. 휴대전화는 신호는 가지만 받지 않는다. 전화를 하라고 음성메시지를 남겨도 연락은 전혀 없었다. 두 번 아키우치는 아르바이트 중에 쿄야의 맨션까지 가보았다. 하지만 쿄야는 부재중이었다. 1층의 주차장에 푸조사 수입자전거가 놓여 있는 걸 보면 전철이나 버스, 혹은 택시, 혹은 다른 사람의 차로 외출한 걸 거다. 대체 어디에 있는 걸까.

히로코와 치카에게도 물어보았지만 역시 두 사람도 쿄야의 행방을 알지 못했다.

마미야는 그날 이후 아키우치를 대하는 태도가 달라졌다. 대학 구내에서 스쳐지나갈 때 인사를 나누거나 잠깐 가볍게 이야기를 해도 아키우치가 오비의 일이나 요스케의 일, 쿄코의 자살에 대해 이야기하려고 하면 갑자기 할 일이 기억났다거나 혹은 시선을 피하며 '이제 됐잖아'라며 중얼거리는 거다. 몇 번인가 아파트를 찾아가보았지만 방에 있은 적은 한 번도 없다. 혹은 그냥 집에 없는 척하는 건지 마미야가 뭘 생각하는지 아키우치로서는 전혀 알 도리가 없었다.

쿄코의 장례는 친척들만 모여서 진행했다고 한다. 대학 게시판에 붙은 부고에는 쿄코가 사망했다는 사실 이외에는 아무것도 적혀 있지 않았다.

두⋯⋯. 주머니에서 수신음이 울렸다. 최근 습관처럼 혹시 쿄야가 아닌가 하고 기대하면서 화면을 보았지만 표시된 건 'ACT'라는 세 글자였다.

"세이, 수고 많아. 일곱 번째 건 가볼까!"

아키우치는 머릿속 생각을 바꾸고 대답했다.

"물건 받을 장소는 어딘가요?"

"이즈모각. 있잖아 그 화장하는 곳. 장소는 알지?"

"네, 압니다."

"의뢰한 사람은 현관홀에 들어가서 왼쪽 가장 구석의 대합실에서 기다린대. 토부나 씨라는 남자."

"토부나⋯⋯ 드문 성이네요."

"하하하, 농담이야. 토베 씨야, 토베 씨. 그럼 수고하라고!"

아키우치는 로드레이서의 그립을 쥐고는 이즈모각으로 향했다. 바다를 따라난 현 도로로 나오자 디레일러의 톱니바퀴를 바깥쪽으로 옮기고 페달의 저항을 가볍게 한다. 항구에서 이어지는 가파른 경사 길을 단숨에 올라 사가미 강에 걸쳐진 다리를 넘었을 때 주위의 아스팔트가 갑자기 어두워졌다. 머리

위를 올려다보자 아까까지 맑았던 하늘이 어느샌가 잿빛 구름으로 뒤덮여 있었다.

"한 비 오겠군."

노송나무를 심어 둘러싼 이즈모각의 부지에 들어서자 현관홀 앞에 회색의 경자동차 한 대가 시동이 켜진 채 정차되어 있었다. 아키우치는 그 바로 옆에 로드레이서를 세웠다. 그때 경자동차의 운전수가 살짝 얼굴을 외면하는 듯한 행동을 보였지만, 아키우치는 깊이 생각하지 않았다.

"들어가서 왼쪽, 들어가서 왼쪽……."

유리로 된 문을 통과해 지시된 장소로 향한다. 구석 쪽에 문장지가 몇 개 서 있는데 복도 안내판에 따르면 그게 '대합실'인 것 같았다.

"가장 구석, 가장 구석이라 했지. 실례합니다."

인사와 동시에 장지문을 열었다. 안에 있던 상복차림의 사람들이 일제히 아키우치를 보았다. 눈 밑에 손수건을 대고 있는 부인. 유리잔을 들고서 얼굴을 붉힌 노인. 멍하니 입을 벌리고 있는 작은 여자애.

"죄송합니다. ACT인데요, 자전거 퀵배달물을 받으러……."

아무도 반응하지 않았다.

"어라……."

모두 다 같이 의아한 듯 아키우치의 얼굴을 보았다.

"저기 토베 씨라는 분 안 계세요?"

몇몇의 사람들이 당황하는 듯하더니 고개를 옆으로 흔들었다.

"그렇군요. 실례했습니다."

아키우치는 장지문을 닫았다. 토베라는 의뢰주는 화장실이라도 간 걸까. 아키우치는 그대로 복도에서 잠시 기다려 보았다. 하지만 아무도 대합실에 가까이 오는 이는 없다.

'어떻게 된 거지?'

영문을 모르는 아키우치는 복도를 돌아서 현관홀로 돌아왔다. 일단 아쿠츠에게 전화해서 사정을 설명하려고 휴대전화를 꺼냈다. 그러자 마침 그 타이밍에 수신음이 울렸다. 화면표시는 'ACT'. 아키우치는 통화버튼을 누르며 입구 문을 나섰다. 아까 현관 앞에 서 있던 경자동차는 이미 없어지고 아키우치의 로드레이서만이 떡하니 서 있다.

"여보세요."

"아, 세이. 미안해. 집하장 장소변경 연락이 와서 말이야……히이."

말끝에 이상한 소리가 들렸다.

"아, 변경이요? 그럴 거 같았어요. 대합실마다 다 가 봐도 의뢰한 사람이 없어서 곤란했거든요."

"그 토베 씨라는 사람이 급한 일이 있어서 서류를 든 채로 이동해야 했다는군. 그러니까 그 이동한 곳으로 가줬으면 해."

"알겠습니다. 자, 어디죠?"

"항구래."

"항구? 왜 그런 델?"

"모르지 뭐. 어쨌든 급하다고 하니까 서둘러 가줘. 1초라도 빨리 와달라고 하더라고."

"아, 알겠습니다."

아키우치는 전화를 끊으려고 했지만 묻지 않고는 견딜 수가 없었다.

"그런데 사장님, 왜 숨이 차신 거예요?"

"웨이트 리프팅이지, 웨이트 리프팅. 저번에 역기하던 거."

"아, 그랬군요."

참 속 편한 사람이다.

휴대전화를 주머니에 넣고 아키우치는 로드레이서를 타고는 한쪽 발로 지면을 찼다. 그 기세가 사라지기 전에 페달을 지면을 향해 힘껏 밟았다. 자전거가 전진하면서 귀 근처에서 공기가 울렸다. 이즈모각의 부지를 나와서 항구 방면으로 로드레이서가 향한다. 아까 지나온 다리에 오자 그 가파른 내리막길까지는 금방이었다. 집하장 변경은 별로였지만 저기를 맹렬한 스피드로 내려가면 조금은 기분도 좋아질 것 같았다. 오랜만에 속도 50킬로미터 넘기기에 도전해 볼까. 또 호주머니에서 전화가 울렸기 때문에 아키우치는 페달을 밟으면서 받았다. 정말 몇 초 만에 전화는 끝나고 아키우치는 금방 전화기를 주머니에 넣었다. 전속력으로 번갈아 페달을 밟으며 더욱 속도를 올리려고 상체를 낮추던 그때 아키우치는 문득 이상한 위화감을 느꼈다. 그건 오랫동안 한 대의 자전거를 소중히 하고 수리를 게을리 하지 않으며 매일매일 즐겁게 타온 인간만이 알 수 있는 지극히 막연한 위화감이었다. 깊이 생각할 것도 없이 거의 무의식적으로 아키우치는 두 손의 손가락 끝을 브레이크바로 뻗는다. 좌우 레버를 당긴다. 팡, 하는 소리가 앞뒤에서 들려왔다. 그와 동시에 두 손의 레버가 마치 종이로 만들어진 것처럼 가벼워지더니 가느다란 은색이 뱀처럼 펄렁이며 공중에서 춤추는 것이 보였다. 그건 끊어진 두 줄의 브레이크 와이어였다. 그 직후 앞바퀴가 무언가를 밟았다. 자신의 몸이 고등학교 때부터 함께 해온 애마와 함께 붕하고 공중에 떠오르는 것을 아키우치는 느꼈다. 시야의 가운데를 회전하면서 잡을 수 없는 몇 개의 것들이 지나갔다. 검은 하늘도 있었다. 잿빛 아스팔트도 있었다. 두 손에서 떨어져 나간 핸들도 보였다. 자신이 돌고 있다기보다는 세상이 돌고 있는 것 같았다.

* * *

소파에서 일어선 아키우치는 그대로 입을 열지 못했다.

기억의 큰 주먹에 눌려진 충격에 필사적으로 맞서고 있었다. 작게 입술을 열고 계속 공중의 한 점을 응시하면서.

쿄야와 히로코, 치카가 각각의 방향에서 걱정스러운 듯 자신을 보는 게 느껴졌다.

"그렇구나……."

그렇게 말하는 것이 고작이었다. 너무 슬퍼서, 너무 괴로워서, 맞닥뜨린 사실이 너무 무거워서 그밖에 아무 말도 나오지 않았다. 정말로 충격적인 일이 일어났을 때 금방 눈물은 나지 않는 거구나. 아키우치는 그걸 처음 알았다. 그날 마미야의 방에서 문 너머로 자신의 대화를 들어버렸을 때의 히로코의 마음을 겨우 알 수 있을 것 같았다. 그녀도 바로 울지는 않았다. 그리고 일단 울기 시작하자 오래도록 울었다.

하지만 그녀는 이윽고 울음을 멈추었다. 그러지 않으면 안 된다.

그녀는 살아 있으니까.

"생각났어?"

치카의 시선은 아키우치를 똑바로 향하고 있었다.

"생각났어."

아키우치는 애써 대답했다. 그리고 입속으로 또 한 번 같은 말을 반복했다.

히로코가 테이블 너머에서 걱정스러운 듯 말했다.

"아키우치, 뭐라고 해야 할지 모르겠지만, 여러 가지로 고마워."

볼에 눈물이 흘렀다. 그 눈물을 손등으로 닦으며 히로코는 말을 이었다.

"쿄야 일로 여러 가지로 힘들게 해서 미안해."

아키우치는 말없이 고개를 저었다.

"당신이랑은 좀 더 많이 이야기하고 싶었어."

잠긴 목소리로 쿄야가 말했다.

"그런 식으로 끝내버려서 미안하게 생각하고 있어."

쿄야는 작게 머리를 숙였다. 그의 그런 행동은 처음 보는 것이었다. 처음이자 마지막이다.

아키우치는 눈을 감았다. 잠시 그렇게 있었다.

시끄러운 빗소리를 들었다. 불길한 강물 소리를 들었다.

그래, 비도, 강도, 이 가게도.

모두 아키우치 자신이 만든 거였다.

천천히 눈을 뜬다.

그리고 아키우치는 먼저 쿄야를 보았다.

"나도 너에 대해 좀 더 알고 싶었어. 2년을 함께 지냈지만 사실은 어떤 놈인지 결국 마지막까지 몰랐잖아."

"뭐…… 난 신비로운 사람이니까."

말하면서 쿄야는 히로코의 등을 팔로 감쌌다. 히로코는 순순히 쿄야에게 기댔다. 그 광경은 조금은 구원처럼 느껴졌다. 정말 아주 조금.

"삐친 것뿐이지?"

아키우치의 말에 쿄야는 창밖으로 시선을 옮겼다.

"글쎄, 어떨까?"

아키우치는 히로코에게 웃어보였다.

"히로코, 쿄야 일로 제대로 상담을 못해줘서 미안해. 내가 남녀 연인관계 같은 걸 잘 몰라서."

"괜찮아. 아키우치는 치카 생각으로 머리가 가득하니까. 그런 쓸데없는 것까지 생각하면 폭발하지."

옆에서 쿄야가 '팡!' 하고 손짓을 해보였다.

아키우치는 가볍게 웃고는 마지막으로 치카에게 몸을 돌렸다.

"하즈미, 나 안타까워. 정말로……."

치카는 눈물을 머금은 눈으로 아키우치를 바라본 채 고개를 작게 끄덕였다. 앞머리 끝이 눈 위에서 흔들렸다.

"나 제대로 말해야지 생각했어. 내 마음. 하즈미가 어떻게 대답할지 그건 모르겠지만 애도 아니고, 언제까지고 이렇게."

다시 한 번 치카는 고개를 끄덕였다. 그 움직임에 눈물이 하얀 볼을 타고 떨어진다.

"그렇지. 도서관 그 일 고마워. 나 대신 여러 가지로 알아봐

줬지?"

"결국 도움은 안 됐지만."

"그래도 괜찮아. 나 쿄야한테 그 이야기를 들었을 때 너무 기뻤어. 오해도 풀렸고."

"오해라니?"

"그게, 하즈미가 학부동 현관 입구에서 나를 보고 숨었잖아. 그거 말이야."

치카는 알겠다는 듯 웃었다.

"나 완전 하즈미하고 쿄야가 나 몰래 만나는 걸로만 생각하고."

"진짜 바보구나."

쿄야가 어이없다는 듯 말했다. 치카까지 "바보네 정말." 이라며 맞장구를 쳤다.

"뭐 바보도 이제 끝이지만."

아키우치가 말하자 두 사람의 입가에서 동시에 웃음이 사라졌다.

아키우치는 크게 심호흡을 한다. 그리고 치카를 보고는 자포자기한 심정으로 말했다.

"이참에 키스라도 해둘까."

"하고 싶어?"

치카가 아주 조금 고개를 기울이며 물었다.

몇 초 동안 아키우치는 고민했다.

그리고 결국은 고개를 저었다.

"아니야. 관둘래."

마지막의 마지막까지 망상남인 채로는 너무 꼴사납다. 머릿속에서만 생각해본들 아무 의미도 없다.

치카는 안심한 것인지, 실망한 것인지 잘 모를 행동으로 시선을 깔았다.

"자, 언제까지 이러고 있어도 소용이 없어. 다들 이제 됐어. 고마워."

아키우치는 밝은 목소리로 짝하고 두 손으로 손뼉을 쳤다.

"정말 괜찮아?"

쿄야가 걱정스런 얼굴로 바라보았다.

"괜찮대도, 이제 혼자서 갈 수 있어."

쿄야는 잠시 가만히 있더니 아키우치를 보고는 이윽고 결심한 듯 턱을 끄덕이고는 한쪽 손을 내밀었다.

"그럼 아키우치."

아키우치는 그 손을 쥐고 말했다.

"60년 후 정도에서 기다리지."

"나는 좀 더 살 거 같은데."

"그럼 70년 후다."

"그 정도는 되겠지."

빙긋이 웃은 쿄야는 손을 놓았다.

"아키우치 안녕."

히로코가 작게 손을 흔들었다.

"조심해, 세이."

치카가 슬픈 미소를 지었다.

그리고.

세 사람이 동시에 사라졌다.

얼굴 옆으로 눈물이 흘러내린다. 아키우치는 그것을 이 가게의 주인에게 빌린 검은 수건이 아니라 이번에는 자기 손으로 닦아보았다. 다섯 개의 손가락이 새빨갛게 물들었다.

"그럼…… 이제."

아키우치는 테이블 석을 일어섰다. 카운터의 스툴의자에 앉은 주인 쪽으로 천천히 다가갔다.

"riverside cafe SUN's……."

이 가게의 이름을 소리 내보았다.

"SUN's…… 선즈…… 산즈三途, 사람이 죽어서 저승으로 갈 때 건넌다는 강. 참 시시한 발상이네."

자기도 모르게 쓴웃음이 나왔다. 하지만 생각해보면 이 발상은 아키우치가 원조가 아니다. 원래는 마미야가 하는 이야기였다. '쿠라이시소우', '크라이스트 소우'. 그게 분명 머릿속 어딘가에 남아 있었던 걸 거다.

커피 값이 너무 쌌던 것도 이제 와서 겨우 이해가 되었다. 120엔은 황천으로 가는 강을 건너는 삯인 여섯 푼이었다. 한 푼은 지금의 20엔 정도 가치였다고 텔레비전 프로그램에서 본 적이 있다.

아키우치는 카운터 옆에 선다. 그리고 주인을 향해 웃어보였다.

"어디선가 만난 적이 있는 것 같았어요."

주인은 안경 구석에서 거슴츠레한 눈으로 아키우치를 보았다.

"우리 두 번 만났지요."

"글쎄요. 그럴지도 모르지요."

적은 말수로 답한 주인은 조끼를 입은 어깨를 움츠렸다.

"목소리도 어디선가 들은 적이 있었어요."

아키우치가 말하자 주인은 말없이 입술 끝을 올렸다.

"당신은 제가 언젠가 요스케의 사고 진상을 깨닫게 되는 게 아닌가 하고 걱정했지요?"

"글쎄요."

"그래서 로드레이서의 브레이크를 고장 내서 나를 죽였어요."

"그럴 가능성도 있습니다."

"어느 쪽이건 간에……"

"이제 늦은 거 같습니다."

주인은 느릿느릿한 행동으로 스툴의자에서 내려왔다.

"그럼 이제 문을 닫을 시간이라."

"알겠습니다."

아키우치는 문을 향해 발을 내딛었다. 하지만 주인이 불러 세웠다.

"거긴 입구입니다."

주인은 손짓으로 가게 구석을 가리킨다.

"출구는 저쪽에."

테이블 석 옆에 어느샌가 하나의 문이 생겨 있었다. 아키우치는 순순히 그쪽으로 향한다. 기묘한 조각이 있는 금속제의 손잡이를 쥐고는 문을 밀자 거친 물소리가 귀를 덮었다.

"산즈 강은 처음 보네요."

"뭐 보통은 그렇겠지요."

아키우치는 주인을 돌아보았다.

"당신을 더 길동무로 삼고 싶을 정도네요."

"그 마음은 압니다."

"어렵겠지만."

"어렵겠지요."

주인은 희미하게 웃었다.

발밑에서 긴 다리가 하나 똑바로 뻗어 어두운 강물 너머 건너편 기슭까지 이어져 있었다. 하고 싶은 일은 많다. 로드레이서도 더 타고 싶고, 학교식당 메뉴 중에도 아직 못 먹어본 게 있고, 좋아하는 여자애와 한 번쯤 같이 자고 일어나보고 싶고, 부모님 얼굴도 좀 더 보고 싶었다.

하지만 이제 와서 어쩔 수 없다.

아키우치는 다리橋에 발걸음을 내딛었다. 물소리가 크게 울렸고, 그치지 않는 비가 어깨를 적셨다. 문득 얼굴을 들자 건너편 기슭에 두 사람의 그림자가 보였다. 하나는 가늘고 길고, 하나는 작고 짧다.

쿄코와 요스케였다.

두 사람은 웃고 있었다.

어째서 웃고 있는 걸까.

아키우치도 저도 모르게 웃었다.

웃으면서 눈물을 흘렸다.

눈물을 흘리면서 다리를 건넜다.

과연 마미야는 모든 진상을 알아차렸던 것일까. 자신의 이 죽음을 쓸데없는 것으로 만들지 않을 것인가. 그것만이 마음에 걸렸다.

아키우치는 다리를 다 건넜다.

종 장

1

"선생님, 뇌파가……."

젊은 여성 간호사가 지적하기 전부터 이미 의사의 눈은 뇌파계의 모니터를 노려보고 있었다. 디지털 표시된 뇌파의 진폭이 단속적으로 큰 흔들림을 보이고 있다. 금방 죽을 환자가 마치 무언가를 생각하는 것처럼.

의사는 곤혹스러운 듯 눈썹을 찌푸리고는 조용히 고개를 갸웃거렸다.

사가미노 의과대학 부속병원의 병실에 모인 사람들은 숨을 죽이고 침대를 바라보았다. 창밖은 옅은 어둠과 함께 빗소리가 조용히 들려왔다.

"뭘 생각하고 있는 거지……."

낮은 목소리로 중얼거린 것은 아키우치 세이의 아버지였다. 그의 옆에서 계속 입술을 깨물고 있던 부인은 그 말을 계기로 조용히 흐느꼈다.

"하고 싶은 말이 있는 걸지도 모르죠."

순간 생각이 들었다기보다도 그렇게 바라고 싶은 마음이 담긴 목소리로 하즈미 치카가 말했다. 그때까지 서 있던 위치에서 그녀는 아주 조금 침대로 가까이 갔다. 옆에 있던 마키사카 히로코도 끌리듯 한 발짝 앞으로 나갔다.

그때 병실 문 밖에서 소리가 들렸다. 복도에 있는 간호사와 누군가가 뭔가 이야기를 나누는 것 같았다.

"부탁해. 부탁이니……."

"저기, 하지만 지금은 위험한 상태라……."

잠시 후 문이 바깥쪽에서 열렸다. 당황한 얼굴의 간호사 옆에 서 있던 건 온몸이 비에 젖은 토모에 쿄야였다.

"쿄야, 어디 있었어?"

동요를 억누르며 묻는 히로코에게 쿄야는 "고향집"이라고 재빨리 말했다.

"아버지랑 이야기하고 왔어. 좀 전에 맨션에 갔더니 아키우치 어머니한테서 전화가 와서."

말을 멈춘 쿄야는 침대로 다가갔다.

"제길. 정말이야……."

약품 냄새가 가득한 병실에 다시금 침묵이 깔렸다.

뇌파의 기묘한 진폭은 그러고도 얼마간 계속되었다. 의사도 간호사도 마주 보고는 그저 애매하게 고개를 갸웃거릴 뿐이었다.

이윽고 "아!"라는 작은 소리를 낸 건 치카였다.

"뭔가 말을 하려고 해."

전원이 치카의 시선 끝을 주시했다. 보라색 입술이 작게 떨리면서 조용히 열리고 있었다. 아키우치의 아버지가 빨리 자신의 입 앞에 검지손가락을 세우고는 침대로 머리를 가져갔다. 빗소리만이 방을 감싸듯 조용히 울렸다.

약한 숨소리와 함께 보라색 입술은 천천히 움직였다. 그것은 세 글자인 듯했다.

처음은 '바' 그리고 '비' 마지막 한 글자는 이제 더 이상 숨이 같이 나오지는 않았지만 아무래도 '우'에 가까운 것 같았다.

어느 한 명을 빼고는 모두가 당황스러운 눈빛을 교환했다. 방금 제시된 기묘한 암호의 의미를 누군가가 풀어주지 않을까 하는 기대였다.

다른 누구의 얼굴에도 시선을 돌리지 않은 건 단지 쿄야 한 명이었다. 그는 마치 상대의 의사를 분명히 받아들인 것처럼 입술을 다물고는 고개를 살짝 끄덕였다.

이윽고 뇌파계와 심전도의 표시가 평평한 선으로 바뀌고 의사가 시각을 확인했다. 임종입니다, 라는 정해진 대사를 입에

담을 때 의사는 누구의 얼굴을 봐야 하나 하고 순간 망설이는 듯했다. 결국 그 말을 듣고 조용히 고개를 끄덕인 것은 아키우치의 아버지였다.

그리고 하나의 생명이 이 세상에서 사라졌다.

의사와 간호사를 제외하면 병실에 있었던 건 단 다섯 명의 인간이었지만, 그 무거운 사실을 받아들이는 방법은 제각각이었다. 눈물을 흘리는 이. 그것이 흐르지 않도록 옅은 호흡을 반복하는 사람. 절규하는 자. 눈을 감고 천장을 올려다보는 이. 아무것도 없는 곳을 응시하는 사람.

그중 누구 하나 문 밖에서 들린 희미한 발소리를 알아차린 사람은 없었다. 발소리는 복도 끝으로 멀어지더니 점차 사라졌다.

2

가느다란 팔을 가슴 앞에 끼고 '세탁실'이라는 판이 걸린 방의 입구에서 마미야 미치오는 계속 그 남자를 기다렸다. 그리고 시끄러운 발소리가 다가오는 것이 들렸다. 달려가고 싶은 것을 열심히 참고 있는 것 같은 불규칙한 발소리. 얼굴을 들어 마미야는 방 입구를 본다. 그리고 거기를 사람 그림자 하나가 가로지르는 것을 확인하고는 행동을 개시했다.

남자는 빠른 발걸음으로 병실 정면 현관을 빠져나가 우산도 쓰지 않고 부지 내에 병설된 주차장으로 향했다. 마미야는 비를 맞으면서 빨리 주위의 옅게 어두운 경치를 둘러보았다. 딱 한 대의 택시가 로터리에서 손님을 내려주고 있는 길이었다. 마미야는 망설임 없이 택시에 타서는 뒷좌석 문이 닫히기 직전에 운전수의 양해도 얻지 않고 의자에 미끄러지듯 누웠다.

"기사님, 혹시 미행 잘하세요?"

"예?"

놀람과 불쾌함이 섞인 얼굴로 돌아본 운전수는 마미야의 진지한 눈을 보고는 바로 말을 삼켰다. 마미야가 그대로 가만히 있자 결국 운전수는 드문드문 수염이 난 뺨을 한쪽만 들어 올리며 작게 웃어보였다.

"경험은 없지만, 해보고 싶다고 생각한 적이 없다고 한다면 그건 거짓말이죠."

"그럼 부탁합니다. 회색 경자동차, 저거예요. 서둘러주세요."

"알겠습니다."

주차장에서 나온 경자동차의 바로 뒤에 붙어서 택시는 주행하기 시작했다. 작은 소리를 내면서 앞 유리의 와이퍼가 빗물을 튕겼다. 경자동차는 '와 0000'라는 넘버로 렌터카인 것 같았다.

"손님, 형사시죠?"

운전수가 룸 미러 너머로 흥미진진한 시선을 보내온다. 마미야는 말없이 작게 고개를 옆으로 저었다. 그 행동을 속이려

하는 것으로 생각한 것인지 운전수는 이번에는 전방으로 목을 빼면서 말한다.

"저 차 운전수, 나쁜 놈인 거죠?"

마미야는 뒷좌석에서 계속 경자동차를 응시하면서 대답했다.

"아직 저도 모릅니다."

보이지 않는 태양이 점점 지고 있는 듯 주위는 차차 어둠이 짙어지고 있었다. 앞을 달리는 경자동차의 바퀴가 점점 사라지더니 백 램프만이 반짝였다.

남자가 탄 차는 바다를 따라 난 현 도로로 나왔다. 신호를 우회전하여 바다를 따라 왼쪽으로 천천히 나간다. 화장을 하는 이즈모각을 지나 사가미 강에 걸쳐진 다리를 지나 가파른 내리막길에 들어서서 잠시 주행하고는.

"어, 손님, 멈출 것 같아요, 앞 차 말입니다."

경자동차는 비상등을 깜빡거리고는 길옆에 차체를 갖다 대려 하고 있었다. 마미야는 일순 망설였지만 운전수에게 지시를 내렸다.

"저희도 서 주세요. 바로 뒤는 좀 곤란하니까 조금 더 가서요."

"알겠습니다."

운전수는 기쁜 듯이 핸들을 틀고는 경자동차를 추월했다. 창 너머로 마미야는 일순간 운전석의 남자를 보았다. 어두운 차 안에서 남자는 차도 쪽 사이드 미러를 계속 보고 있었다.

문을 열 타이밍을 보고 있는 것 같았다. 택시는 그대로 잠시 주행하고는 경자동차에서 50미터 정도 떨어진 곳에서 갓길에 정차했다. 낮은 난간의 훨씬 아래로 무수한 검은 바위가 날카로운 끝을 세우고 있는 것이 보였다. 파도가 짧게 부딪히고 격렬한 물보라가 일어나고 있었다. 상체를 틀어서 자동차 뒤 창문에 얼굴을 가까이 하자 유리면을 흐르는 빗방울 저편으로 마침 남자가 경자동차에서 길에 내리고 있었다. 남자는 그대로 뭔가 서두르는 모양새로 차체 뒤로 갔다. 뭔가 하자 그 모습이 갑자기 사라졌다. 차체 건너 쪽에서 노면에 주저앉은 듯했다.

"저기 손님, 저 사람 지금 뭐하는 거죠?"

"모릅니다."

"아, 비밀을 지켜야 할 의무가 있으셨죠."

마미야는 대답하지 않고 경사길 위를 계속 노려보고 있었다. 잠시 후 남자의 머리가 다시금 경자동차 너머로 나타났다. 두 손으로 트렁크를 열고 있다. 남자의 모습은 트렁크 속에 들어가 보이지 않았다.

"뭘 쌓고 있는 걸까요? 저거."

"그런 것 같네요. 아, 탔다. 기사님 미행을 계속해주세요."

"알겠습니다."

남자가 다시 경자동차를 발진시켰다. 상대가 추월하기를 기다렸다가 운전수는 사이드 브레이크를 내리고 엑셀러레이터를 밟는다. 깜빡이를 켜지 않고 차선에 들어간 건 상대방에게 존재를 들키지 않기 위함일 것이다.

"미행, 꽤 능숙하신데요."

"책으로 공부했거든요. 실제로 도움이 될 줄은 몰랐지만."

남자가 운전하는 경자동차는 가파른 내리막길을 다 내려간 후 Y자형 갈림길에서 왼쪽으로 갔다.

"이 앞은 항구인데, 저 사람 뭐 하러 가는 거죠?"

"글쎄요."

"설마 마약 거래 같은 건 아니겠죠? 그런 건 저도 좀."

"괜찮을 거예요. 저 사람은 야쿠자도 마피아도 아니니까요."

"뭐, 그런 사람으로는 안 보였습니다만."

경자동차는 속도를 떨어뜨리고는 항구로 들어갔다. 택시는 꽤 떨어진 위치에서 가드레일에 차체를 가까이 대고 정차했다. 경자동차의 불빛이 어두운 항구 안을 천천히 나가더니 제방 근처에서 정지하는 것이 보였다. 거기서 불빛이 꺼졌다.

"여기까지면 됩니다. 감사합니다."

"수고하십시오, 형사님. 그럼 저는 여기서 실례합니다."

일부러 입 근처를 가리는 운전수에게 요금을 지불하고 마미야는 택시에서 내렸다. 큰 키를 굽혀 빗속을 헤치며 발 빠르게 항구 쪽으로 향한다. 주위에 사람은 없었다. 제방 쪽에서 철컥하는 문소리. 차에서 내리는 남자의 실루엣이 거기에만 어둠이 집중된 듯 희미하게 확인할 수 있었다. 마미야는 발을 재촉했다.

항구 입구를 빠져나가 마미야는 제방으로 걸어갔다. 경자동차에서 10미터 정도의 장소까지 다가가서는 어두운 수면에 몰래 정박해 있는 한 척의 어선의 그림자에 몸을 숨긴다.

뭘 하고 있는 거지? 마미야는 어둠 속에서 남자의 행동을 주시했다. 남자는 경자동차의 트렁크에 상체를 숙이고 있었다. 그러고는 희미한 소리와 함께 몸을 일으키더니 두 손을 가슴 앞에서 크게 펼친 형태로 비틀거리며 이쪽으로 몸을 돌렸다. 마치 오페라 가수가 온몸으로 감정을 표현하면서 노래하고 있는 듯한 포즈였다. 마미야는 눈을 가늘게 떴다. 10미터 정도 앞의 어둠 속에서 남자가 하고 있는 무서울 만큼 이상한 포즈의 의미를 생각했다. 남자의 가슴 부분이 반짝반짝 빛나기 시작했다. 그 빛은 점차 수를 늘려가더니…….

마미야는 그제야 알았다.

남자는 뭔가 크고 투명한 물체를 안고 있는 거였다.

그 사실을 알자 마치 병아리 암수를 구분하는 기술을 체득한 사람처럼 마미야의 눈에 그 물체의 형상이 확실히 들어왔다. 유리인가. 플라스틱인가. 재질은 모르겠지만 남자가 안고 있는 투명한 그것은 하나의 커다란 사각 면과 두 개의 삼각 면을 가진 예를 들자면 딱 점프대 같은 형상이었다. 아마도 아까 내리막길에서 중간에 차를 세운 건 저걸 길에서 주워 올리기 위한 거였을 거다.

마미야는 꼼짝도 않은 채 남자가 안은 물체를 바라보았다.

저건 뭐지? 대체 무슨 용도로 쓰이는 걸까?

"점프대…… 길옆에서…… 주워서……."

아차 싶었다. 저 물체가 어떤 역할을 할 것인지 알았다. 저도 모르게 턱에 힘이 들어간다. 옆으로 꼭 다문 입술이 떨렸다. 가슴속에서 끓어오르는 분노를 억누르면서 마미야는 중얼거렸다.

"그랬군……."

남자가 재빠르게 온몸을 비트는 듯한 행동을 보였다. 그 직후 높은 물소리가 났고 남자의 바로 근처에서 어두운 수면이 격하게 요동쳤다.

"증거인멸인가……."

남자는 크게 한 번 숨을 쉬고는 경자동차의 트렁크를 닫더니 운전석 옆으로 돌아와 문을 열었다. 그대로 타는가 했더니 남자는 차 앞에서 무언가를 꺼내서 바지 주머니에 밀어 넣고는 다시금 차 문을 닫았다. 그리고 그 직후 빙글 돌아서는 마미야 쪽을 보았다.

발걸음을 내딛더니 남자가 천천히 다가온다.

마미야는 숨을 죽이고 사지에 힘을 줬다. 안 된다. 들킨 건가. 아니, 아직 모른다. 쉽게 움직이는 건 좋지 않아. 남자의 구두 소리는 서서히 커지더니 그 모습이 점점 접근해왔다. 교대로 움직이는 발이 비에 젖은 콘크리트를 밟고, 또 밟고는 이윽고 마미야에게서 고작 2미터 정도 떨어진 곳을 지나갔다. 남자의 얼굴이 마미야를 향하지는 않았다.

마미야는 안도하고 시선으로 남자를 좇았다.

남자가 향한 곳은 거대한 콘크리트 블록 같은 가로로 긴 건물이었다. 정면에 철로 된 당기는 문이 몇 개 늘어선 건물이 보인다. 아마도 어업조합의 창고 같은 걸 거다.

남자는 늘어선 문 중 하나에 손을 대더니 철컹철컹 소리와 함께 문을 열었다. 안은 새까맸다. 빨려 들어가듯 남자는 그 암흑 속으로 사라졌다. 안에서 문이 다시 닫혔다.

잠시 마미야는 기다려보았다. 하지만 남자는 나오지 않았다. 아무 소리도 들리지 않았다.

그건 너무나도 긴 시간이었다. 그러는 사이에 문득 마미야는 안 좋은 예감에 휩싸였다. 설마 그는 인간 특유의 그 행동을……

저도 모르게 일어나 귀를 기울였다. 아무 소리도 안 들린다. 그대로 또 몇 초가 흘렀다. 하지만 결국 마음을 정하고는 창고를 향해 발걸음을 옮겼다. 녹이 슬고 비에 젖은 철문에 귀를 가져다댄다. 빗소리와 자신의 숨소리. 마미야는 문에 손을 대고는 살짝 밀어보았다. 끼익하고 세로로 긴 암흑이 눈앞에 펼쳐진다. 오래된 어업도구 같은 것들의 바퀴들이 그 안에서 새까맣게 서 있다. 마른 침을 삼키고는 마미야는 암흑으로 발을 내딛는데……

그 순간 강한 힘이 한쪽 팔을 잡았다.

그쪽으로 얼굴을 돌리자 날카로운 칼날이 바로 얼굴 옆에 있었다.

"저한테 무슨 용건이라도 있습니까?"

남자는 조용히 물었다.

"병원에서부터 계속 뒤를 밟으신 것 같은데."

3

남자는 마미야의 몸을 안으로 끌어들여 던지더니 한 손에는 칼을 든 채로 또 다른 손을 바지 주머니에 찔러 넣었다. 그리고 거기서 무언가를 꺼냈다. 침착한 태도였다. 주머니에서 꺼낸 것을 남자는 자신의 배 옆에 가져온다. 노란 불빛이 생겼다. 펜라이트였나 보다.

남자는 펜라이트 끝을 위로 향하게 하고는 마미야의 얼굴을 비추었다. 그리고 "음" 하고는 이상한 듯이 고개를 저었다.

"당신 누굽니까?"

"사가미노 대학에서 동물생태학을 가르치고 있는 마미야라고 합니다."

남자는 눈썹을 찡그린 채 자신의 머릿속 기억을 더듬는 듯하더니 이윽고 "아아"라며 느린 몸짓으로 끄덕였다.

"성함은 몇 번인가 들은 적이 있습니다."

"그보다도 왜 제가 당신을 미행했다고 생각하시는지요?"

"딱히 관심 없습니다."

"알고 싶지 않으십니까?

"좀 움직이지 말고 계세요."

남자는 마미야의 겨드랑이를 빠져나가 창고 문에 손을 대더니 소리도 나지 않게 당겼다. 자연스레 들어온 바깥의 불빛이 이로써 완전히 차단되었다.

"사람이 오면 번거로워지니까요."

그 목소리가 아까보다도 훨씬 확실히 들리는 것에 마미야는 놀랐다. 좁은 공간인 탓인지 문이 열리고 닫힌 상황에 따라 목소리의 울림이 전혀 달랐다.

"그럼……."

남자는 마미야의 옆을 떠나 창고의 구석에 어지럽게 쌓여있는 오래된 어업도구를 찾기 시작했다.

"이거면 되려나."라며 어딘가 기가 빠진 듯한 목소리로 중얼거리더니, 하나의 더러운 줄을 손에 들고는 마미야에게로 왔다.

"죄송합니다. 좀 묶어야겠습니다."

펜라이트를 바닥에 놓고는 남자는 마미야의 두 손을 등 뒤로 돌렸다. 두 손목을 모아서 줄로 감았다. 거친 감촉이 마미야의 피부를 압박했다.

"옆으로 누우세요."

"어떻게 할 생각입니까?"

"누우라니까요."

남자가 마미야의 안구 쪽에 칼을 들이밀어 보였다. 그게 너무나도 주저없는 행동이었기 때문에 마미야는 반사적으로 바닥에 엉덩방아를 찧었다. 남자는 마미야의 두 발을 남은 줄로 세게 묶었다. 마미야는 팔과 다리 양쪽에 힘을 주어봤지만 전혀 움직이지 않았다.

"저를 어떻게 하실 작정입니까?"

마미야가 다시 한 번 묻자 남자는 가볍게 어깨를 으쓱였다.

"아무 짓도 안 합니다. 다만 제가 앞으로 할 일을 방해하지 않았으면 하는 것뿐이죠."

"역시 그럴 생각으로……."

마미야는 자기도 모르게 한숨을 쉬었다.

"역시라니요?"

"당신은 인간 특유의 행동을 하려고 하고 있습니다. 그건 최악의 행동이에요. 그만두는 게 좋습니다."

"무슨 말을 하는지 모르겠습니다만."

"자살을 하는 건 인간뿐입니다."

"아하, 그 말씀이시군요."

남자는 손에 든 칼을 보더니 희미하게 웃으며 끄덕였다. 과도였다. 칼날이나 칼자루 상태로 보아 아직 새것 같았다.

"그렇다면 정답입니다. 정말은 제방에 세워둔 차 안에서 죽으려고 했지만요. 당신이 미행하고 있다는 걸 알아차리고는 일부러 여기 창고까지 온 겁니다. 차에서 손목을 끊어도 만약 당신이 차 안을 들여다보고는 구급차라도 불러버리면 죽지 못할 수도 있으니까."

"이 창고에 들어온 후 바로 자살을 실행하지 않은 것도 같은 이유 때문인가요?"

"그렇죠. 당신이 창고를 보러 오면 곤란하니까."

"그럼 이제 여한 없이 죽겠군요."

"그렇죠."

말이 끝나기 무섭게 남자가 자신의 손목에 칼을 가져갔기 때문에 마미야는 저절로 소리쳤다.

"기다려! 잠깐만 기다려."

"왜 그럽니까?"

남자는 귀찮은 듯 마미야를 보았다. 마미야는 해줄 말을 준비한 건 아니었기 때문에 생각나는 대로 떠들었다.

"당신 그렇게 하면 유다랑 똑같아요."

"유다?"

"저는 유다를 정말 싫어합니다. 왠지 아십니까? 그가 그리스도를 배신해서가 아니에요. 그리스도가 부활했을 때 그가 자살했기 때문입니다. 도망친 거죠. 그는 도망갔어요. 벌을 받고 치욕을 극복하는 것보다도 신이 주신 자신의 생명을 버리는 걸 택했단 말입니다. 죽는 건 비겁해요. 교활하고, 더럽습니다. 교회도 자살자의 매장을 거부하는 곳이 있습니다. 제가 신부라도 거부할지 모르죠."

"그래서 무슨 상관이란 말입니까? 당신이 어떻게 생각하든 나랑은 관계없어요."

숨을 쉰 남자는 다시금 칼을 손목에 갖다 댔다.

"레밍이라는 쥐를 아세요?"

마미야는 서둘러서 말을 이었다.

"아, 몰라요? 그래요? 레밍은 나그네쥐라고도 하는데, 스칸디나비아반도에 서식하는 10센티미터 조금 더 되는 생물입니다. 바로 최근까지 그들이 자살하는 동물이라는 소리를 들었죠. 인간만이 아니라 레밍도 자살한다고. 하지만 그건 단지 착각이었습니다. 레밍이 집단이동해서 바다로 뛰어드는 걸 보고 학자들이 착각한 겁니다. 그러니까 이건 어떻게 된 거냐 하면, 자살하는 건 정말로 인간뿐이라는 겁니다. 인간만 자살을 합니다. 인간만 스스로 도망가려고 합니다. 머리가 좋은 주제에 바보죠. 머리가 좋으니까 바보죠! 인간은 바보예요! 지나가 버린 일은 이제 어쩔 수 없지 않습니까. 앞으로 어떻게 될지 아무도 모르잖아요. 인간은 왜 이렇게 바보 같은 짓을 하는 거죠? 이미 존재하지 않는 과거를 되돌아보거나 알지도 못하는 장래를 비관하거나. 석기를 들고 뛰어다니던 시대까지는 아무도 자살 같은 건 안 했는데, 어중간하게 머리가 좋아지고 나니까 현실과의 승부에서 조금 진 것 가지고 인간은 칼이나 줄, 연탄이나 청산가리까지 손을 대죠. 지렁이도 땅강아지도 소금쟁이도 죽을 때까지는 필사적으로 살아가는데 당신은 살아있는데도 죽으려고 합니까?"

"무슨 소리를 하는 건지······."

한숨과 함께 칼날이 남자의 손목에 파고들었다.

"알겠어요! 알겠어. 이제 사실을 말하겠습니다. 이제 정말 솔직히 이야기할게요."

남자는 조바심 나는 듯한 눈빛으로 마미야를 보더니 "사실?"이라고 되물었다. 마미야는 큰 소리로 본심을 토로했다.

"부탁이니까 내 앞에서 죽지 마세요. 난 사람이 죽는 것 따위 보고 싶지 않아요, 싫어요. 절대로 싫어요!"

남자는 질린 듯 마미야를 내려보았다. 다만 칼끝은 손목의 피부에 박힌 채였다.

"말해 봐요. 왜 자살 같은 걸 하는 겁니까?"

마미야는 최선을 다해 진심을 담아 남자를 올려다보았지만 그는 대답하지 않았다.

"이유는 아키우치 군 때문인가요?"

마미야가 묻자 남자는 잠시 망설이고는 애매하게 고개를 저었다.

"그것뿐만이 아닙니다."

"그럼 토모에 군 때문인가요?"

"분명 그 친구의 존재가 간접적인 원인이긴 하죠. 하지만 가장 큰 이유는 아닙니다."

"그렇다면 당신이 죽음을 선택하는 가장 큰 이유는 역

시……."

마미야는 일순 주저했지만 말을 이었다.

"자기 때문에 소중한 아들이 죽었기 때문인가요?"

남자의 표정에 동요가 일었다. 안경 너머로 거슴츠레한 눈이 일순 놀란 기색을 보이더니 다음에는 당혹스런 감정을 보이고 마지막으로는 수상한 듯 가늘어졌다.

"마미야 씨라고 했던가요. 당신 어째서 알고 있죠?"

"요스케 군 사고에 대해서 말입니까?"

"그뿐 아니라 전부죠. 당신 그저 쿄코의 동료일 뿐이잖아요. 그런데 어째서……."

"사토루 씨, 저는 아마 당신 이상으로 많이 알고 있을 겁니다."

시이자키 사토루는 조용히 미간을 긴장시켰다.

"나 이상으로…… 뭘 알고 있다는 거요?"

"가령 요스케 군의 사고의 진상이라든가."

"나 때문에 오비가 달려 나가고 요스케가 치였다. 그것뿐이잖아요?"

"예, 분명 그것뿐이죠. 하지만 그때 오비가 달려 나간 데는 이유가 있습니다."

"나를 공격하려고 한 거죠? 학자가 아니라도 압니다, 나도. 길 건너편에 내가 있는 걸 보고 분명 오비는 1년 전의 그 소동을 떠올린 거죠. 토모에라는 학생이 원인이 되어서 1년 전, 나와 쿄코는 심한 언쟁을 벌였습니다. 마지막에 내가 식칼을 들고 와서 난동을 부리고…… 그리고 그날 밤에 집을 나왔죠. 그 이후로 나는 한 번도 집에 가지 않았습니다. 그날은 비가 와서 오비는 집 안에 있었고 일부 시작과 끝을 보았습니다. 아마도 오비에게 나는 그저 위험인물이라는 인상밖에 안 남아있었을 테지요. 그 이외의 아무것도 아닌. 원래 그건 요스케가 자기 멋대로 주워온 개고 나는 돌봐준 적도 한 번도 없었으니……."

"그래서 오비는 당신의 모습을 보고 길 반대편으로 달려가 덮치려 했다고?"

"그렇게밖에 생각할 수 없지요."

마미야는 차가운 콘크리트 바닥에 누운 채 고개를 저었다.

"그건 아닙니다. 분명 오비 안에 당신은 위험하고 공포스러운 인물이라는 인상이 있었을지 모르지요. 하지만 개라는 동물은 위험하다고 인식하고 있는 상대, 혹은 두렵다고 느끼는 상대에게 갑자기 달려들거나 하지 않아요. 그런 행동은 있을 수 없습니다. 상대방이 공격의 사인을 보이지 않는 한 말입니다."

"그럼 그때 왜 오비가 달려 나갔다는 말인지?"

"당신이 칼을 꺼냈기 때문입니다. 당신이 니콜라스의 자전거 주차장에서 칼을 꺼냈기 때문에."

사토루의 얼굴에서 표정이 사라졌다.

"어째서, 그런 것까지 아는 겁니까?"

"개는 특징의 조합으로 인간을 기억합니다. 그리고 다음번에 같은 조건을 가진 상대를 봤을 때 반사적으로 그 기억이 되살아나는 거죠. 예를 들면 정장차림에 모자, 또는 우산에 긴 머리, 또 예를 들면……"

마미야는 사토루의 두 눈을 바라보며 말했다.

"안경과 칼."

사토루는 무표정한 채로 천천히 한쪽 손을 올려 손가락 끝으로 안경테를 만졌다.

"저는 이렇게 생각합니다. 오비에게 있어 안경과 칼이라는 조합은 공격의 사인으로 기억되었던 게 아닐까 하고. 당신이 니콜라스의 주차장에서 칼을 꺼내는 걸 본 순간 오비는 그 사인에 반응해 당신을 향해 달렸습니다. 주인인 요스케를 지켜야하기 때문이죠. 하지만 오비의 목에는 끈이 묶여 있었어요. 오비에겐 그게 어떤 결과를 가져올지 예상하는 건 불가능했습니다."

"저는 그때 요스케를 공격하려는 생각 따윈 전혀 없었어요. 저는."

"맞아요, 당신이 공격하려고 했던 상대는 요스케가 아니죠. 토모에 군이었죠."

사토루는 몇 초 동안 마미야의 눈을 응시했다. 그 모습은 답할 말을 생각하는 듯도 하고, 마미야의 머릿속을 살피는 것도 같고, 또 손발이 묶인 눈앞의 남자의 처치를 궁리하는 것 같기도 했다. 마미야는 숨을 죽이고 상대의 행동을 기다렸다.

"일이…… 잘 안 풀렸습니다."

이윽고 사토루는 얇은 입술을 열었다.

"근무하던 공장의 수주량이 줄어서 곧 실행될 예정인 인원 삭감 대상에 나이가 많은 제가 선정되었다는 소문을 들었어요. 전 자포자기 상태였습니다. 아무래도 좋았지요. 타이밍이 너무 안 좋았습니다."

사토루의 목소리는 좁은 창고 안에서 희미하게 울렸다.

"그런 때 우연히 패밀리레스토랑 앞을 지나다가 주차장에서 눈에 익은 자전거를 발견했습니다. 잊을래야 잊을 수 없는 그 자전거를요."

강한 감정에 눌린 듯 사토루는 두 눈에 힘을 줬다. 침대 위의 두 사람을 발견한 날을 떠올리는 것일 거다.

마미야는 대답했다.

"악의惡意는 전염병 같은 겁니다. 바이러스는 체력이 약해졌을 때 몸을 지배하죠. 악의는 정신이 약해졌을 때 마음을 지배합니다."

마미야의 말에 사토루는 천천히 고개를 끄덕였다.

"충동적이었어요. 저는 충동적으로 가까이 있는 철물점에 가서 칼을 샀습니다. 그러고는 그 패밀리레스토랑으로 갔어요. 그러고는 주차장에서 그가 가게에서 내려오기만을 기다린 겁니다. 하고 있는 행동과는 반대로 머릿속은 멍한 상태였어요.

앞 일 따윈 아무것도 생각하지 않았죠. 그저 그에 대한 증오만이 떠올랐고, 죽이고 싶었어요. 죽여버리자고."

"그리고 계단의 층계참에 토모에 군의 모습이 보였을 때 칼을 꺼낸 거군요?"

사토루는 한숨과 함께 어깨를 떨구며 "그렇습니다."라고 말했다.

아마도 사토루는 그때 쿄야가 혼자 가게에서 나왔다고 생각한 걸 거다. 그 주차장에서는 계단의 층계참보다 위쪽은 안 보인다. 언젠가 아키우치도 마미야가 쿄야나 히로코와 함께 계단을 내려올 때 뒤의 두 사람은 금방 알아차리지 못했다고 말했다.

"당신이 칼을 꺼낸 건 부인과 관계한 토모에 군을 찌르고 싶었기 때문입니다. 하지만 그런 사정을 오비는 알 리가 없죠. 오비가 생각한 건 그저 공격 사인을 보낸 상대로부터 어린 주인을 지켜야만 한다는 것뿐이었어요. 단지 그것뿐."

그리고 오비는 네 다리로 지면을 차고는 사토루를 향해 달렸다. 끈을 손에 감고 있던 요스케는 트럭 앞으로 끌려가서…….

그것이 그 사고의 진상이었던 거다.

"공격의 사인……이라고요?"

사토루는 안경테를 멍하니 만지더니 시선을 한쪽 손에 쥔 칼로 옮겨갔다.

"하지만 안경과 칼이라니. 저는 못 믿겠습니다. 우연히 오비가 저를 보고 달려 나온 게 그 타이밍이었을지도 모르지 않습니까?"

"아니오. 우연이 아닙니다."

마미야가 말을 잘랐다.

"왜냐하면 오비는 당신의 존재 자체는 그 이전부터 알아차리고 있었기 때문입니다. 요스케와 함께 그 길을 산책하고, 니콜라스 반대편을 지날 때 먼저 오비의 코가 당신의 냄새에 반응했어요."

사고 직전에 바람은 니콜라스 쪽에서 오비 쪽으로 불고 있었을 것이다. 그래서 더욱 쿄야는 전선에 늘어선 참새들과 '눈이 마주쳤다'. 새는 바람 속에서 무언가에 앉을 때 반드시 전원이 같은 방향을 향한다. 날개가 흐트러지지 않도록 바람 위로 얼굴을 향하게 한다.

"당신의 냄새를 맡았을 때 오비의 머릿속에는 1년 전의 기억이 살아났을 겁니다. 하지만 오비는 어떻게든 싸움은 피하려고 했어요. 자신을 안정시키고 상대방을 안정시키려고 했습니다. 그래서 지면에 엉덩이를 대고 앉아 하품을 하고 요스케가 끈을 끌어도 움직이려 하지 않았어요. 이건 커밍 시그널이라 불리는 건데 적과 자신을 안정시키고 분쟁을 회피하는 행동입니다. 그렇게 하면서 오비는 길 건너편에 있는 당신의 모습을 확인하고 있었던 거겠죠. 그리고 제발 공격은 하지 않기를 바라면서 커밍 시그널을 계속 보낸 겁니다."

하지만 사토루는 칼을 꺼내들었던 거다.

마미야가 말을 끊자 조용한 한숨이 흐른 후 창고 안은 다시 정적에 싸였다.

"그런 건가요? 오비는 제 냄새를……"

그렇게 말한 사토루는 더 말을 잇지 않았다.

오래도록 침묵이 계속되었다. 빗소리만이 문밖에서 들려왔다.

"사토루 씨, 가르쳐주시겠어요?"

마미야는 반드시 확인하고 싶은 게 있었다.

"사고가 났을 때 그 피해자가 요스케라는 걸 당신은 몰랐죠? 트럭 밑에 깔린 것이 자기 아들이라는 건 몰랐지요?"

그건 강한 기대를 담은 질문이었다.

사고 직후의 상황을 마미야는 아키우치로부터 듣고 알고 있었다. 그의 이야기에 따르면 그곳에 있던 사람들은 트럭 아래에 있던 요스케의 시체를 그저 멍하니 볼 뿐, 아무도 가까이 가려하지 않았다고 했다. 물론 완전 남이라면 그게 일반적인 반응일 것이다. 갑작스러운 사고에 놀라 얼어붙는 건 어쩔 수 없는 일이다. 하지만 그 가운데 친아버지가 있었다면 어떨까. 자신의 아들이 눈앞에서 트럭에 치였다고 하는데 친아버지가 주위 사람들과 똑같이 그저 바라만 보고 있었다면 혹은 그 자리를 떠났다면.

"설마 요스케라고는 생각하지 못했습니다."

사토루는 어딘가 꼬인 듯한 목소리로 말했다. 처음으로 듣는 감정이 섞인 목소리였다.

　"바로 앞 차선에서 차가 몇 대 서버리는 바람에 패밀리레스토랑 쪽에서는 트럭 주변이 안 보였어요. 오비의 모습도 다른 것도. 그래서 저는 그저 우연히 내 눈 앞에서 교통사고가 났다고만 생각했습니다. 밤이 되어서 쿄코가 연락을 해올 때까지 저는 설마 그때 요스케의 몸이 트럭 밑에 있었다고는 상상도 못했어요. 설마 제 바로 옆에서 아들이 죽었을 거라고는."

　숨이 차는 듯 사토루는 크게 헐떡거렸다.

　"그리고 저는 그 자리를 떴습니다. 토모에라는 그 젊은 친구를 찌를 생각이었지만 갑자기 눈앞에서 교통사고가 나고 사람들이 몰려드니까…… 포기하고. 바로 옆에서 아들이 생명을 잃어가고 있다는 건 모르고."

　말을 끊고 사토루는 천천히 안경을 벗었다. 그 행동의 의미를 마미야는 몰랐다. 사토루는 얼마 동안 안경테를 손가락 끝으로 만지는가 싶더니 이윽고 "아, 이거."라며 낮게 말했다. 잘보니 사토루가 손에 든 건 안경테에 생긴 작은 흠집이었다.

　"패밀리레스토랑 밑에서 자리를 뜨는데 오렌지색 백을 등에 맨 젊은이와 부딪혔어요. 이 안경이 그때 땅에 떨어졌습니다."

　"그래요. 그때가 처음이었습니다. 두 번째로 만난 건 이즈모 각이라는 화장터에서였습니다. 요스케의 고별식 날 그가 현관 홀에서 쿄코와 이야기하고 있는 걸 봤습니다. 처음에는 그게 사고 직후에 저랑 부딪힌 상대라는 걸 몰랐어요. 그는 쿄코와 요스케의 사고에 대해 열심히 이야기를 했어요. 아무래도 사고의 진상을 알기 위해 열심인 것 같았습니다."

사토루는 손가락 끝으로 만지작거리던 안경을 다시 썼다.

"화장이 끝날 시간이 가까워 오길래 저는 쿄코를 불렀죠. 쿄코가 돌아보고 동시에 그 젊은이도 나를 보고. 그때 처음 알았습니다. 알고는 깜짝 놀랐습니다. 쿄코와 이야기한 사람은 제가 사고현장 근처에서 부딪힌 그 청년이었습니다. 순간 머리가 백지상태가 된 게 기억나요. 그는 제가 사고현장에서 자리를 뜨는 걸 보았습니다. 그때는 저에 대해 잊은 듯이도 보였지만, 언젠가 기억해낼지도 모른다. 그리고 사고 직후 그렇게 많은 주위 사람들이 도로에 주목하고 무슨 일인지 보러 가까이 가고 있는 가운데 한 사람만이 반대방향으로 걸었다는 부자연스러운 사실을 기억해낼지도 모른다."

사토루는 두 손으로 얼굴을 감쌌다.

"전 알려지는 게 싫었습니다. 요스케의 사고가 나 때문에 일어났다는 걸 아무도 모르길 바랐어요. 이즈모각에서 요스케의 화장을 할 때 저는 이미 자살을 결심하고 있었습니다. 하지만 나중에 누군가가 요스케의 죽음이 제 책임이었다는 걸 밝혀내는 게 무서웠어요. 나는 집사람 마음도 잡지 못했고, 일도 잘 못하는 어쩔 수 없는 인간이지만, 친아들을 사고를 당하게 한 것만큼은 숨기고 싶었습니다. 내가 죽은 후에도 몰랐으면

했어요. 그런데 그 친구는 사고현장에서 떠나는 나를 봤습니다. 그 친구만이 요스케의 사고와 나를 연관시켜 생각할 가능성이 있다. 그 친구만……."

"그래서 죽여버리자고?"

마미야의 목소리에 사토루의 온몸이 움찔하며 굳었다. 그러고는 동물이 심한 공격을 받았을 때 같은 비통한 울음이 새어나왔다.

"정말로 죽을 거라고는. 그런 짓으로 설마 정말로 사람의 생명을 빼앗을 수 있을 거라고는."

"생각하지 못했다? 거짓말이죠?"

마미야는 분노를 담아 사토루를 노려보았다.

"그 바다 옆의 현 도로에서 한참 아래에 있는 뾰족한 돌들이 있는 곳까지 자전거가 날아가는데 그가 살 수 있을 거라고 생각했나요?"

사토루는 할 말을 찾지 못하는 것 같았다.

마미야는 크게 한숨을 쉬고 말했다.

"제가 당신이 말하는 걸 전혀 이해 못하는 건 아닙니다. 만약 진심으로 아키우치 군의 목숨을 뺏으려고 했다면 가령 토모에 군에 대한 시도처럼 칼을 쓰면 되었겠죠. 그편이 훨씬 간단하고 확실합니다. 하지만 당신은 그런 수단이 아니라 굳이 그런 불확실한 장치를 만든 거죠."

"불확실한 방법을 택한 건 분명 망설였기 때문이라고 생각합니다. 그가 죽었으면 …… 죽지 않았으면 …… 죽이고 싶지 않다……."

마미야는 잠시 동안 머리를 정리한 후 다시 말했다.

"저는 당신의 장치에 대해 사실 잘 모릅니다. 그래서 상상으로 그냥 이야기해보겠습니다. 만약 틀렸다면 정정해주세요. 당신은 아까 바다에 버린 그 투명한 점프대 같은 걸 미리 제방에 두었죠?"

"네, 일하는 공장에서 가공한 아크릴 판을 뒀어요."

"그리고 아키우치 군이 그 장소를 전속력으로 지나가도록 했죠?"

사토루는 부정하지 않았다.

"전 언덕 위에 있는 이즈모각에서 아키우치 군이 아르바이트하는 곳에 전화를 해서 그를 불렀습니다. 이전에 이즈모각에서 봤을 때 가방에 자전거 퀵 배달 로고가 붙어 있어서 전화번호는 알아보니 금방 알 수 있었어요. 그 친구가 오고 건물 안에 들어간 사이에 저는 그의 자전거 브레이크 와이어를 끊었어요. 정말 조금만 남기고 앞뒤 바퀴 두 줄 모두."

"잔혹한 짓을 하시는군요."

사토루는 얼굴을 들고는 감정을 잃은 인간처럼 말했다.

"저는 그 친구 아르바이트처에 전화할 때 토베라는 가명을 썼습니다. 그건 작은 경고인 셈이었어요. 제 안에 부디 내가 친 덫에 걸리지 말아달라는 마음이 있었습니다. 그래서 전 그런

가명을 쓴 겁니다."

"토베. 한자로 하면 '날아라飛べ'라는 거군요."

마미야는 천천히 고개를 저었다.

"그는 그런 세세한 배려를 알아차릴 수 있는 청년이 아닙니다."

마미야의 말에 사토루가 고개를 끄덕였다.

"자전거 브레이크 와이어를 끊고 저는 다시 아르바이트처로 전화를 했습니다. 이번엔 그를 언덕 아래 항구로 가게 한 거죠. 1초라도 빨리 와달라고. 그리고 저는 그 현도로의 제방에 아크릴판을 놓고 도망쳤습니다."

"그랬군……."

겨우 마미야는 사토루가 만든 장치에 대해 알았다.

역시 사람을 죽이는 방법치고는 도저히 확실하다고 할 수 없는 것이었다. 아키우치의 살해에 대한 사토루의 심경을 분명히 여실히 드러낸 장치였을지 모른다.

잠시 생각한 후 마미야가 입을 열었다.

"그 후에 당신이 한 행동은 알 것 같습니다. 내리막길에 아크릴판을 둔 당신은 토모에 군 맨션으로 갔지요?"

사토루가 고개를 들었다.

"어떻게 알았습니까?"

"제가 거기 있었으니까요. 그 맨션 밑에. 실은 제가 당신을 미행한 건 병원에서부터가 아닙니다. 토모에 군의 맨션에서부터죠."

마미야는 설명했다.

"요스케의 사고가 어떻게 일어났는지, 거기에 생각이 미치고부터 저는 토모에 군이 걱정이 되어 견딜 수 없었습니다. 당신이 한 번 더 그의 생명을 노리려고 하는 건 아닐까 생각했어요. 하지만 당사자인 토모에 군은 어딜 갔는지 모르겠고. 그래서 전 틈만 있으면 그 친구 맨션 밑에서 기다렸습니다. 오늘도 아침부터 기다리고 있었죠. 그러자 3시가 넘었을 때 당신이 왔습니다."

맨션 앞에 한 대의 경자동차가 서고 거기서 사토루가 내리는 걸 본 마미야는 등에 한기를 느꼈다. 그리고 서둘러 몸을 숨긴 것이다.

"요스케 군의 장례식에서 얼굴을 봤으니 당신을 금방 알아봤습니다. 토모에 군의 맨션에 온 당신을 보고는 전 확신했습니다. 역시 당신은 토모에 군을 죽이는 걸 포기하지 않았다는 걸."

"맞아요. 포기하지 않았습니다. 오히려 요스케가 죽은 일로 억지 같지만 그에 대한 증오는 더 커져만 갔습니다. 내가 죽기 전에 그만큼은 반드시 죽여 버릴 생각이었어요. 그의 주소는 요스케 장례식 때 받은 부의봉투에 적혀 있었기 때문에 알고 있었어요."

"당신은 한번 맨션에 들어가 토모에 군이 없는 걸 알고는 맨션 앞에 차를 세운 채 계속 기다렸죠? 그가 돌아오기를."

"그래요, 이번에야말로 확실히 죽여 버릴 생각이었습니다."

하지만 쿄야는 돌아오지 않았다. 그리고 비가 내리기 시작했다. 시간만 흘렀다. 그리고 잿빛 비구름 저편에서 태양이 기울어지기 시작했을 무렵 한 대의 택시가 맨션에 가까이 왔다. 뒷자리에는 쿄야가 타고 있었다.

"택시에서 토모에 군이 내리고 맨션으로 들어가는 걸 본 당신은 당장 운전석에서 내렸어요. 토모에 군은 자신의 등 뒤에서 다가오는 당신의 존재를 전혀 알아차리지 못한 것 같았습니다. 그때 저는 서둘러 당신에게 달려들려고 했습니다. 어떻게든 막으려고. 하지만 생각에 그치더군요."

"전화 때문이죠?"

"맞습니다."

쿄야가 맨션의 정문 현관을 들어가려고 했을 때 그의 주머니에서 휴대전화가 울린 것이다. 전화기를 귀에 댄 쿄야는 "어머니? 아키우치의?"라고 놀라며 말했다. 그 후 잠시 동안 쿄야는 작은 목소리로 상대방과 무언가를 이야기했다. 사토루가 맨션 바깥벽에서 몸을 기대 쭉 그 모습을 지켜보는 것이 마미야의 위치에서 보였다. 이윽고 쿄야가 갑자기 짧은 소리를 질렀다. 얼굴색이 질린 쿄야의 모습을 보고 뭔가 중요한 사태가 벌어진 걸 마미야도 알 수 있었다.

— 바로 병원으로 가겠습니다.

빠르게 말하고는 쿄야는 전화를 주머니에 넣고 갑자기 주차장으로 달려갔다. 그러고는 당장 자신의 자전거를 타고 내달렸다. 비에 젖는 것도 상관치 않고, 그는 길로 달려 나갔다.

"저는 놀랐습니다. 아키우치라는 그 학생이 정말로 내가 만든 그 덫에 걸려버린 걸 알고는……."

"그래서 당신은 다시 차를 타고 병원으로 갔죠."

사토루는 안경 너머로 눈을 세게 감았다.

"이상한 일입니다. 그때 저는 어떻게든 아키우치 군이 목숨을 구하기만 빌었습니다. 그것만 생각했어요. 제발 죽지 마라, 목숨만은 살아달라고."

"자기 멋대로군요."

"네, 그랬습니다."

차로 달려가는 사토루를 보고 마미야는 새로운 공포에 휩싸였다. 그때는 사토루의 심정 등을 알 리 없고 마미야는 그저 사토루가 쿄야를 죽이기 위해 그를 쫓아간 것이라 생각했다. 마미야는 정신없이 맨션 밖으로 나가 택시를 찾았다. 다행히 택시를 금방 잡았다. 마미야는 그걸 타고 당장 병원으로 서둘러 갔다.

그리고 병원에 도착해 무슨 일이 일어났는지 알았다.

"전 말도 안 되는 일을 해버렸어요. 돌이킬 수 없는 짓을 저질러버렸어요. 그는, 아키우치 군은 아무 죄도 없었는데……. 전 설마 그런 장치로 정말로 사람이 죽을 거라고는 생각하지 않았어요. 전……."

두 손으로 얼굴을 감싸 쥔 사토루의 목소리는 점점 쉬더니 오래된 문이 삐걱거리듯 서서히 가늘어지더니 이윽고 사라졌다.

"뭐 보통은 그렇게 생각 못하지요."

마미야가 이상한 타이밍에 동의한 탓인지 사토루가 그를 올려다 보았다. 그리고 낮게 웃었다.

"당신, 이상한 사람이군요……."

"그런가요?"

"뭐 이제 됐죠? 더 이상 여기서 시간을 보내도 의미가 없습니다. 어차피 제 마음은 안 바뀔 테니까요. 저는 말이죠, 마미야 씨. 제 인생은 악몽 이외에 그 무엇도 아니었어요. 어서 빨리 끝내고 싶은 마음뿐입니다."

가슴에 묻어두었던 감정을 쏟아내듯 사토루는 크게 숨을 쉬었다. 칼을 다시 쥐고 칼끝을 계속 바라보았다.

"사토루 씨, 저는 안 죽여도 됩니까? 저도 진상을 알고 있습니다."

"됐습니다, 이제. 병원으로 가는 차 안에서 사람을 죽이는 것이 어떤 것인지 깨달았으니까요."

"다행입니다. 무엇보다 다행이네요."

마미야는 마음속 깊이 안도했다.

"그런데 사토루 씨, 마지막으로 한 가지 알려주시겠어요?"

"끈질긴 사람이군요."

사토루는 마미야를 보지도 않고 칼에 시선을 고정한 채 답했다.

"하나, 아니 두 가지입니다."

"물어보세요."

관심 없다는 듯 사토루가 어깨를 들썩였다.

"먼저 첫 번째인데 당신은 다친 사람이 내과에 실려 가는 걸 전혀 이상하게 생각하지 않았습니까?"

사토루가 고개를 들었다.

"내과? 아니 전 그저 병원에 가서, 그리고 그 토모에 쿄야가 복도를 달려가는 게 보였으니까. 게다가 흐느끼면서."

"그래서 토모에 군이 들어간 병실 밖에서 귀를 대고 듣고 있었다?"

"네. 그리고 아키우치 군이 죽었다는 걸 알았습니다."

"하아, 그렇군요. 그럼 두 번째. 당신은 아키우치 군의 풀 네임을 아십니까?"

"아키우치 아키오가 아닙니까? 병실 판에 그렇게 적혀 있었는데."

돌아가신 분에 대한 경의도 잊은 채 마미야는 저도 모르게 웃어버렸다.

"그거 그 친구 할아버집니다."

사토루가 멍한 표정으로 입을 벌렸을 때 멀리서 개 짖는 소리가 들렸다.

4

"선생님, 혹시 안에 계세요?"

문 밖에서 목소리가 들렸다. 마미야는 몸을 움직일 수 없는 상태에서 고개를 들고 대답했다.

"그래, 여기 있어."

"이런 데서 뭐하시는 거예요?"

"사토루 씨의 자살을 막는 거지."

"예?"

끼익하고 철문이 열리는가 싶더니 온몸이 흠뻑 젖은 오비가 세차게 창고 안으로 달려왔다. 그 뒤로 똑같이 젖은 아키우치가 입을 벌리고 창고 안을 둘러보며 왔다. 반바지의 다리 사이로 어두운 바닥에 옆으로 쓰러진 마미야의 장보기용 자전거가 보였다.

"마침 잘 왔어, 아키우치. 지금 사토루 씨가 묶어놓는 바람에, 미안하지만 이거 좀 풀어줄래?"

"선생님, 아니 왜?"

"뭐 사정은 나중에 천천히……, 아!"

오비가 온몸을 낮추고 자세를 취하고 있는 걸 안 마미야는 서둘러 사토루를 돌아보았다.

"사토루 씨, 그거 칼, 칼! 얼른 버려요!"

사토루는 정신을 차리고 손에 들고 있던 칼을 서둘러 바닥에 던졌다. 그리고 자신의 안경을 감싸듯 손으로 얼굴을 가렸다. 오비는 잠시 불안한 모습으로 킁킁거렸지만 점차 몸의 방향을 바꾸더니 마미야 쪽으로 다가왔다. 마미야의 얼굴에 마음을 쓰듯 코끝을 갖다댔다.

"오비, 굉장한데. 너 아키우치 군을 여기까지 안내해준 거야?"

"안내요? 말도 마세요."

아키우치는 사토루 쪽을 신경 쓰면서 마미야의 손발을 묶은 줄을 풀기 시작했다.

"선생님 방에 갔더니 오비가 뭔지 모르겠지만 짖고 있고, 보니까 문은 열려 있고. 아니 고장 나 있어서 안을 봤어요. 그랬더니 갑자기 오비가 뛰어나와서는."

"그래서? 따라간 거야?"

"네. 선생님 장바구니 자전거를 빌려서 필사적으로 따라갔죠. 머리를 다쳤는데도 불구하고."

"아, 다쳤어?"

"그야 다쳤죠. 로드레이서 브레이크가 고장 났으니까. 이즈모각에서 나온 후에 그대로 내리막길을 내려갔으면 큰일 날 뻔했어요. 하지만 마침 다리 위에서 엄마가 전화를 해서 할아버지가 위독하시다는 걸 듣고 병원으로 갔죠. 그랬더니 브레이크 와이어가 두 개나 끊어져서, 뭐 평평한 길이었으니까 그렇게 속도를 안 냈지만. 서둘렀기 때문에 깜빡하고 앞바퀴가 돌 위로 가면서 이렇게 됐어요. 보세요."

아키우치가 머리 정수리를 마미야에게 들이댔다. 그렇게 큰 상처는 아니지만 머리카락 사이로 부스럼 딱지가 보였다.

"이것만 해도 정신을 잃을 정도로 충격이었어요. 뭐 고작 10분 정도였지만요. 그 사이에 비는 오지 주머니에서 휴대전화는 고장 났지, 이상한 꿈은 꾸지. 말도 마세요."

"어디서 넘어졌어?"

"이즈모각 바로 앞에서요. 있잖아요, 그 부지. 노송나무로 둘러싸인 곳이요. 그 안에 로드레이서를 갖다 박고는 정신을 잃었어요. 눈을 떠보니까 상복을 입은 사람들이 전부 저를 보면서 서 있길래 진짜로 죽었나 보다 했죠."

"말은 잘 하네."

"선생님도 잘 웃으시네요. 자, 풉니다."

마미야의 다리를 탕탕 두드리더니 아키우치는 사토루를 보았다. 그는 곤혹스러운 빛을 감추지 못한 채 그 시선을 받았다.

"세 번째 뵙네요."

아키우치는 그렇게 말하고는 조용히 "네 번짼가." 하고 중얼거렸다. 마미야는 그 말뜻을 몰랐다.

"넘어져서 의식을 잃었을 때 이상한 꿈을 꿨어요. 그 꿈속에서 전 이번 사건의 진상을 알았어요, 당신은 그 사고가 났을 때."

"아, 그건 이제 됐어, 아키우치. 내가 전부 설명했으니까."

아키우치는 마미야를 돌아보았다.

"설명해버리셨어요?"

"응. 사토루 씨가 자살한다고 하길래 어떻게든 시간을 벌어서 누가 올 때까지 기다리려고 말이야. 네가 좀처럼 안 오니까 어쩔 수 없이 마지막까지 다 말해버렸지. 근데 뭐 꿈?"

"네. 꿈이요. 그래서 전 눈 뜨자마자 제일 먼저 선생님 아파트로 갔어요. 알게 된 사실을 말하려고."

"꿈에서 알게 된 거야? 뭘를?"

"요스케의 사고 현장에서 누군가와 부딪힌 걸요. 그렇게 큰 사고였는데 그 자리를 뜨려는 사람이 있다는 게 생각해보니 이상했거든요. 그래서 잘 기억해보니 그게 요스케 고별식 날 이즈모각에서 본 사람이었어요. 그때 시이자키 선생님을 '쿄코'라고 불렀던 지라, 이혼하신 남편분인가 해서."

"아, 그래서 전부 알게 된 거군."

"네. 마미야 선생님이 알려주신 커밍 시그널이니 조건의 조합이니 하는 걸 생각해내서."

"굉장하잖아. 대단한 걸."

마미야는 진심으로 감탄했다. 아키우치는 머리 위의 상처를 만지며 "이 충격 덕분에 조금은 머리가 똑똑해진 걸지도 모르죠."라며 진짜 진지한 얼굴로 말했다.

"아키우치 군…… 미안했어."

갑자기 사토루가 아키우치를 향해 고개를 숙였다.

"자네한테는 정말로 몹쓸 짓을 했어. 대체 어떻게 보상을 해야 할지."

"그건 이제 괜찮아요. 작은 상처로 끝났고. 남은 건 로드레이서의 브레이크 와이어를 교환해야 하는 거랑 할아버지의 마지막 모습을 못 뵌 정도."

그 말에 마미야는 겨우 떠올렸다.

"아참 그랬지. 아키우치 군, 할아버지 일 유감이야."

"계속 입원해계셨기 때문에 각오는 하고 있었어요."

아키우치의 할아버지는 소화기계통의 암이었다고 한다. 사토루를 따라 병원으로 향했을 때 가까이 있던 간호사에게 물어보니 마미야에게 그렇게 알려주었다.

발밑에서 오비가 털에 묻은 물방울을 떨면서 털어냈다. 마미야는 쪼그리고 앉아서 오비의 머리를 쓰다듬었다.

"자, 자, 감기 걸리면 안 되지."

"오비, 선생님 찾아서 안 간 곳이 없어요."

아키우치는 찬찬히 오비를 내려다보며 팔짱을 꼈다.

"그래서 이렇게 늦은 거죠. 사가미 강이 시작되는 곳 근처에 갔다가 니콜라스 앞을 지나 학교 쪽에도 가고, 그러고 나서 논이 이어진 옆길. 상점가. 큰 시계가게 앞. 본 적도 없는 체육광장 같은 곳. 마지막에 이 항구. 저 고물자전거를 타고 쫓아가려니 얼마나 힘든지. 자랑은 아니지만 저 아님 못했을 거예요."

"그래도 참 신기하네. 어떻게 오비는 마지막에 여기에 오게 된 거지?"

"선생님 냄새를 찾아간 거 아닌가요? 개니까."

"아무리 개라도 그렇게까지 대단한 후각은 안 가지고 있어. 비가 오는 와중에 어디에 있는지도 모르는 상대가 있는 곳을 냄새만으로 찾는 건 불가능해."

"체육광장이란……."

우물거리며 입을 연 건 사토루였다.

"혹시 분수가 있는 곳 아닌지?"

아키우치가 바로 고개를 끄덕였다.

"예, 작은 분수가 있었어요. 어떻게 아셨어요?"

사토루는 무언가를 생각하는 듯한 눈으로 오비를 내려다보았다.

"자네가 지금 말한 장소는 …… 전부 요스케와 오비의 산책 코스야. 같이 살던 시절 내가 딱 한 번 요스케에게 물어본 적이 있어. 늘 어디를 산책시키는지. 그때 대답은 지금 자네가 말한 곳들과 꼭 같았어."

그 말을 듣고 마미야는 저도 모르게 오비를 바라보았다. 감탄한 듯한 조금은 슬픈 듯한 이상한 감정이 가슴을 적셨다.

"그랬구나……. 너 내가 아니라 요스케를 찾아다닌 거구나."

역시 아직 요스케가 쏟았던 애정을 쫓아갈 수 없다는 거다.

오랫동안 여러모로 동물과 접해왔지만 이런 기분이 든 건 처음이었다.

"하지만 마지막에는 제대로 선생님이 계신 곳으로 달려왔잖아요."

마미야를 위로하듯 아키우치가 말했다.

"이 창고로 왔잖아요."

"뭐, 그야 그렇지만."

분명 요스케를 찾아서 항구에 왔을 때 우연히 창고 안에서 마미야의 목소리가 들린 걸 거다. 그래서 오비는 자연스레 이쪽으로 향한 거였다. 단지 그거였다.

"어쨌거나 와줘서 살았다."

마미야는 앉아서 오비의 몸을 끌어안았다. 오비의 몸은 조금 떨고 있었다. 추운 걸까. 아니.

그랬다. 잊고 있었다.

오비는 비가 무서운 거다.

마미야는 빗속을 계속해서 달린 오비에게 진심으로 감사했다.

누구를 찾아서 이 장소에 온 것이든 말이다.

에필로그

1주일이 지났다.

아키우치는 쿄야에게도 히로코, 치카에게도 일련의 사건의 진상은 말하지 않았다. 안경 너머로 힘없이 두 눈을 가슴츠레 뜬 사토루의 얼굴이 아무래도 눈앞에 떠올라 냉정하게 설명할 자신이 없었기 때문이다.

항구에서 헤어질 때 사토루는 아키우치와 마미야에게 '인생을 다시 시작하겠다.'는 지극히 애매한 말을 했다. 어떻게 다시 시작할 건지, 인생이란 구체적으로 무엇을 말하는 건지 아키우치는 잘 몰랐다. 지금도 잘 모르겠고. 생활을 말하는 건지 일을 말하는 건지, 아니면 삶의 방식을 말하는 건지.

이후로 사토루는 만난 적이 없다. 앞으로 만날 일도 아마 없을 거다. 장보는 자전거를 끌고 마미야와 오비와 함께 항구를 떠날 때 사토루는 잦아든 비를 맞으며 계속 고개를 숙였다. 아키우치와 마미야가 항구를 나서고 도로에 경사진 길로 들어설 때도 도중에 한 번 쳐다보았더니 여전히 같은 자세였다. 그 모습은 아키우치의 가슴에 강하게 남았다.

"네? 아크릴판이요?"

일요일의 밝은 골목길을 걸으면서 아키우치는 마미야를 돌아보았다. 마미야의 한쪽 손에는 붉은 끈이 쥐어져 있고 그 끝에는 지금은 완전히 산책을 좋아하게 된 오비가 킁킁거리며 땅 냄새를 맡고 있다.

할아버지 장례식과 로드레이서의 수리로 바빠서 마미야와 그 사건에 대한 이야기를 하는 것도 1주일 만이었다.

"그래, 점프대 같은 거 말이야. 꽤 잘 만든 것처럼 보였는데."

"그걸 그 내리막길 중간에요?"

믿을 수 없어서 아키우치가 묻자 마미야는 눈썹을 올리며 끄덕였다.

"그래서 만약 네가 이즈모각에서 나왔을 때 할아버지 일로 어머니가 전화를 안 하셨으면 분명 넌 그 내리막길에서 자전거랑 통째로 다이빙했을지도 몰라. 그 멀리 아래 있는 뾰족한 돌들 위로."

아키우치는 등줄기가 오싹했다. 지금까지 아키우치는 사토루는 그저 로드레이서의 브레이크 와이어를 끊고 그 내리막길을 지나게 하려 했다고만 생각했었다. 아키우치가 어디서 넘어져서 상처를 입거나 잘만 되면 죽지 않을까 하고.

"근데 그렇게 됐으면 정말 확실히 죽었을 거 아녜요? 그 내리막길에서 다이빙이라니."

마미야는 불쌍한 듯 "그렇지?"라고 중얼거렸다.

"그렇지가 아니에요……."

지금이라도 경찰에 전화해서 사토루를 살인미수죄로 검거시킬까 하고 아키우치는 진심으로 생각했다.

"뭐 됐잖아. 너는 안 죽었고, 더불어 이상한 꿈까지 꿨으니까."

"그야 그렇지만……."

꿈의 마지막 장면을 아키우치는 떠올렸다.

어두운 강을 건너는 자신. 다리 저편에 서 있던 쿄코와 요스케. 두 사람은 웃고 있었다. 왜 웃고 있는지 아키우치는 알 수 없었다. 이윽고 아키우치가 두 사람 가까이 가자 요스케가 아키우치를 보고는 말했다.

― 안 돼요. 그렇게 크게 다친 것도 아닌데 이런 데 오면.

그리고 말도 안 된다는 듯이 요스케는 웃음을 터뜨렸다.

그 옆에서 쿄코도 이상한 듯 웃고 있었다.

― 맞아요, 아키우치 군. 어서 돌아가요.

두 사람이 그렇게 말하니 뭔지 잘 모르지만 아키우치는 다리를 다시 되돌아왔다. 되돌아오면서 한 번 더 이번 사건을 처음부터 다시 생각해보았다. 그러자 갑자기 한 가지 해답이 눈앞에 분명히 보인 것이다. 아, 싶었을 때는 주위 경치가 녹아내리더니 정신을 차렸을 때는 이즈모각의 화단에서 쓰러져 있었던 거다.

"할아버지 장례는 무사히 끝났어?"

"아, 예. 아무 일 없이."

"아키우치 할아버지 나도 한번 만나 뵙고 싶었는데. 어제 대학에서 하즈미 양이랑 마키사카 양한테 들었는데 굉장히 유쾌한 분이셨다면서?"

"본인 집 정원에 학생들을 불러서 바비큐 파티를 하는 분이었어요. 할아버지하고 쿄야, 히로코, 하즈미, 저까지 다섯 명이서요."

입원했던 할아버지의 용태가 급변했다는 것을 듣고 센다이에서 달려온 아버지와 어머니에게 너희는 상관없으니 자신의 바비큐 친구들을 불러달라며 수첩 한 장을 찢어 주셨다고 한다. 거기엔 삐뚤한 글씨로 네 개의 전화번호가 적혀 있었다. 아키우치, 쿄야, 히로코, 치카의 전화번호였다. 그래서 아키우치의 어머니가 병원에서 각각의 번호로 전화를 한 것이다.

그 후 쿄야에게 들은 이야기로는 할아버지가 돌아가실 때 이상한 일이 있었다고 한다. 뇌파가 기묘한 움직임을 보였다는 거다.

— 그건 바비큐를 했던 때를 생각하신 것 같아.

쿄야는 그렇게 말했다. 어떻게 아냐고 했더니 그는 단순명쾌하게 말했다.

— 그야 할아버지가 돌아가시기 전에 말씀하셨으니까, "바비큐"라고.

할아버지다운 마지막이라는 생각에 아키우치는 감탄했다. 인간, 그렇게 죽을 수만 있다면. 후회나 공포, 슬픔 속에서가 아니라 즐거운 추억 속에서 죽을 수 있다면.

만약 가능하다면 자신도 그런 마지막을 맞이하고 싶다. 이미 이 세상을 떠난 사람들도 할 수 있다면 그런 마지막이었으면 한다. 허무함과 함께 아키우치는 생각했다.

"토모에 군, 어디서 기다린대?"

"기다리는 게 아니에요. 갑자기 역으로 달려가는 거죠. 어젯밤에 그 녀석이 탈 기차의 발차시각만 알아놨거든요."

"갑자기 가서 배웅하는 거야?"

"배웅하겠다고 하면 절대 싫다고 할 거니까요. 탈 기차도 바꿔버릴지 모르고."

쿄야는 결국 학교를 그만두었다. 사무적인 수속을 끝내고 맨션을 정리하고 오늘 그는 고향인 시코쿠로 돌아가기로 했다. 그렇다고 아버지와 화해하고 가업을 물려받기로 결심한 건 아니다. 그 왈 "기본으로 돌아가 인생을 다시 시작하겠다."고 한다.

또 '다시 시작한다' 다.

"선생님 '다시 시작한다'는 게 어떤 의미인가요?"

"국어는 나도 약한데. 왜?"

"아뇨, 그냥."

마미야는 맑게 갠 여름하늘을 올려다보며 잠시 생각했다.

"다시 한 번 같은 일에 도전한다는 뜻이 아닐까?"

"실패하면 어떡하고요?"

"또 하는 거 아닐까?"

"그래도 실패하면요?"

마미야는 아키우치를 보며 자못 이상하다는 듯 웃었다.

"그렇게 성공 가능성이 낮은 일에 도전할 정도로 인간의 지능은 낮지 않아."

그저께 저녁 갑자기 쿄야가 아키우치의 하숙집을 찾아왔다.

쿄야는 갑자기 어떤 고백을 했다.

— 시이자키 선생님은 내가 죽였어.

쿄코의 집에서 자살한 그녀의 사체를 발견했을 때 쿄야는 한 통의 유서를 발견했다고 한다. 한 장의 봉투에 든 그 유서는 거실 테이블 위에 놓여 있었다.

입장도 잊어버리고 자신이 '어떤 남성'과 부도덕한 관계를 맺어버렸던 것. 그 때문에 남편과 헤어진 것. 요스케가 사고로 목숨을 잃었을 때 아들의 너무나도 짧았던 생애에 대해 생각하고 그제야 비로소 자신의 자의적인 행동이 아들에게서 아버지를 빼앗았다는 단순한 사실을 알았다는 것. 지극히 단순했던 사실을 자신이 지금까지 돌아보지 않았다는 것. 휴일까지 일을 하고 요스케를 보살펴주지도 못하고 외롭게 만들었던 것. 그리고 그런 자신을 아무리 해도 용서할 수 없다는 것. 그것이 유서의 내용이었다고 한다.

발견한 유서를 어떻게 했는지 아키우치가 물었다.

— 버렸어.

쿄야의 입에서 나온 말은 그뿐이었다.

쿄야는 자신의 지갑에서 무언가를 꺼내더니 아무렇게나 다다미 위에 놓았다. 그것은 반투명의 얇은 비닐봉투로 정성스레 싼 한 장의 사진이었다. 몇 겹이나 되는 비닐 뒤로 흐릿하게 확인할 수 있는 색이 바랜 여성의 상반신 사진은 어딘가 쿄코와 닮아 있었다.

— 어머니야.

쿄야는 꺼질 것 같은 목소리로 말했다.

— 나, 정말 좋아했어.

누구를, 인지는 말하지 않았다.

그리고 쿄야는 아키우치의 눈앞에서 처음으로 울었다. 그것이 쿄코에 대한 죄의식에서 비롯된 것인지 돌아가신 어머니에 대한 그리움 때문인지, 혹은 자신이 한 일에 대한 후회 때문인지 아키우치는 알 수 없었다. 알지 못하기 때문에 다다미 위에 앉은 채로 그저 친구의 오열을 듣고 있었다. 하지만 친구의 마음을 이해하지 못하는 자신을 아키우치는 부끄럽다고는 생각하지 않았다. 눈앞에서 아이처럼 우는 쿄야를 보고 어쩌면 본인도 알지 못하는 건 아닐까 하는 생각이 들었기 때문이다.

"세이."

역 근처까지 왔을 때 누군가 갑자기 이름을 불렀다.

"어, 하즈미. 히로코도 같이네. 무슨 일이야?"

치카와 히로코가 나란히 다가오는 걸 보고 아키우치는 놀랐다.

어제 학교에서 아키우치는 자신은 쿄야를 배웅하러 갈 생각이라고 둘에게 이야기했다. 그리고 과감히 같이 안 가겠냐고 제안했다. 하지만 둘 다 고개를 저었다. 만나고 싶지 않다면서. 그건 예상했던 반응이었다. 요 1주일 동안 쿄야와 히로코가 연락을 하는 것 같지는 않았다. 아키우치의 할아버지 장례식에는 둘 다 와줬지만 그때도 전혀 대화는 나누지 않았다. 둘에게 배웅제안을 거절당한 아키우치는 어른스럽게 수긍했다. 하지만 만약의 경우를 생각해 일부러 발차시각은 알려주었던 거다.

"친구 사이에 마지막이니까. 역시 배웅 정도는 해야지 싶어서."

아무렇지도 않은 말투로 히로코가 말했다. 아키우치는 어떻게 말해야 할지 몰라서 자기도 모르게 치카를 보았다. 치카는 아키우치의 팔을 탁하고 치더니 "스스로 생각할 것!"이라고 말했다.

아키우치는 히로코를 보고는 머리를 굴리며 이럴 경우에 하면 좋은 말이 무엇일지 생각했다. 분명 크게 나눠서 두 종류일 거다. 하나는 위로의 말. 또 하나는 히로코가 입에 담은 '친구'라는 단어를 받아서 그에 대한 자신의 동의를 자연스럽게 표현하는 말. 전자는 비교적 간단하지만 후자는 어려울 것 같았다. 하지만 이 경우에는 후자가 더 무난할 것도.

"맞아, 정답!"

치카가 검지손가락으로 아키우치의 가슴을 가리켰다.

"지금은 아무 말도 안 하는 게 정답이었습니다. 그치?"

"그래, 그게 배려라는 거야."

히로코는 나이가 훨씬 위인 사람 같은 말투로 이야기하고는 어깨에 닿은 머리카락을 뒤로 넘겼다.

"아, 그렇구나. 그냥 듣고 넘기면 되는 거였군……."

상당히 감탄한 듯 마미야가 중얼거렸다.

일동이 역을 향해 걸음을 옮기기 시작했을 때 아키우치의 휴대전화가 울렸다. 화면에서는 'ACT'라는 표시가 떴다.

"어이, 세이, 오늘도 임사체험하고 있어?"

예의 사건이 있던 그날 아키우치는 아쿠츠에게 전화를 해서 자신이 로드레이서에서 넘어져서 의식을 잃었던 일과 그 사이에 이상한 꿈을 꾼 이야기를 했다. 물론 사토루 건 등은 잘 감추면서. 아쿠츠는 아르바이트 중에 연락이 끊긴 아키우치를 꽤나 걱정한 듯했지만 아키우치의 이야기들 듣고는 평소의 기운찬 목소리로 크게 웃었다. 이즈모각에 가랬다가 항구에 오라고 했던 그 전화에 대해서는 누군가의 장난이었을 것이라는 것에 납득해주었다.

"수고가 많으세요. 어쩐 일이세요?"

"다음 주에 교대, 이제 슬슬 알려주면 안 될까? 플리즈."

"아, 다음 주는……."

아키우치는 아르바이트의 희망일정을 전했다.

"알겠어. 그럼 황천길로 가는 강 조심하고."

"가급적 그렇게 할게요. 아, 잠깐!"

전화를 끊기 전에 아키우치는 계속 궁금하던 걸 물어보았다.

"엉뚱한 질문인데 사장님 얼굴은 어떻게 생기셨어요?"

"응? 그건 왜?"

왠지 아쿠츠는 목소리를 낮추더니 경계하는 듯 물었다.

"아뇨, 그냥. 채용 때 이후로 사장님을 뵌 적이 없는 거 같아서요."

"그야 별로 사람 만나는 걸 안 좋아하거든."

"어째서요?"

"다들 놀리니까 그렇지."

"뭐를요?"

"얼굴이지. 얼굴."

아쿠츠는 귀찮다는 듯 대답했다.

"2년 전 면접 때 세이는 그런 생각 안 했어? 내가 누구를 닮았구나 하는 거."

"잘 기억이 안 나는데, 딱히 그런 생각 안 한 거 같아요. 누구 닮았다는 소릴 들으시는데요?"

"뭐 그런 걸 묻고 그러나."

"궁금해요."

아쿠츠는 혀를 차더니 굵은 한숨을 내쉬었다.

"히로시야! 그 '도콘죠가에루'의 히로시."

자포자기한 듯 그렇게 말하고는 아쿠츠는 "세이, 짓궂네."라고 하고는 전화를 끊었다.

"아키우치, 뭐가 좋아서 그렇게 싱글거려?"

수상한 듯 얼굴을 들여다보는 마미야에게 아키우치는 웃으며 고개를 저었다.

"아니요 그냥. 잠깐 머릿속이 시원해져서요."

역 앞에 도착하자 아키우치 일행은 오비를 포함해 가로 한 줄로 정렬해서 쿄야가 나타나기를 기다렸다.

쿄야가 두 손에 여행가방을 들고 걸어온 건 몇 분 후의 일이었다. 문득 고개를 든 쿄야는 거기서 기다리고 있던 아키우치 일행의 모습을 보자마자 큰 짐을 든 채 쏜살같이 등을 돌려 사람들 틈으로 섞여가려고 했다. 이건 예상했던 전개였기 때문에 아키우치는 금방 친구를 쫓아가 잡아왔다. 쿄야가 허무할 정도로 쉽게 단념하고 쓴웃음을 지으며 순순히 역 앞으로 연행된 것은 의외였다. 좀 더 저항할 거라 생각했는데.

"내 인덕이 이 정도인 줄은 몰랐네. 선생님까지 와주시고."

불손한 발언은 히로코의 "역시 바보네."라는 한마디에 일축되었다.

　"헤어지는 건데 제대로 인사하고 가. 모르는 사이도 아니잖아."

　"의미심장한 대사네 그거."

　그런 말에도 히로코는 동요되지 않고 여유 있는 표정으로 "사실이잖아."라며 받아쳤다.

　뭔가 히로코는 인상이 상당히 달라져 있었다. 요전까지만 해도 소위 말하는 '귀여운 여학생' 이미지였는데. 쿄야와 헤어지고 나서 강해진 걸까. 아니면 원래 이랬던 걸까. 아키우치는 흘깃 히로코를 보았다. 히로코와 고등학교 때부터 같이 다니는 치카는 아키우치의 표정에서 의문을 읽은 것인지 살짝 얼굴을 가까이 대고는 정답을 속삭였다.

　"사실은 이런 타입이지."

　역시 여자는 알 수가 없다. 묘하게 감탄하면서 아키우치는 히로코의 옆얼굴을 바라보았다. 그 히로코가 쿄야의 팔을 치며 재촉했다.

　"어서 모두한테 제대로 인사해."

　"아, 뭐 그래야지."

　쑥스러운 듯 계속 귀밑을 긁적이던 쿄야는 겨우 포기한 듯 얼굴을 들어 전원에게 인사를 전했다.

　"일부러 여기까지 와주고 고마워."

"너 선생님한테는 경어를 쓰라니까."

"괜찮아, 아키우치. 이제 학생도 아니고 하니까."

"하지만 나이가 어리잖아요."

문득 쿄야가 마미야 쪽을 보았다. 일순 아키우치는 쿄야가 마미야에게 또 실례되는 말이라도 하지 않을까 불안했다. 하지만 쿄야는 키가 비슷한 상대의 얼굴을 아키우치가 이제껏 본 적이 없을 정도로 진지한 표정으로 몇 초 동안 바라보는가 싶더니 그 자리에 맞는 손윗사람에 대한 예의와 감사의 말을 너무나 자연스레 해냈다.

우와, 싶었다. 하면 할 수 있구나.

그러고 나서 쿄야는 한 명 한 명과 짧게 마지막 인사를 나누었다. 기차 발차시각이 다가오고 있었다. 마지막에 쿄야는 아키우치를 보고는 한 손을 내밀었다.

"혹시…… 악수?"

"그래."

아키우치는 쿄야의 손을 쥐었다. 땀이 났다.

"잘 지내, 쿄야."

쿄야는 가볍게 고개를 끄덕였다.

"여기 올 때는 연락할게."

"눈 치료는 이제 어떻게 하는 거야?"

"의사가 소개장을 써줬으니 또 고향 병원에 다닐 생각이야. 뭐 안 나으면 안 낫는 대로 괜찮아. 이제 와서 뭐."

"그런 소리 하지 말고."

"딱히 포기하거나 그런 건 아니야. 하지만 나도 좀 개를 본 받아볼까 하고."

"그건 또 무슨 소리야?"

"전에 말했잖아. 개는 의외로 눈이 안 좋다며? 그렇죠 선생님?"

마미야가 기쁜 듯이 고개를 세로로 흔들었다.

"그래, 안 좋아. 대신 코가 좋지."

쿄야는 아키우치를 보았다.

"그래. 개에게 있는 코를 나한테서도 찾아볼까 하고."

아키우치는 깜짝 놀랐다.

"네가 그런 말을 다 하는 녀석이었어?"

"몰랐지?"

쿄야는 웃었다.

"뭐 치료는 앞으로 착실히 받을 생각이야. 만약 극적인 스피드로 낫게 되면 제일 먼저 면허를 딸 거니까. 그땐 너도 조수석에 태워줄게. 바다 같은 데 가보자."

"너?"

"응?"

"지금 너라고 했어?"

쿄야는 깜짝 놀라 입을 다물었다. 계속 쥐고 있는 쿄야의 오른손에서 그 순간 한층 더 땀이 나는 걸 알 수 있었다.

"뭐, 호칭이야 아무렴 어때?"

손목시계를 확인한 쿄야는 사람들이 출입하는 역 구내로 몸을 돌렸다. 그 옆얼굴은 자신이 어떤 사람인지를 잘 알고 있는 사람만이 보이는 꾸밈없는, 조금의 자신감이 엿보이는 굉장히 솔직한 것이었다.

"자, 그럼 간다."

가볍게 한 손을 들고는 쿄야가 그대로 가려고 하기에 아키우치가 불러 세웠다.

"아직 인사할 상대가 남았잖아?"

시선으로 오비를 가리켰다. 쿄야의 얼굴이 아래로 향하더니 그 눈이 오비를 보았다. 순간 쿄야의 두 눈에 뭔가 깊고 무거운 감정이 비친 것을 아키우치는 알아차렸다. 슬픔일지도 모르고 아픔일지도 모른다. 아니면 추억에 갑자기 사로잡힌 당혹감이었을지도 몰랐다. 어쨌거나 그 감정은 쿄야가 재빨리 감은 눈이 다시금 떠졌을 때는 흔적도 없이 사라져 있었다.

"그럼 잘 있어라, 견공."

그리고 쿄야는 고향 시코쿠로 떠났다.

쿄야가 탄 기차를 배웅한 아키우치 일행은 별 말 없이 역을 뒤로 했다.

"그건 역시 우연이었을까……."

도중에 마미야가 멍하니 발밑의 오비를 내려다보면서 그렇게 중얼거렸다.

"뭐가요?"

"있잖아. 그날 밤 오비가 항구에서 나를 찾았잖아? 그거 어떻게 생각해? 역시 요스케를 찾다가 우연히 내 목소리가 들려서 창고에 온 거라고 생각해?"

아키우치는 놀랐다. 마미야는 아직도 그런 생각을 하고 있단 말인가. 그에겐 어쩌면 의외로 여자 같은 면이 있는지도 몰랐다.

"그건 아무래도 상관없잖아요, 이젠."

"뭐, 그야 그렇지만."

"마음에 걸리세요?"

"응. 걸리네, 상당히. 이거 그건가, 질투?"

"선생님, 솔로몬의 반지가 갖고 싶으신 거 아니에요?"

농담 삼아 아키우치가 묻자 마미야는 잠시 동안 오비를 바라본 후 고개를 저었다.

"아니, 필요 없어."

"그래도 반지가 있으면 오비의 마음을 들을 수 있는데도요?"

"필요 없다니까. 애당초 솔로몬의 반지 같은 건 어디에도 없으니까. 그거 잘못된 거였어."

"잘못되다니요?"

말뜻이 잘 이해되지 않았다.

"무슨 말씀이세요?"

"실은 말이지. 그건 구약성서의 오역이야. 사실은 '솔로몬왕은 마법의 반지를 끼고 짐승이나 새와, 물고기와 이야기했다'가 아니라 '솔로몬왕은 대단히 박식해서 짐승이나 새, 물고기와 이야기했다'라고 되어 있었어. 솔로몬의 반지는 솔로몬왕 자신이었던 거지. 즉 반지는 인간의 여기에 있다는 거야."

말하면서 마미야는 자신의 머리를 손끝으로 두드려보였다.

"난 직접 찾을 거야."

마미야라면 찾을 수 있을지 모른다. 솔로몬왕처럼 될 수 있을지 모른다. 왠지 그런 생각이 들었다.

아키우치는 마미야를 앞서 걷는 오비 쪽으로 목을 뺐다.

"오비, 그렇게 되면 굉장하겠다. 넌 임금님의 개가 되는 거야."

오비는 아무것도 모르는 얼굴로 혀를 늘어뜨리고 있었다.

만약 마미야가 동물과 대화할 수 있게 된다면 오비는 마미야에게 요스케와의 추억을 말해주려고 할까. 그의 따뜻한 마음씨. 기특함. 그리고 그가 고백한 꿈이나 슬픔을. 아마도 잠자코 있을 거다. 하지만 오비는 다정했던 옛 작은 주인을 언제까지고 잊지 않을 것임에 분명했다.

그런 생각이 들었다. 아키우치도 쿄야도 히로코, 치카도 입에 담긴 어렵지만 그 작은 친구를 앞으로도 절대 잊지 않을 테니까.

그리고 얼마 동안 각자 제각각의 생각을 하는 듯 조용히 여름 골목길을 걸었다.

"있지, 아키우치."

갑자기 히로코가 작은 목소리로 말하며 얼굴을 들이댔다.

"이번 여름이 가기 전에 어떻게든 해봐."

"어떻게든이라니…… 뭘?"

히로코는 조금 떨어져서 걷고 있는 치카를 눈으로 가리켰다.

"쿄야랑 친하게 지냈으니 여자 마음잡는 법쯤은 알았겠지?"

아키우치는 한참을 생각한 후에 겨우 히로코가 무슨 말을 하고 싶은 건지 알았다. 그리고 당황했다.

"마음을 잡다니……. 아니 못해. 그런 건 무리야 무리."

"빨리 안 하면 홋카이도에 있는 키우치 군이 뺏어갈지 몰라. 그 녀석 또 최근에 치카에게 전화를 한 거 같더라고."

"뭐? 정말? 홋카이도에서?"

"치카를 못 잊겠나 봐. 3주 전에 딱 요스케 사고가 있은 그날 밤에 갑자기 전화를 걸었다잖아. 물론 치카는 찬바람이 쌩쌩이었다지만."

그러고 보니 완전히 깜박하고 있었다. 그날 히로코가 치카에게 전화했을 때 그녀는 누군가와 전화 중이었던 거다. 아키우치는 한때 그 상대를 쿄야라고 생각하고 이상한 착각을 했던 때도 있었다.

"전화 상대는 그 자식이었단 말이군……."

그래서 아키우치가 누구와 전화했는지 물었을 때 치카가 그렇게 짧고 퉁명스레 말한 거구나. 설명하는 게 귀찮았겠지.

"뭐 어쨌든 그러니까 아키우치도 빨리 꼬시는 게 좋아."

"하지만 꼬시다니……. 하즈미한테 실례야. 놀랄 거고."

"글쎄, 어떨까."

히로코가 의미심장한 웃음을 짓더니 아키우치 옆에서 치카에게 옮겨갔다. 그러고는 뭔가 소곤거리며 이야기했다. 히로코의 목소리에 귀를 기울이던 치카는 도중에 당황한 듯 히로코의 얼굴을 보고 살짝 아키우치를 보았다. 아, 제발 누가 살려줬으면 싶었다. 늑골 안에서 싫을 만큼 심장이 격렬하게 뛰었다.

이윽고 치카가 히로코에게 무슨 소리를 들었는지 모르지만 보도를 걸으면서 다른 보행자를 피하는 듯하지만 분명히 부자연스러운 움직임으로 점점 아키우치 쪽으로 다가왔다. 그리고 그대로 말없이 아키우치와 어깨를 나란히 했다.

그때 아키우치는 처음으로 알아차렸다.

그 귤 냄새 같은 향기.

"오늘도 뿌렸나 봐, 그 향수."

치카는 티셔츠의 가슴부분을 잡고는 끄덕였다.

"저번에 세이가 좋은 냄새라고 하길래."

무뚝뚝한 말투였다. 하지만 끝없이 상상력을 발휘시킬 수 있는 여지가 있는 말이었다.

다시금 둘 다 말이 없었다. 아키우치는 자신의 호흡이 점차 거칠어지는 걸 의식했다. 뭔가를 말하지 않으면, 적당히 뭔가 행동을 하지 않으면.

쿄야와 사이좋게 지냈으니 여자 마음잡는 법은 알 거라고 히로코는 말했지만 알 턱이 없다. 쿄야는 그런 조언을 해준 적이 한 번도 없다. 아니 잠깐 조언이라고 한다면…….

아키우치는 치카의 머리 너머로 슬쩍 마미야를 보았다. 마미야도 아키우치를 보고 있었다. 뭔가 계속 제스처를 보내고 있었다. 자신의 목 부분을 손으로 가리키고는 손바닥을 공중에서 대고 누르듯이 아래쪽으로 움직이고 있었다. 낮게, 낮게, 목소리를 낮게.

이때다. 마미야를 믿어볼까.

천천히 숨을 들이마시고는 치카의 옆얼굴을 바라보았다. 치카는 아키우치가 뭔가를 말하려고 하는 것을 분명히 알고 있었다. 얼굴은 앞을 보고 있고 손발의 움직임도 자연스러웠지만 그녀를 둘러싼 공기가 온 힘을 다해 아키우치의 발언에 대한 준비를 하고 있었다. 그런 느낌이었다.

마음을 굳힌 아키우치는 말할 대사를 머릿속에서 빨리 나열해보았다.

낮게, 낮게, 목소리를 낮게.

하지만.

"저기."

드디어 자기 입에서 나온 그 목소리가 너무 낮아서 아키우치는 스스로도 깜짝 놀라 말을 멈추고 말았다. 그 순간 준비했던 대사들은 어디론가 달아나버리고 없었다.

치카도 놀란 듯 아키우치를 보았다.

저편에서는 마미야가 두 손으로 얼굴을 감싸고는 하늘을 올려다보고 있었다.

황미숙

경희대 국문학과 졸업
한국외국어대 통번역대학원 일본어과 졸업
일본어 전문번역가

솔로몬의 개

2010년 11월 20일 초판 발행

지은이 미치오 슈스케
옮긴이 황미숙
펴낸이 이경선
펴낸곳 해문출판사

등 록 1978년 1월 28일 제3-82호
주 소 서울시 서초구 서초동 1328-11 도씨에빛 2차 1420호
전 화 325-4721
팩 스 325-4725

값 11,000원
ISBN 978-89-382-0511-7 03830
※ 잘못 만들어진 책은 구입하신 곳에서 바꾸어 드립니다.

국립중앙도서관 출판시도서목록(CIP)

솔로몬의 개 : 미치오 슈스케 장편소설 / 지은이: 미치오 슈스케 ;
옮긴이: 황미숙. — 서울 : 해문출판사, 2010
    p. ;   cm

원표제: ソロモンの犬
원저자명: 道尾秀介
일본어 원작을 한국어로 번역
ISBN 978-89-382-0511-7 03830 : ₩11000

일본 현대 소설[日本現代小說]

833.6-KDC5
895.636-DDC21   CIP2010003898